D1105048

Stefano Tura

No apagues la luz

Traducción de Carla Olivé

Colección **Bárbaros Italia / serie negra**

Ilustración de cubierta: Carla Olivé
Diseño de cubierta e interior: Ediciones Barataria
Maquetación: Joan Edo

© 2005, Stefano Tura
© de la edición española, 2005, Ediciones Barataria
Gran Via de les Corts Catalanes, 465
08015 Barcelona
e-mail: editorial@barataria-ediciones.com
www.barataria-ediciones.com

ISBN: 84-95764-33-4
Depósito legal: B-17.141-2005

Impreso por Sagrafic
Plaza Urquinaona, 14
08010 Barcelona

1

«Qué idea tan estúpida –pensó, dándose la vuelta en la cama–. ¿Qué hago yo aquí?»

No estaba acostumbrado a todo aquel runrún, al canto de los grillos y de las cigarras, al silbido del viento entre los árboles, al croar de las ranas, al aullido de los lobos en la lejanía.

–¡Basta ya, Valentino! Como no pares de ladrar te echo a los jabalíes.

Un ladrido lastimero interrumpió de golpe todos los ruidos. El jardín volvió a sumirse en el silencio. Alvaro Gerace se quedó mirando las vigas de madera del techo, iluminadas por los rayos de luna que se filtraban por las ventanas. Sólo llevaba tres días en aquel caserío de piedra aislado entre las colinas del Valle del Alto Tíber, entre Arezzo y Perugia, y ya echaba de menos los cielos contaminados de la Emilia, las bocinas y las sirenas a todas horas, de día y de noche, el tráfico de las carreteras y autopistas. Tras el trágico cierre del caso conocido en Rímini como del «asesino de las bailarinas», el departamento de seguridad pública le había impuesto un periodo de descanso de un mes. Tres policías, colegas suyos, habían muerto y él mismo había resultado herido de gravedad. A su regreso sería trasladado a la jefatura de Bolonia.

Tras haber descartado la idea de visitar a la familia de su hermano en Las Marcas, Gerace se había dejado convencer por Richard Gallo, un fotógrafo amigo suyo de Rímini, para pasar dos semanas en las mesetas entre la Toscana y Umbria.

–He estado en Cotrona hace poco –le había contado Gallo– para hacer un reportaje fotográfico encargado por la oficina de turismo. Fui con tres modelos y montamos los platós en algunas villas y castillos cedidos por sus propietarios y por la concejalía de turismo. Se movilizaron todos los habitantes de los pueblos vecinos. Las mejores fotos las hicimos en un viejo convento desacralizado. Un reportaje espectacular. El clima era perfecto. Son lugares encantadores, la gente es amable y discreta. Muchos alquilan sus casas y sus villas incluso por temporadas largas. Ve de mi parte, verás cómo encuentras lo que necesitas.

Cuando llegó a Cortona, Gerace se presentó en la oficina de turismo como amigo de Gallo sin especificar su profesión. Una secretaria rubia y de buen ver, a la que le brillaron los ojos al escuchar el nombre del fotógrafo, le había ofrecido varias soluciones en hoteles, aparthoteles y casas rurales. Pero parecía que nada atraía al policía, que únicamente sentía la necesidad de estar solo.

Al cabo de media hora, Gerace había dejado la agencia intentando evitar la mirada desilusionada de la empleada y conducía su viejo Volvo sin una meta concreta. Una carretera tortuosa lo había llevado hasta Teverina, un pueblecito de pocas casas que parecía perdido en el tiempo y en el espacio. Allí había decidido pararse. Era el lugar perfecto para dejarse alcanzar por aquel Ford Transit rojo que lo venía siguiendo desde Cortona.

«Vale, ¡ahora vamos a divertirnos!», se dijo, parando el coche en el arcén al salir de una curva sin visibilidad.

La furgoneta, pasada la curva, tuvo que frenar en seco para no llevarse por delante al policía, plantado en mitad de la carretera, con los brazos en jarras y las piernas abiertas. Había bajado un hombre de unos cincuenta años, atezado como un campesino, facciones marcadas, hombros cuadrados y mirada amenazadora, pero Gerace no le había dado tiempo ni de abrir la boca y se había parado frente a él.

–A ver guapo, ¿qué coño quieres? Si buscas algo suéltalo ya, y si no, deja de tocarme las pelotas.

Ante la feroz cara del policía el hombre se había quedado inmóvil junto la puerta de su Transit y había bajado la mirada.

–Lo siento, no pretendía molestarlo. Usted no me ha visto, pero yo también estaba en la oficina de turismo hace un rato, cuando usted hablaba con Giada, la secretaria. De vez en cuando colaboro con ellos…

–Y eso qué, ¿por qué me está siguiendo?

–Me ha parecido entender que, de lo que le han ofrecido, no hay nada que le satisfaga.

–Oiga, vamos al grano. ¿Qué quiere?

–Yo tengo una casa a menos de diez kilómetros de aquí. Es un caserío de piedra que pertenecía a mis abuelos. Lo arreglé de arriba a abajo pensando en trasladarme allí. Pero es muy grande para mí. Yo vivo solo y me basta la granja que tengo en Falsano, al lado de mis campos. Crío pollos, cultivo tabaco y tengo una huerta. Además tengo mis animales. Un caballo y dos perros. La verdad es que tengo tres perros...

Gerace empezaba a mostrar signos de impaciencia.

–Bueno, yo quería pedirle… si tiene intención de quedarse aquí, podría hacerlo en la casa de mis abuelos; me refiero al caserío. Es amplio, con un bonito jardín que domina el valle y se encuentra en un lugar aislado y silencioso. El único problema es el perro. Es un *golden retriever*, un excelente perro de caza, aunque un poco viejo, pero, vaya usted a saber por qué, le ha declarado la guerra a mis otros perros, así que no los puedo tener juntos. Se llama Valentino y vive solo en esa casa. Voy a darle de comer dos veces al día y cuando me tengo que marchar es desgarrador. Podría venderlo pero no tengo valor. De cualquier manera no quisiera robarle más tiempo, si quiere le enseño la casa. Puede quedarse todo el tiempo que quiera. La única condición es que saque de paseo a Valentino. Le hago un precio especial. Por cierto, yo me llamo Teodoro... Teodoro Mammiferi.

No hizo falta mucho para convencer a Gerace. El sitio era fascinante y estaba aislado del mundo. Un caserío de dos plantas, en medio de un jardín oculto por cipreses y rodeado de campos de tabaco y girasoles, al que sólo se llegaba a través de un camino de tierra. En la planta baja, donde antes estaba la cuadra, había un gran salón. Al lado, un baño, un dormitorio y cocina. En la planta de arriba otros tres dormitorios y un rincón con chimenea. Alvaro y Valentino se gustaron enseguida; el perro se le había echado a los pies y parecía no querer moverse de allí.

Gerace había aceptado.

—Creo que me quedaré una o dos semanas.

—No hay problema —respondió Mammiferi—. Págueme a primeros de cada semana, y después decida usted cuánto quiere quedarse. Si me necesita, me encontrará en la segunda granja pasado el pequeño cementerio, en la carretera que va de Teverina a Falsano. Pregunte por Mammiferi. No hay pérdida. ¡Felices vacaciones!

Cuando Gerace abrió los ojos, el hocico de Valentino estaba a pocos centímetros de él.

—Hola, viejo amigo, ¿ya estás levantado? —dijo el policía acariciando la cabeza del animal—. Perdona si esta noche te he gritado. Sabes, me siento un poco perdido en este sitio.

Valentino agachó la cabeza y comenzó a lamer la mano de Gerace, sin parar de mover la cola.

—Oh, gracias, gracias. No creí que un perro pudiera ser tan cariñoso. Tú debes de ser un tío especial. En el fondo vives solo en esta gran casa perdida entre las colinas y pasas las horas esperando que tu dueño aparezca. Debería aprender de ti el verdadero ritmo de la vida. ¿Verdad, Valentino? Pero qué coño de nombre te han puesto. Aunque tu dueño también… Dónde se habrá metido, hace tres días que no lo veo.

Gerace se levantó de la cama mientras el perro saltaba a su alrededor.

–Vale, entendido. Me ducho y después vamos a dar un paseo.

Frente al espejo del baño, Alvaro vio la cara de un hombre que parecía intentar por todos los medios aparentar sus cuarenta y un años. Pálido, delgado, los ojos marcados por pequeñas arrugas; la barba descuidada y cana, el pelo todavía abundante y moreno, siempre despeinado. Pero eran los ojos oscuros, profundos y severos los que cada vez lo llevaban frente a sus remordimientos y a su soledad. Había pasado demasiado tiempo ya desde que Ambra se había marchado. Periodista trepa de Milán, toda ella sexo y carrera, era la única mujer que había amado. Había entrado en su vida diez años antes con la fuerza de un huracán, tras momentos de gran pasión y de feroces peleas, una mañana de enero le había dicho sin más que quería recuperar su espacio. Esa fue la última vez que Alvaro la vio.

Gerace, acompañado por Valentino, comenzó a subir por un sendero entre campos de girasoles hasta que llegó a una bifurcación con un camino de bajada que se adentraba en un bosque de encinas y castaños. El perro lo tomó, corriendo adelante y atrás y olisqueando árboles y matorrales. El policía lo seguía, enfrascado en sus pensamientos. Sin darse cuenta había caminado ya durante una hora sin haber visto un alma.

–No pretenderás en serio meterte ahí dentro –exclamó cuando vio a Valentino que se adentraba en el bosque. Después sacó del bolsillo el móvil: en aquella zona no había cobertura. Se detuvo indeciso.

–¡Pero de qué me estoy preocupando! –se dijo después en voz alta encaminándose sobre los pasos del perro que trotaba un poco más adelante.

De repente Valentino se clavó sobre sus patas y estiró la cabeza hacia adelante. La cola rígida, el cuerpo tenso como un muelle. Gerace se paró a mirarlo intrigado sin notar nada raro. El perro ladró dos veces. Después emitió una serie de aullidos. Al final echó a correr por el camino.

–Ven aquí, Valentino. ¿Adónde vas? –Gerace hizo un nuevo intento de llamar al animal pero éste había desaparecido.

Después de meses, Alvaro volvía a sentir miedo.

Desde lo alto de la colina un hombre vigilaba los torpes movimientos de Gerace que intentaba seguir al perro por el sendero tortuoso en medio del bosque. Se encendió un cigarrillo y miró el reloj. Las diez de la mañana. El día acababa de comenzar.

–¿Valentino, dónde estás?

El policía se detuvo exhausto y miró hacia atrás. Se había adentrado en el bosque bastante más allá de lo que consideraba su límite de seguridad. Pero a esas alturas volver atrás no hubiera servido de nada. Reanudó la marcha. Pasados algunos minutos oyó a lo lejos unos ladridos, alternados con furiosos gruñidos. Después, de nuevo ladridos y un largo aullido. Al final silencio.

Alvaro sintió que se le helaba la sangre. Empezó a correr desesperadamente gritando el nombre del perro, la mano en la cintura del pantalón buscando la pistola. Cogió un borde de camisa sudada, y recordó que había decidido no llevarla encima durante esas vacaciones. Como a cosa de un kilómetro vio algunas manchas rojizas en el sendero. Se paró a observarlas. Algunas gotas de sudor le resbalaron por la frente y fueron a mezclarse con las manchas sobre el terreno formando una aureola de color rosa. Supo rápidamente que se trataba de sangre. Sangre fresca. Las huellas seguían hasta el borde del sendero y se perdían en un barranco de densas zarzas y matorrales. Sin pensarlo se lanzó barranco abajo, pero a los dos pasos la bajada se convirtió en una imparable caída. Resbaló rodando unos diez metros antes de poder agarrarse a una mata de zarzas. Sintió cómo las espinas le laceraban la piel del brazo y se le clavaban en la palma de la mano pero no soltó la presa. Clavó los pies en la tierra y logró parase. El antebrazo, casi cubierto de sangre por completo, le dolía y palpitaba. La camisa estaba rasgada y las rodillas en carne viva y embarradas.

Valentino yacía tumbado en el suelo sobre un costado, la garganta desgarrada y la lengua colgando de las fauces. El vientre estaba recubierto de cortes profundos de los cuales rebosaban las vísceras. Una pata trasera estaba fracturada. De la cola quedaba solamente un muñón sanguinolento. Los insectos ya estaban zumbando alrededor del intestino del animal.

Alvaro estaba como paralizado. ¿Quién podía haber hecho esa carnicería? ¿Un lobo o un jabalí? Miró a su alrededor y luego se arrodilló, se quitó la camisa, envolvió al perro y lo levantó. Entonces se puso en pie a duras penas y, una vez seguro de que no había otros peligros en los alrededores, comenzó la ascensión hacia el sendero. Con los restos de Valentino en sus brazos, resbaló más de una vez pero consiguió mantener el equilibrio. La cabeza del perro le colgaba del brazo. Su único pensamiento era salir de ese maldito bosque cuanto antes. Sin embargo lo que intentaba apartar de su mente era la duda de que a Valentino no lo hubiera matado otro animal.

2

–Quieta así, muy bien. Ahora dame una mirada sensual. No, más maliciosa. Piensa en George Clooney. Ahí, ahora, perfecto. Okey, vale por hoy. Puedes cambiarte, Cecile, gracias.

La modelo le lanzó un beso con los dedos y levantándose del taburete empezó a quitarse la ropa de trabajo. Richard Gallo deslizó la mirada sobre sus largas piernas.

Las cosas iban viento en popa. Después de años de crónicas negras, transcurridos persiguiendo instantáneas de ladrones, violadores y asesinos, a los cuarenta y dos años la suerte parecía sonreírle. Se había trasladado a Bolonia y había formado un grupo de modelos que trabajaban prácticamente en exclusiva para él. Su estudio en la calle Indipendenza, con dos platós para poses, oficina y laboratorio, se había convertido en uno de los más reconocidos de la ciudad. Su nuevo look reflejaba también el salto cualitativo en su carrera. Pelo largo rubio, muchas veces recogido en una coleta, bronceado perpetuo, bigote, perilla decolorada. Los tiempos de los delitos de provincias, de las ruedas de prensa en la jefatura y de las fotos en la escena del crimen parecían ya quedar muy lejos. Pero Gallo había mantenido algunas amistades de aquella época y, entre ellas el inspector de policía Alvaro Gerace.

–¿A qué hora tengo que venir mañana? –preguntó Cecile dirigiéndose hacia la puerta.

–Mañana libras, tengo que acabar un trabajo urgente. Te llamaré yo.

–Okay Ric, un beso.

–Espera Cecile. ¿Sabes si Jeanette ha cambiado de móvil?

–No creo, ¿por qué?

–La estoy llamando desde ayer por la noche, pero su teléfono parece que está apagado.

–Qué raro. Si hablo con ella le digo te llame, ¿vale?

3

Obviamente no iba a ser fácil presentarse ante Teodoro Mammiferi con el perro en semejantes condiciones. Al fin y al cabo, cuidar de Valentino era lo único que ese hombre le había pedido.

«¡Excelente trabajo para un policía de la sección de homicidios!», pensó.

Pero, además de la preocupación y de la vergüenza, Gerace sentía una profunda pena por la muerte del perro. En sólo tres días la compañía de Valentino, compañero de vida discreto y cariñoso, le había hecho sentirse mejor. Se había sentido menos solo. Ahora echaba de menos al pobre animal.

Salió del bosque y caminó un buen rato sin cruzarse con nadie. Cuando llegó a la casa, introdujo al perro en un gran saco de basura y lo dejó en el maletero del Volvo. Después tiró en el cubo las ropas rasgadas y ensangrentadas y se metió en la ducha. Acto seguido, volvió a vestirse y, sin perder ni un segundo, saltó al interior del coche y se dirigió a toda velocidad hacia Falsano.

No había estado nunca en casa de Mammiferi, pero reconoció enseguida el lugar. Un pequeño pueblecito de cuatro casas de campo separadas cien metros la una de la otra. En la era de la segunda granja había dos perros: un setter irlandés y un *pitbull*. Paró el coche y se bajó.

El setter se le acercó y empezó a aullar. El otro, atado con una cadena, empezó a ladrar y gruñir, intentando inútilmente soltarse para lanzarse sobre él. En una escudilla cerca del muro había un gran trozo de carne masticada hasta el hueso. Manteniéndose a una distancia prudente, se acercó a la puerta de la casa y llamó a Mammiferi elevando la voz.

Ninguna respuesta.

—¿Hay alguien en casa? ¿Señor Teodoro? Soy Gerace, su inquilino.

Otra vez silencio. Sólo los ladridos rabiosos de los perros.

—Señor Mammiferi, lo siento pero ha ocurrido una desgracia. ¿Me oye?

Pero ni de la puerta ni de las ventanas le llegaron signos de vida. Llamó con fuerza, y entró.

La última vez que se había introducido en una casa que parecía vacía había sido detenido y acusado de homicidio, así que decidió permanecer sólo unos pocos minutos.

—¿Señor Mammiferi?

Su voz reverberó en las paredes de una gran habitación amueblada humildemente. En la esquina opuesta a la entrada, Gerace entrevió un pasillo y una escalera de madera que conducía al piso de arriba. Pero ni se le pasó por la cabeza la idea de subir.

Volvería mas tarde. Total ya no se podía hacer nada por el pobre Valentino. Salió de la casa y se dirigía hacia su coche cuando oyó un ruido a sus espaldas. Gerace fue a la parte de atrás y se encontró frente a un gran campo de tabaco con un aspersor automático en el centro que lanzaba potentes chorros. El campo abarcaba unas cuantas hectáreas. Al fondo, aislada y semiescondida entre los árboles, había una torreta. Un pequeño sendero unía la casa con esa extraña construcción.

«Quizá Mammiferi esté trabajando en el campo», se dijo mientras se encaminaba hacia allí por el sendero. Tardó más de diez minutos en llegar a la torreta. La puerta simplemente estaba entornada. Entró con cautela.

Parecía una especie de almacén. Esparcidos por todas partes, había aperos de trabajo, jamones, salchichones, cajas de tomates. En un panel de madera junto a la puerta, tres hoces de distintas medidas colgaban de un clavo, dos garfios y una podadera. En el suelo, clavada en un tronco de madera, un hacha grande, hecha de una sola pieza de hierro forjado. Gerace se acercó. En la lama había salpicaduras de un líquido oscuro que podía ser sangre seca. ¿Mammiferi descuartizaba corderos o conejos? Buscó con la mirada un congelador pero fue en vano. Vio sin embargo una estrecha y larga escalera de caracol que llevaba al piso superior. Subió por ella cuidando de no dejar huellas.

4

–Hola, soy Richard Gallo, ¿está Jeanette?

–Oh, *bonjour* Richard. *Non, elle n'est pas ici.* Yo soy Sophie. ¿Cómo estás?

–¿Bien, bien, pero sabes dónde se ha metido?

–No, yo he vuelto *ce matin* de Vancuver y Jeanette no estaba en casa.

–¿Se ha dejado por casualidad su móvil ahí?

–*Un moment* que miro… No, no está.

–Si volviera dile que me llame enseguida. Quería confirmarle la cita de las cinco en mi estudio. Se trata de un calendario para una gran compañía automovilística. Si Jeanette me deja tirado estoy jodido. Sabes cómo es ella…

–Oh, *oui! Je la connais très bien.* Tranquilo, *si* la veo se lo diré.

–Gracias Sophie. Y... ¿tú crees que ayer por la noche Jeanette pasó por casa?

–No creo, *son lit n'est pas*...

–¿Quieres decir que su cama no está deshecha?

–*Oui! C'est ça.*

–Sin embargo ayer por la mañana me dijo que no saldría... Esperemos que dé señales de vida pronto.

5

La escalera acababa en una trampilla de madera de doble batiente. Gerace se paró con la cabeza a pocos centímetros de las bisagras. Había dos cerrojos. Metió la mano derecha dentro de la manga de la camisa, empuñó una extremidad y los abrió con cuidado. Después empujó hacia arriba el batiente más grande. Éste se levantó sin dificultad pero volvió a caer hacia adentro pesadamente con un gran estruendo. Instintivamente el policía se agachó en los peldaños de la escalera. Aparte de una nube de polvo que le llovió encima, no vio nada más. Subió el penúltimo escalón y metió la cabeza por la trampilla. Sus ojos quedaban a la altura del suelo. Desde ese ángulo el desván de piedra tosca parecía vacío. A través de un tragaluz en el techo se filtraba un rayo de sol. Hacía mucho calor y había un olor penetrante y desagradable. Dos moscardones le rozaron el pelo. Gerace subió el último escalón y se volvió sobre sí mismo para seguir el vuelo de los insectos.

Un grito se le ahogó en la garganta. Tuvo que agarrarse a uno de los batientes de la trampilla para no caerse por la escalera. En la esquina opuesta del desván había una mujer completamente desnuda, sentada en el suelo con las piernas abiertas, las muñecas sujetas por dos grandes cadenas de hierro fijadas a la pared. La cabeza colgando hacia adelante. De la boca abierta rezumaba una estela de líquido amarillento ya seco. Tenía hematomas y tumefacciones por todo el cuerpo pero especialmente alrededor de los senos y de los genitales. Le faltaba el pie derecho. Sobre el muñón del tobillo, incrustado de sangre coagulada, revoloteaban docenas de moscas. Todo alrededor, un gran charco de sangre lleno de insectos. El miembro había sido amputado con un arma blanca. Un trozo de tibia asomaba por lo que quedaba del tobillo.

Gerace volvió a pensar en el hacha manchada de sangre en el piso de abajo. Después recordó el trozo de carne en el plato del *pitbull*: los restos del pie de la mujer. Se sintió asaltado por la náusea. Respiró profundamente, filtrando el aire con la manga, y se acercó al cadáver. El cuerpo era delgado, atlético. Senos pequeños, hombros anchos, piernas largas. Piel muy blanca. El pelo, como el vello púbico, era rubio. Se agachó para verle la cara.

Pómulos prominentes, nariz fina, boca carnosa, ojos claros. Por la altura y el físico podía ser una modelo.

Sin tocar nada, Gerace cogió el móvil y llamó a la policía. Respondió la oficina de la jefatura de Arezzo. Se identificó y pidió hablar con la brigada judicial, sección de homicidios.

6

–¡Déjame, te lo ruego! Haré todo lo que quieras, pero no me hagas daño, ¡te lo suplico!

Jeanette estaba aterrorizada. Desnuda, con los pies y las manos atados, tendida en un camastro, sobre un colchón mugriento, se encontraba en un lugar angosto, asfixiante y sumergido casi por completo en la oscuridad. Junto a ella, el algodón que había servido para dormirla. La noche anterior alguien la había esperado en el portal de su casa, en la calle Mattuiani, en el centro de Bolonia, agrediéndola por la espalda. Ni siquiera tuvo tiempo de reaccionar. Había perdido enseguida la consciencia.

Ahora estaba tumbada, inmovilizada y a merced de su secuestrador. Temblaba y lloraba. A pocos centímetros de ella, sentado, un hombre la observaba en silencio. Cubriéndole la cabeza llevaba una media negra de mujer de licra muy tupida, con dos agujeros en el lugar de los ojos. La mirada era ausente pero al mismo tiempo fría y despiadada. Llevaba guantes de goma, un jersey oscuro y botas de montaña. En una mano sostenía una linterna parecida a la que usan los mecánicos para revisar el motor de los coches.

Jeanette se estremecía por los escalofríos. Se había hecho todo encima de miedo y tenía en la boca el sabor salado de sus propias lágrimas. No habría logrado gritar por la falta de aire en los pulmones. Aunque la idea la horrorizase, esperaba que él quisiera sólo violarla y después dejarla marchar. ¿Por qué permanecía ahí inmóvil mirándola sin hablar? Emitió un sollozo más alto que los otros. Sin embargo, ese hombre con ojos de hielo clavados en ella, no pareció darse cuenta.

7

Le pareció la media hora más larga de su vida. Después de hablar con el inspector Oscar Latini de Arezzo, Gerace hacía guardia en la torre, confiando en no afrontar solo la llegada de Mammiferi. La situación era, cuando menos, paradójica. No podía moverse. Estaba solo y desarmado, con un perro muerto en el maletero del coche y el cuerpo torturado de una mujer a pocos metros de él. Y sólo era su tercer día de vacaciones.

El sonido de una sirena le hizo suspirar de alivio. En pocos minutos una patrulla y un Fiat Brava gris llegaron al caserío.

Gerace se dirigió hacia ellos.

—Soy el inspector Oscar Latini de la brigada móvil de Arezzo —dijo un hombre grande y gordo, de paisano, de unos cuarenta años, mientras bajaba del coche junto con una chica más joven.

—¿Tú eres Verace, el colega de Rímini que ha llamado? —preguntó.

—Gerace. Inspector Alvaro Gerace de la brigada móvil de la jefatura de Bolonia.

—Bien. Te presento a Meri D'Angelo, responsable de nuestra brigada.

Alvaro estrechó la mano de la chica. Parecía amable y segura de sí misma. Se dio cuenta, con asombro, de que era muy guapa. Pelo moreno y liso, nariz afilada, boca carnosa y espléndidas manos. Le dejaron impactado sus ojos: negros, profundos, expresivos y sobre todo directos y decididos. Gerace advirtió también que no llevaba alianza.

—El inspector Latini me ha informado de tu llamada y de tu descubrimiento —dijo la mujer con tono decidido—. ¿Es ésa la torreta?

—¡Sí, venid!

—¿El dueño?

—Un tal Teodoro Mammiferi. Pero hace días que no aparece.

La mujer hizo un gesto a los dos agentes de uniforme que habían llegado en el otro coche. Uno de ellos se quedó en el patio con el fusil M12 entre las manos.

—¿Qué te parece? —preguntó Gerace a la mujer cuando llegaron a la escena del crimen.

Meri negó con la cabeza.

—Nada. Quiero primero un informe, aunque sea sumarísimo, de la científica, y una opinión del forense.

Acto seguido, ordenó a Latini que recogiera el hacha y todas las herramientas que había en el almacén, además del trozo de carne que el *pitbull* tenía en el plato de la comida.

Gerace la observaba con admiración.

–¿Ha habido otros asesinatos recientemente en esta zona? –preguntó.

–No me parece que sea el momento para ponerse a hablar de estas cosas –respondió ella–. El examen de la escena del crimen es fundamental para la búsqueda de indicios y pruebas. Sería mejor que nos concentrásemos en el trabajo.

Gerace sintió que se ruborizaba. Aquella mujer, tan altiva y segura, lo intimidaba y al mismo tiempo lo excitaba.

–Oscar, ¿se ha sabido algo en la Central de ese tal Mammiferi? –preguntó Meri a su ayudante que regresaba.

–De momento nada. He dado una orden de búsqueda a las patrullas de la zona y también he pedido ayuda a los colegas de Cortona –respondió el inspector Latini.

–Bien, mientras tanto informaremos también a los carabineros. Avisa a las estaciones de Trestina y de Città di Castello. Llama al forense y que pongan controles en las carreteras. Quiero hablar con el director de la oficina de turismo de Cortona y con el registro civil. Necesito una foto de este hombre. Después intentaremos conseguir información de los vecinos. Tengo que saber si alguien se fijó en esta chica, si se la vio en compañía de otras personas y cuándo fue la última vez que vieron a Mammiferi.

Gerace se acercó a la trampilla e hizo ademán de bajar al piso inferior.

–Alvaro, por favor no te vayas, todavía te necesito.

–¿Para qué? ¿Para tomar apuntes?

–Simplemente para lo que haces siempre. Investigar. Eres el testigo principal, ¿no crees?

–¡Ah, claro! Qué suerte…

–Para mí lo es, no ocurre a menudo el poder contar con el testimonio de un profesional. El hecho de que hayas sido tú el que descubriera el cadáver nos es de gran ayuda. Soy una maniática con las pruebas físicas y he notado que no has tocado nada, has tenido cuidado de no alterar las pistas y de no contaminar la escena del crimen. Desgraciadamente en los tiempos que corren no ocurre a menudo.

–Pues estoy a tus órdenes –dijo Gerace con una sonrisa.

Trasladaron el cuerpo al anatómico forense de Arezzo, pero no fue posible identificar a la chica. A pesar de que la prensa difundió la noticia del hallazgo del cadáver, no apareció nadie ni para pedir, ni para dar información. La policía sospechaba que podía tratarse de una extranjera, quizás una turista. La autopsia reveló que la mujer había sido estrangulada después de amputarle un pie. El miembro, roído y descarnado por el *pitbull*, era aquel trozo de carne encontrado en la escudilla del perro.

El director de la oficina de turismo de Cortona, Bartolomeo Polvese, intentó minimizar su relación con Mammiferi. Según sus palabras, el hombre se limitaba a una colaboración esporádica con su oficina.

En el registro civil Teodoro Mammiferi resultó ser huérfano de ambos progenitores, soltero y sin hijos. La casa en la que Gerace había pernoctado pertenecía efectivamente al abuelo del campesino. Se dio orden de captura.

–¿Puedes contestar ahora a mi pregunta?

–¿A cuál?

–¿Ha habido ya homicidios de este tipo en la zona?

Meri D'Angelo sonrió y sacó un cigarrillo del paquete que tenía en el bolsillo del pantalón. Gerace le tendió el mechero. Después de una noche de intenso trabajo los dos policías se habían concedido un descanso en la terraza de un pequeño bar de Petrelle, una aldea entre Falsano y Trestina.

–¿Tienes intención de quedarte con nosotros para continuar las investigaciones? –preguntó Meri dando una calada.

–Hombre, me gustaría saber dónde se ha metido Mammiferi y por qué me alquiló la casa de sus abuelos...

–Quizá por el suicidio –lo interrumpió la mujer.

–¿Qué suicidio?

–Amleto Mammiferi e Isidora Caporali. El padre de Teodoro los encontró muertos. Según las pruebas, el abuelo disparó primero a la mujer con una vieja escopeta de caza, después la recargó, se metió el cañón en la boca y apretó de nuevo el gatillo, volándose la cabeza.

–¡Joder! Aquella casa tenía un no sé qué de lúgubre. Pero esta historia...

–Y eso no es todo. Ercole, el padre de Teodoro, estaba casado con una mujer mucho más joven que él, una chica italo-francesa de nombre Nicole Marie, que conoció después de la guerra. Cuando nació Teodoro, Ercole tenía treinta y tres años y la mujer diecinueve. Eran una familia perfecta: unidos, cariñosos, queridos por todos. Ercole ayudaba al padre, Amleto, en los trabajos del campo, Nicole criaba al hijo y ayudaba a la abuela Isidora en los quehaceres de la casa. Trece años después Nicole Marie se volvió a quedar embarazada. Pero, debido a graves complicaciones pulmonares murió durante el parto, pero dio a luz a un niño. Unos días después el recién nacido, que, según se dijo, tenía una malformación cardíaca, murió también. La desaparición de la madre y del hijo acabó en poco tiempo con el equilibrio de esa casa. El «homicidio-suicidio» de los padres la siguiente semana fue para Ercole el principio de un camino sin retorno. Al día siguiente Ercole también se suicidó ahorcándose en la escalera de caracol…

–¡Mierda! Y no me digas que fue Teodoro…

–Así fue. Le tocó a él el macabro descubrimiento. Y sólo tenía trece años y medio.

–¿Y qué fue de él?

–De la adolescencia de Teodoro se sabe poco o nada. La familia no tenía parientes. El chico dejó el colegio de Trestina con catorce años. Algunos dicen que se quedó a vivir solo en aquella gran casa y que aprendió pronto a trabajar en los campos y a mantenerse.

–¿Crees que él es el asesino?

–Antes de hacer una lista de sospechosos, me gustaría por lo menos saber si la científica ha encontrado huellas en el hacha –dijo la agente manteniendo un amable tono de voz.

–¡Claro! –subrayó Gerace con cierto embarazo.

–Pero los técnicos de momento sólo han hallado, además de sangre, minúsculos trozos de goma que probablemente pertenecían a unos guantes de trabajo. Aunque no han aparecido por ninguna parte.

–¿De quién es la torreta?

Está dentro de las propiedades de Mammiferi. Su campo se encuentra en lo que una vez fue paso de la calzada romana que unía Città di Castello y Cortona. A partir de 1500 aquello era tierra de nadie, en la frontera del Gran Ducado de Toscana y el Estado Pontificio. Para frenar el contrabando, se construyó una prisión en la que encarcelaban a los bandidos y los contrabandistas de tabaco.

–Así que esa pobre chica…

–Le reservaron el mismo trato. Encerrada en la torreta y encadenada al muro. Pero todavía no entiendo la amputación del pie…

–Quizá para evitar que escapara.

–¿Con esas cadenas?

–A lo mejor intentó huir y él la hirió antes de encadenarla.

–¡Es horrible! La autopsia revela que fue pateada y golpeada en los genitales y en el tórax. Al final estrangulada… Una cosa está clara –retomó Meri–, nos enfrentamos a un asesino despiadado pero también bastante seguro de sí mismo, desde el momento que ha dejado el cadáver abandonado y ha echado el pie amputado de la chica en el plato del perro.

–Puede que esté acostumbrado a matar. Por eso te preguntaba si había habido otros homicidios en los alrededores…

–Me equivoco, ¿o estás pensando en un asesino en serie?

–No lo descartaría, en Toscana deberíais estar acostumbrados…

–Bueno, también en tu jurisdicción últimamente habéis tenido uno.

–No me digas que el asunto del *asesino de las bailarinas* ha llegado hasta aquí.

–Los periódicos y la televisión son el pasatiempo favorito de los maderos. Claro que eso sí que fue un asunto de locos…

–Pero el caso ya está cerrado –apuntó Gerace, que no tenía ganas de hablar–. Concentrémonos en las pistas. Tenemos que encontrar a Mammiferi y que nos explique muchas cosas.

–De momento vamos a *tu* casa de vacaciones y veamos qué nos dice.

8

–Por fin te has despertado. ¡Ahora vamos a jugar!

La voz del hombre con la media en la cabeza era casi un susurro, pero el tono era tan chirriante como el de una tiza sobre una pizarra. Tras todas esas horas de suplicio, Jeanette se había desmayado. Cuando volvió en sí sintió inmediatamente un punzante dolor en la cabeza. Tardó algunos segundos en darse cuenta de dónde se hallaba. Todavía estaba tumbada en la cama, boca arriba. Los brazos y las piernas abiertas, las muñecas y los tobillos atados a los bordes del camastro. El hombre estaba sobre ella, de rodillas. Jeanette intentó mover las piernas para quitárselo de encima pero las cuerdas de los pies se tensaron produciéndole una quemazón insoportable.

En ese momento sus fosas nasales identificaron el olor punzante y ferroso que le llegaba de la cara: sangre. Hizo rotar los ojos a la vez que con la lengua trataba de humedecerse los labios. Una expresión de terror se le grabó en la cara. Dos o tres veces se pasó la lengua por la boca encontrando sólo dientes y encías. Un coágulo de sangre le resbaló por la garganta.

–¿No estarás buscando esto? –dijo el hombre haciendo oscilar frente a su cara dos tiras de carne empapadas en sangre.

–¡Qué asco!, ¿eh? Te los habías operado. La verdad, es que no entiendo por qué las mujeres os empeñáis en hincharos los labios y las tetas…

Presa del pánico Jeanette intentó levantar la cabeza para mirarse los senos, pero el hombre le propinó un violento golpe en la frente, tirándole la cabeza hacia atrás.

–Todavía no he acabado, puta. No tengas prisa. –El hombre estalló en una carcajada parecida al ruido de una vidriera que se hace pedazos–. Para las tetas he esperado a que estuvieras despierta, me ha parecido un gesto cariñoso, ¿no crees?

La chica empezó a llorar, a gritar, a agitar los brazos y las piernas. Esa especie de zulo empezó a balancearse como el camarote de un velero. El hombre ni se inmutó, recogió del suelo un espejo y se lo puso delante de la cara.

–Mira qué buen trabajo he hecho –dijo con loco orgullo.

Al verse la boca desgarrada y los dientes al descubierto en un gesto aterrador, Jeanette sintió que se desmayaba.

–Bien –dijo el hombre bajando el espejo–, ahora no perdamos más tiempo.

Los gritos de la chica se transformaron en gemidos. El hombre sacó del bolsillo un gran cutter y extrajo toda la cuchilla. Después agarró el seno izquierdo de la mujer, lo levantó y lo seccionó con un movimiento decidido de abajo a arriba. La sangre comenzó a brotar copiosamente de la herida y a extenderse por el tórax de la joven y después sobre la cama hasta gotear al suelo. Janette empezó a gritar. Él cogió un trapo manchado de aceite lubricante y se lo metió en la boca.

Acto seguido cogió con una mano el otro seno y repitió la operación.

–Aquí están tus joyas –anunció mostrándole los senos amputados como trofeos–. Te he juzgado mal, perdóname, pensaba que eran tetas de mentira y sin embargo eran tuyas.

La chica gemía con los ojos cerrados. Tenía una gran sensación de calor en el pecho y notaba cómo la sangre resbalaba por el cuello hasta el pelo. Hubiera querido perder el conocimiento. Pero el zumbido de un motor accionado a poca distancia de ella la mantuvo consciente. Entre lágrimas, Jeanette consiguió ver a aquel hombre con la media en la cabeza y el mono de mecánico que empuñaba con las dos manos una sierra mecánica.

9

–¿Y adónde ha ido?

–No lo sé, jefe. Conociendo a Alvaro, seguro que a un sitio lejos del barullo y de la gente.

–Pero ¿no coge el móvil?

–No, está siempre apagado. La verdad es que está de vacaciones… Aun así volveré a probar más tarde.

–Bien, cuando hables con él dile que tiene que volver a Bolonia inmediatamente. Si hace falta me echas a mí la culpa. Dile que es el jefe de la móvil, Gabriele Postiglione, el que lo quiere de servicio inmediatamente para que se ocupe de un extraño asesinato perpetrado en la ciudad.

–No creo que se lo tome bien. No ha pasado mucho tiempo desde aquel asunto…

–Marino, no tengo elección. Andamos justos de personal. Explícale también que trabajaréis juntos en el caso y que no habrá problemas con las horas extra. El jefe tiene mucho interés.

Reinaba una calma total y casi irreal cuando Alvaro y Meri llegaron al caserío.

–Estás muy callado –dijo Meri–. ¿Estás cansado? ¿O hay algo que te preocupa?

–No, nada, estaba pensando en Valentino, el perro que estaba aquí.

–¿Te habías encariñado con él?

–Creo que sí.

–¿Qué tiene de raro? ¿Muchas veces son mejores que las personas.

–Hablas como una superviviente de una relación que acabó mal…

–¡Peor! Se trata de un matrimonio que en efecto acabó de culo.

–Lo siento.

–Bueno, no viene al caso hacerse la víctima. Afortunadamente, mi ex marido se largó pronto de casa.

–¿Hace mucho que no lo ves? –preguntó el policía.

–¡Oh, sí! Hará unas veinticuatro horas…

–Joder, no será un…

–¡Exacto! Es el jefe de narcóticos de la jefatura de Arezzo. Oliviero Pederzoli. Uno de ésos que tratan a los toxicómanos como desechos y que no ven el momento de echarle el guante a los que él llama «culos negros» para expulsarlos de Italia. Si hubiera estado él también en Génova durante el G8 estoy segura de que no hubiera dejado escapar la ocasión de ofrecer una buena demostración de fuerza.

–Desgraciadamente conozco bien a esa calaña.

–Estábamos juntos en la patrulla. Dos novatos llenos de esperanza y de entusiasmo. Él me contaba sus ambiciones, sus sueños. Quería formar parte de la sección de informática. Le apasionaban las redes telemáticas, internet, la búsqueda en la red. Yo siempre me he sentido atraída por la ciencia y la química aplicadas a la investigación. Nos casamos hace dos años con grandes aspiraciones: el traslado a Roma, hijos, un nuevo puesto. Después…

–¿Qué pasó?

–Yo pasé de las patrullas móviles a homicidios y él empezó a tener celos. Acabó en una patrulla de auténticos gilipollas, de cabrones filo nazis. Muchas veces volvía a casa al amanecer, después del turno de noche, borracho y con el uniforme manchado de sangre. Nuestra relación se estaba destruyendo, a pesar de que yo me esforzaba en creer que aún podíamos tener un futuro juntos.

Un día, en casa, encontré cincuenta gramos de coca escondidos en una caja de zapatos. Al pedirle explicaciones, empezó a insultarme, a llamarme puta, y me dijo que si se lo contaba a alguien me volaba la cabeza. Yo cogí la pistola y le apunté a la frente diciéndole que tirara la cocaína. Se echó a reír, se me acercó y me dio una patada entre las piernas. Me desplomé en el suelo y siguió dándome patadas con las botas en el estómago. Gritaba y lloraba y él seguía. Una bestia. Jamás lo había visto así. Al ver sus ojos desorbitados e inyectados en sangre entendí lo que les ocurría a esos pobres desgraciados que caían en sus manos durante las patrullas nocturnas. Me quedé toda la noche llorando, sentada en el suelo del baño, con tres costillas fracturadas. Cuando volvió a casa a la mañana siguiente, Oliviero intentó hacer el papel de marido arrepentido. Pero yo ya no quería saber nada. Se marchó gritando que se las pagaría.

–¿Y tú qué hiciste?

–Ese mismo día lo denuncié al jefe de sección. ¿Quieres saber cómo acabó? Contó que me lo había inventado todo porque tenía envidia de su carrera y sobre todo porque estaba convencida de que él tenía una amante. Y para confirmar esas gilipolleces llamó a los mierdas de sus compañeros de patrulla.

–¿Le creyeron?

–Como «castigo» lo trasladaron a narcóticos, donde en pocos meses se convirtió en el amo…

–¡Qué asco! Cuanto más tiempo pasa, menos ganas tengo de dedicarme a esto. Afortunadamente existen personas como tú –dijo Gerace acercándose a la mujer para que ella pudiera mirarle a los ojos.

Meri levantó la frente. Esa mirada fuerte, intensa, penetrante, no tenía nada que ver con los ojos huidizos y velados de su ex marido. Dio un pequeño paso hacia adelante, acercó su cara a la de Gerace y lo besó en la boca. Un beso delicado, pero largo y apasionado. El policía le cogió con ternura la cabeza entre las manos.

Entonces Meri se separó bruscamente del abrazo.

–Alvaro, lo siento, no sé qué me ha pasado.

–No, eres tú la que debe disculparme, Meri, no quisiera que pensases que yo… –farfulló Gerace.

–Creo que sería mejor que nos pusiéramos a trabajar –continuó ella arreglándose el pelo nerviosamente.

No apagues la luz

10

El cadáver de Jeanette fue hallado por la empresa municipal de limpieza en un contenedor de basura parcialmente quemado en la calle Tofane, una callejuela con poco tráfico entre el cementerio de Certosa y el estadio de Bolonia. Estaba metido en una bolsa de residuos industriales.

El cuerpo, desnudo y ensangrentado, estaba cortado en tres partes: el tronco, las piernas y la cabeza. El asesino había amputado los miembros inferiores justo por debajo de las rodillas y había prendido fuego a la cabeza. Para las mutilaciones se había usado una sierra mecánica. Los senos habían sido cercenados con una cuchilla afilada. Las llamas habían borrado todos los rasgos de la cara de la mujer. Imposible identificar el cadáver. La autopsia reveló que en el momento de la amputación de los miembros y de la cabeza, la mujer todavía estaba viva. En la vagina se encontraron restos de fluido seminal pero no se hallaron signos de violencia sexual. Las primeras investigaciones, realizadas en el ambiente de la prostitución, no dieron ningún resultado.

El brutal homicidio provocó una gran impresión en la ciudad ya que el equipo de televisión de una cadena privada consiguió grabar, aunque

31

de lejos, los restos de la mujer esparcidos por el asfalto antes de que el personal de los servicios funerarios los depositaran en los contenedores pertinentes. Las imágenes fueron retransmitidas, sin censuras, durante el noticiario de la noche. Además de las inevitables polémicas sobre la función de la prensa, se puso en duda la seguridad interior y el caso pasó a ser prioridad absoluta de todas las fuerzas del orden. La policía, como siempre, fue la primera en estar en el punto de mira.

11

La primera habitación que Meri D'Angelo inspeccionó fue la cocina. Abrió cajones y armarios de par en par, volcó tazas, vasos, cubiertos, manteles y sartenes, revisó mesas, sillas y hasta la estufa. Desenroscó las tuberías del agua y del gas y comprobó que todos los azulejos estuvieran perfectamente sellados. Golpeó el suelo de barro del salón para asegurarse de que no hubiera oquedades.

En el piso de arriba Gerace no se quedó atrás. Revolvió camas, colchones, armarios y cómodas. Levantó reposapiés y alfombrillas y abrió de par en par todas las ventanas. Hasta que lo interrumpió el sonido estridente del móvil.

Alvaro se sorprendió: parecía que no había cobertura para el teléfono, pero evidentemente en ese lugar sí recibía.

—¿Quién es? —preguntó con tono brusco.

—Marino, de la brigada móvil de Bolonia.

—¿Quién?

—Soy Marino Scassellati, de la brigada…

—¡Ah! Eres tú, Marino, no te había reconocido. Perdona, es que no se oye muy bien. ¿Qué ocurre?

–Verás, el jefe querría que interrumpieras tus vacaciones y volvieras.

–¿Qué dices? ¡Estás de broma!

–Ha habido un asesinato. Un caso feo. Se ha encontrado a una chica en un contenedor de basura con las piernas y la cabeza amputadas, los senos cortados, la cara irreconocible…

–¿Y?

–Todavía no ha sido identificada. Pero sabemos que no se trata de una prostituta. En Bolonia el delito se ha convertido en un caso. Se está extendiendo la psicosis del maníaco y, como siempre, nosotros nos hemos convertido en el blanco favorito de la prensa.

–¿Qué tengo yo que ver en todo eso…?

–Postiglione quiere que te ocupes tú de la investigación. Tú… y yo. Los dos. Ha hablado también con el jefe.

–Pero ¿por qué yo precisamente?

–Por dos cosas. Tu experiencia en el sector y la falta de medios. Últimamente somos realmente pocos en la sección…

–Dime la verdad. Es ése el verdadero motivo. ¡No hay detectives disponibles!

–Hombre, está claro que no andamos apartándonos a codazos.

–Marino, contéstame sinceramente, ¿puedo negarme?

–Lo excluyo.

–¿Y cuándo tendría que volver a Bolonia?

–Inmediatamente.

–¡Joder! ¿Quieres decir esta misma tarde?

–Sí. ¿Dónde estás ahora?

Gerace no respondió.

–Nos vemos esta tarde en jefatura. Estaré allí sobre las siete.

–¿Algún problema? –preguntó Meri viendo que Gerace bajaba las escaleras con el ceño fruncido y el móvil en la mano.

–Tengo que volver a Bolonia. El jefe quiere que me ocupe del homicidio de una mujer.

–¿Cuándo piensas irte?

–Tengo que estar allí esta tarde.

Meri encajó la noticia como una patada en el estómago, pero intentó disimular la desilusión.

–Me ha llamado un compañero –continuó Gerace–. Se trata de un asunto feo, un asesinato. La víctima es una chica. Descuartizada. No han conseguido identificarla. Quieren que yo me ocupe desde ahora del caso.

–¡Increíble! Acabas casi de descubrir un cadáver y ya te están asignando otro caso de homicidio. Y además, ¿cómo es que tu móvil tenía cobertura? ¡El mío está completamente muerto! Es como si tuvieras un imán…

–Son coincidencias –respondió Gerace turbado–, jodidas coincidencias de las que, desgraciadamente, no consigo escapar.

Meri le cogió las manos entre las suyas.

–Espero que resuelvas el caso. Es más, estoy segura de que lo conseguirás. Siento que tengas que marcharte. Seguiré trabajando en éste. Te tendré informado de todas las novedades, te llamaré para pedirte consejo y para compartir contigo cada decisión. Será *nuestra* investigación. Y, en cualquier caso, te esperaré.

Alvaro sintió un nudo en la garganta. Le tomó la cabeza con las dos manos, cerró los ojos y la besó. Permanecieron abrazados un tiempo que les pareció infinito. Después, cogidos de la mano, subieron las escaleras.

–Hola Sophie, bienvenida, ¿qué tal?

–Oh, *très bien* Paolino, ¿y tú?

–Yo bien, pero el jefe tiene un cabreo de los gordos. Por culpa de tu amiga Jeanette. Ayer tenía que haber venido al estudio para un calendario, y no apareció. Richard debió de llamarla unas doscientas veces pero su móvil estaba siempre apagado. Te puedes imaginar de qué humor está hoy.

–*Oui, bien sur*! Intentaré no hacerle enfadar, *mais… écoute* Paolino, estoy un *peu* preocupada por Janette. Todavía no ha vuelto a casa. Hace dos días que no da señales de vida.

–Vamos, Sophie, ya deberías conocerla. Tiene siempre la cabeza en las nubes. Habrá ido a una fiesta, se habrá esnifado el alma y habrá conocido a alguno que le ha gustado. Mañana volverá llorando. Y entonces nosotros tendremos que consolarla…

–*Je ne sais pas*, Paolino, pero esta vez tengo una sensación rara. ¿Por qué no me ha llamado?

–Venga, Sophie, no te inventes problemas. Ve con el jefe. Te está esperando para el trabajo.

Sophie besó en la mejilla a Paolino, comprobó su aspecto frente a un enorme espejo de pared colocado en una esquina del estudio, se puso unas gafas de sol con cristales rosados y se dirigió al despacho de Gallo.

Paolo Giardini tenía veinticinco años y trabajaba en el estudio de Richard Gallo desde hacía más de dos años. Una amiga común los había presentado y el fotógrafo le había propuesto que se convirtiera en su ayudante. Contactaba con los clientes, organizaba las citas, gestionaba el alquiler de los locales, se ocupaba de la compra y del mantenimiento del material técnico y también le echaba un ojo a la administración. Además, muchas veces acompañaba a Gallo en sus viajes, y si era necesario, también a las modelos. Todas las chicas lo adoraban. Le llamaban Paolino por su corta estatura y por su cara angelical.

13

Alvaro Gerace llegó a la jefatura de Bolonia hacia las 19:30. Subió las escaleras corriendo y llegó a los pasillos de la brigada especial de la policía judicial. El ir y venir de agentes de paisano y de uniforme no era una novedad en esos despachos, pero el ambiente parecía tenso. Dirigió algún breve ademán de saludo y se encaminó a la sección de homicidios.

—Bienvenido.

El jefe de la brigada, Gabriele Postiglione, estaba de pie en la puerta de su despacho con una actitud más bien agitada. Detrás de él se entreveía al inspector Scassellati.

—Hola Alvaro, me alegro de verte, espero que hayas tenido un buen viaje —dijo Marino, dándole la mano al colega.

—No estaba muy lejos —contestó Gerace con una mueca parecida a una sonrisa.

El jefe pidió a ambos que se sentaran, cerró la puerta y se plantó de pie frente a ellos.

—Creo que puedo hablar francamente con vosotros —comenzó mirándoles a los ojos—. Este homicidio nos va a dar muchos quebraderos de cabeza. Tanto si es cosa del hampa, como si resulta ser obra de un loco homicida, para nosotros es una tocadura de pelotas sin precedentes. El alcalde ha empezado ya a soltar sus gilipolleces sobre la escasa dedicación de las fuerzas del orden, algunos políticos están aprovechando para echar mierda sobre la policía, diciendo las imbecilidades de siempre sobre la seguridad ciudadana, a la prensa la tenemos echándonos el aliento en el cogote, el prefecto y el comisario jefe juegan a descargarse mutuamente las responsabilidades. Y en medio de todo este lío, nosotros tenemos que resolver el caso sin hombres y sin medios. Y si no conseguimos resultados vamos a tener problemas muy gordos.

Gerace sonrió sarcásticamente. Aquel «nosotros» no podía sino referirse a él. Encendió un cigarrillo. Marino hizo lo mismo con uno de liar.

–Así es que –continuó Postiglione– vosotros dos, que sois los únicos policías con cojones que conozco, tenéis que encontrar al hijo de puta que hizo pedazos a la chica. Y mejor si lográis ahorrar a los contribuyentes el dinero del juicio.

Alvaro y Marino lanzaron a la vez una nube azul de humo.

–Ahora marchaos y dadle por el culo –concluyó–. No me importan los cómos ni los porqués. Quiero un culpable y lo quiero ya.

–¿Han terminado ya el informe la científica? –preguntó Gerace.

–Sí, ayer por la tarde. Te he hecho una copia. Está encima de tu mesa junto con el resultado de la autopsia –le contestó Marino.

–¿Has cenado ya? –preguntó Alvaro a Marino en cuanto salieron del despacho del jefe.

–La verdad es que me he saltado hasta la comida.

–Bueno, entonces diría que podemos permitirnos una cena… de trabajo.

–¿En Oreste?

–¿El que está siempre lleno de policías? ¡Venga hombre! Te llevo al de una amiga mía.

Linda Biagini tenía una pequeña casa de comidas en vía Pratello, una calle del centro llena de encanto y de soportales. Era una mujer de cuarenta y dos años, robusta, con fuertes brazos, cara ancha y una franqueza totalmente boloñesa. Se había casado dos veces y en ambas ocasiones el matrimonio no había superado el tercer año.

–Los hombres son todos blandos y aburridos –repetía siempre.

Linda y Gerace se habían conocido unos años antes en San Giovanni de Persiceto, un pueblo cercano a Bolonia adonde él se acababa de trasladar y en donde ella trabajaba en una casa de comidas. Su amistad nació entre esas mesas llenas de camioneros, humo de cigarrillos y chistes malos de putas y *carabinieri*. Se habían acostado alguna vez, pero ambos le habían dado la misma importancia que a un trago entre amigos. Linda había resultado ser una mina de información de todo lo que sucedía en la ciudad.

–Eres tú realmente, Alvaro, jodidísimo madero –fue su saludo cuando Gerace y Scassellati entraron en la hostería.

–¡Hola, amor mío! –contestó el policía abrazándola y besándola cariñosamente en las mejillas–. Me alegro de verte.

La mujer no soltó la presa mientras restregaba la mano libre en el delantal blanco que llevaba atado a la cintura. Sólo entonces se la dio a Marino.

–¿Otro pistolero? –preguntó examinando con la mirada al policía.

Marino sonrió estrechándole la mano.

La mujer acomodó a los dos inspectores en la mesa más apartada del local y se apresuró a llevarles una frasca de vino tinto.

–Cuando te la hayas bebido –dijo Linda mirando a Gerace– me tienes que contar esa historia de Rímini… Me parece que últimamente alguien ha intentado llenarte el culo de plomo. ¿O me equivoco?

–Tú no te equivocas nunca Linda. Luego hablamos.

–Bueno Alvaro, ¿cómo te va? –dijo Marino cuando la mujer se hubo alejado.

–Pues, yo diría que bien. Me estoy recuperando. Volver al trabajo es difícil, pero he tomado el buen camino, creo.

–Me alegro. Sólo espero que este caso sea de menor… implicación que el de Rímini.

Marino era un policía honesto, leal y valiente. No podía tolerar la corrupción, no se rebajaba nunca a pactar con los criminales y estaba dispuesto a sacrificar sus pocos momentos de libertad en pro de acabar con el mal de la sociedad. Nunca nadie le había visto levantar un dedo contra un sospechoso o desenfundar la pistola antes que el «enemigo». No se había casado nunca. Su única familia era Angela, su hermana menor, para la que había sido como un padre.

–¿Hay algún punto del que podamos partir? –preguntó Gerace sirviendo el vino.

Marino negó con la cabeza.

–Muy pocos, desgraciadamente. En unos días sabremos el ADN del esperma encontrado en la vagina de la chica. Pero, por el momento, no tenemos ningún sospechoso para someter al examen del código genético. Tenemos la certeza de que no hubo violencia sexual. El cuerpo de la víctima fue seccionado con una especie de sierra mecánica. Los senos, sin embargo, los amputó con una cuchilla larga, fina y afilada una mano poco experta pero firme. El asesino usó guantes de goma.

–¿Testigos?

–No. Hemos hablado con todos los vecinos de la calle Tofane pero no hemos obtenido nada de particular. Hay una obra en mitad de la calle pero los obreros no han visto nada raro. Dejaron el saco en el contenedor la noche antes de que lo encontraran. Los barrenderos han confirmado que la basura se recogió como de costumbre durante el día.

–Háblame de la chica.

–Edad, entre dieciocho y veintidós, de complexión delgada, incluso demasiado. Altura, un metro setenta y cinco, piel clara, manos y pies cuidados, uñas pintadas, piernas, axilas e ingles depiladas, dentadura casi perfecta. Sólo algún callo en la planta del pie.

–Interesante… has dicho que estaba más bien delgada.

–Casi rozando la anorexia.

–Una de ésas a las que les importa mucho el físico.

–Probablemente era fundamental para su trabajo. Pero no era prostituta.

–Oh, yo también estoy seguro.

–¿Una actriz?

–Quizá. Pero es más probable que fuera una modelo, de las que desfilan por las pasarelas, a juzgar por los callos de los pies. Y casi seguro extranjera. Por eso nadie ha denunciado hasta ahora la desaparición.

–Sí, por lo menos hasta esta tarde.

–Una modelo; increíble… –susurró Gerace pensando en el cadáver de la chica hallado en la torreta de Mammiferi.

–Podríamos preguntar al departamento de extranjería de la jefatura –continuó Marino.

–Es una posibilidad, pero no creo que se trate de una emigrante. Tenemos que buscar en otros círculos: agencias de moda, periódicos, revistas, estudios fotográficos.

–¿Crees que vivía en Bolonia?

–No lo sé, pero dudo que encontremos un contrato de alquiler a su nombre. Pediremos a las agencias inmobiliarias la lista de los apartamentos alquilados, incluso temporalmente, por estudios fotográficos y agencias de modelos. Investigaremos también todos los hoteles que tienen contratos con las revistas de moda, el mundo del espectáculo y de la televisión. Y tendremos que ir a hablar con los propietarios o los encargados de las relaciones públicas de las discotecas que organizan fiestas durante los desfiles.

–Joder, Alvaro, es un trabajazo. Y nosotros somos sólo dos…

–Lo sé, es casi imposible. Pero sabes mejor que yo que lo primero que tenemos que averiguar es la identidad de esa chica. El asesino ha borrado los rasgos de la víctima precisamente para ganar tiempo y obstaculizar las investigaciones. Es una persona despiadada, pero lúcida. Y esto me lleva a pensar sólo una cosa…

–¡Mierda! Un asesino en serie –exclamó Marino.

–¡Exacto! Un psicópata presa del placer sexual, que tiene que cometer crímenes cada vez más crueles para sentirse satisfecho. Se trata de determinar si ha puesto en el punto de mira a las modelos o si actúa sin una lógica. Pero es probable que no se detenga. Me parece el típico caso de un asesino compulsivo y progresivo.

–¿Cómo actuamos con el jefe?

–Mejor no decir nada hasta que tengamos algún dato más. La idea de un asesino suelto que vaga por los soportales de Bolonia en busca de una nueva víctima gustaría mucho a la prensa, pero seguro que a Postiglione no.

–¿Se puede saber que estáis tramando vosotros dos? Todavía no habéis probado bocado. –La llegada de Linda a la mesa interrumpió la conversación.

–Bueno, tenemos muchas cosas que contarnos –respondió Alvaro–. Y tú, ¿no tienes nada que contarme?

–¿Qué quieres saber? –preguntó Linda acomodándose en una de las dos sillas vacías.

–Esa mujer descuartizada… –dijo directo Gerace.

–¿La del contenedor?

–Sí, esa misma. ¿La conocía alguien? –preguntó el policía.

–Sí, Hermano Adivino. ¿Pero tú crees que alguien podría reconocer un cadáver descuartizado con la cabeza achicharrada? No sé nada de este asesinato, aunque en las imágenes de la televisión, en NETV...

–¿Te refieres al reportaje de esa televisión privada que filmó el hallazgo del cadáver?

–Sí, esa grabación increíble en la que salían todos esos trozos de carne desperdigados por el suelo...

Gerace elevó la mirada al cielo.

–¿Qué es lo que te llamó la atención, Linda? –preguntó.

–Bueno, cuando el de la funeraria levantó la pierna cortada, pensé que ese pie ya lo había visto.

–¿Qué dices? –la interrumpió Gerace.

–Déjame hablar si quieres que te eche una mano –le regañó la mujer–. Te digo que ya lo había visto. Lo tengo grabado aquí, entre los ojos. Tenía las uñas de los pies pintadas, ¿verdad?

Alvaro dirigió una mirada interrogativa a Marino, que asintió.

–El esmalte verde oscuro no cubría toda la uña. Sólo era una raya fina en el centro.

–Así es –tartamudeó Marino.

–¿Cuándo la habías visto? –la apremió Gerace.

–Estuvo una noche aquí. Me acuerdo perfectamente de sus pies y de esa manera tan rara de pintarse las uñas. Pero nada más. Ni la cara, ni el nombre, ni con quién vino.

–¡Coño! Intenta esforzarte –presionó Gerace.

–¿Y qué quieres que haga? Sabes cuánta gente veo aquí cada noche –rebatió Linda molesta.

–¿Pero cuánto tiempo hará que la has visto?

–No más de seis o siete días, pero no estoy segura.

–¿Recuerdas quién iba con ella esa noche?

–Desgraciadamente no.

–¿Has mirado las reservas?

–Yo no hago reservas –explicó la mujer. Después miró a Gerace a los ojos–. Me estoy haciendo vieja, Alvaro. Hace años la cara de esa mujer no se me habría despintado.

–No es verdad Linda, sigues siendo una fuente de información privilegiada. Toma, éste es mi teléfono –dijo Gerace dándole una tarjeta de visita–. Llámame si recuerdas algo más.

La mujer cogió la tarjeta y la guardó en el bolsillo del delantal sin mirarla siquiera.

14

Había algo en aquel caserío que se le había escapado. Meri D'Angelo estaba absolutamente convencida. Después de que Gerace se marchó a toda prisa hacia Bolonia, había registrado la casa de los abuelos de Mammiferi, pero no había encontrado nada interesante para la investigación. Y aun así estaba segura de que ese lugar perdido entre las colinas escondía algún secreto: la explicación del terrible homicidio de la mujer, todavía sin nombre, encontrada en la «cárcel» de Mammiferi. ¡Ah, si aún estuviera Alvaro! Meri recordó cuando hicieron el amor. Quizá quería volver allí para revivir aquellas sensaciones. Quizá la investigación era sólo un pretexto.

Pero la decisión ya estaba tomada: esa noche volvería a la casa.

El Yaris dio un salto al subir la pequeña rampa que conducía a la parte de atrás. Meri redujo la presión sobre el acelerador y siguió con el gas al ralentí hasta el final de la cuesta. Allí apagó el motor y las luces.

Se sentía casi una intrusa. La una de la madrugada era una hora poco corriente para un registro, pero eso no había bastado para disuadirla de sus propósitos. Ahora, sin embargo, esa oscuridad y ese silencio la inquietaban. Sacó el móvil de un bolsillo del pantalón. En la pantalla apareció el mensaje luminoso: sin cobertura. Deslizó la mano por un costado, bajo la cazadora, para cerciorarse de que llevaba la pistola. El contacto con el arma la tranquilizó durante algunos segundos. Tenía que actuar rápidamente y con mucho cuidado. Cogió de la guantera una linterna y bajó del coche. Se acercó a la casa caminando despacio. Los pasos sobre la gravilla producían un sonido siniestro. La casa estaba envuelta en un silencio fantasmagórico. Llegó a la puerta de atrás, por la entrada de la cocina. Las llaves estaban en la pared de al lado, colgadas de un clavo escondido por una trepadora. Las cogió con dedos temblorosos. Tras cuatro vueltas, la cerradura se abrió. Encendió la linterna y entró. La cocina estaba tal cual la había dejado por la tarde, con los cajones abiertos y los armarios de par en par.

Presa de ansiedad, Meri llegó al salón. El haz de luz de la linterna ondulaba sobre los sofás y sobre las paredes. Había algo distinto. Meri respiró profundamente. Decidió subir al piso de arriba. Empezaría por registrar los dormitorios. De repente, se encontró frente a la escalera de caracol. Metió la mano en la cazadora y sacó la pistola. Desplazó el cañón y quitó el seguro. Subió las escaleras lentamente. Al llegar a la mitad se detuvo. Entendió en el acto lo que había cambiado en esa casa desde la última vez. Los sofás, las sillas y la mesa del salón estaban cambiados de sitio. No los había dejado así tras el registro. Las puertas del aparador estaban abiertas. Ella estaba segura de haberlo cerrado todo. No podía equivocarse, tenía una mente fotográfica. Y dado que había sido la última en abandonar la casa, eso quería decir que alguien había entrado allí después de ella. Alguien que quizá todavía estaba allí.

Un golpe sordo en una habitación del piso de arriba la sobresaltó.

Con paso incierto Meri subió el último escalón. El círculo de luz de la linterna iluminó las vigas vistas del techo. Fue en ese instante cuando percibió una debilísima respiración sobre su hombro izquierdo. Volvió de golpe la linterna en esa dirección, apuntando al mismo tiempo con la pistola. Un hombre con un pasamontañas verde que le tapaba la cara estaba inmóvil frente a ella. Dos ojos, negrísimos, la miraban fijamente. Meri levantó la pistola. Le temblaba la mano de miedo. El cañón oscilaba delante de la cara del hombre.

–¡Policía! Da tres pasos atrás y pon las manos en la cabeza –gritó con voz ahogada.

Estaba aterrorizada por la idea de que aquel hombre aprovechase la oscuridad para agredirla. No lograba ver si tenía algún arma en las manos. Dio un paso atrás.

–Te he dicho que pongas las manos en la cabeza. No te lo repetiré otra vez –gritó de nuevo.

El hombre levantó lentamente los brazos como si fuera a ponerlos tras el pasamontañas pero saltó, le dio un fuerte empujón y ella rodó escaleras abajo. Meri lanzó un grito. La linterna y la pistola se le escaparon de las manos. Rodó por los escalones de hierro y terminó la caída golpeándose con violencia la nuca contra el suelo. El golpe le hizo perder el sentido.

15

Giulia no conseguía encontrar una explicación. Llevaba meses preparándose para ese *casting*. Horas y horas de gimnasio y centros de estética; clases para aprender a desfilar y posar. Y aun así no había funcionado. Ese fotógrafo, Gallo, la había tratado con desinterés. Parecía tener la cabeza en otra parte. Una breve charla, una docena de fotos polaroid, algún desnudo y sólo una mención al desfile. Su encuentro había durado media hora escasa. Después Gallo se había despedido pidiéndole que dejara sus datos a Paolo, su asistente, para la ficha.

Sentada en una minúscula mesa de un bar de la calle Cartoleria, en el centro de Bolonia, Giulia Montale miraba el zumo de zanahoria y pomelo que había pedido como si sólo ahí pudiera encontrar una respuesta a su angustia. Se sentía vieja. Veintiún años son una eternidad para una modelo. Lo había probado todo. Después de algunos años intentando labrarse un porvenir como gogó en las discotecas de Rímini y como modelo para algunas revistas locales, había conocido a Camilla Castelli, una periodista de moda de Rímini. Camilla la había animado a perseguir sus ambiciones.

–En Bolonia hay un fotógrafo que puede ayudarte –le había dicho–. Se llama Richard Gallo. Es un gurú en el mundo de la moda. Puedo conseguirte una cita, pero tienes que ir preparada. Si te admite en su equipo estás salvada.

Aquel encuentro, esperado y soñado durante días, se había reducido a un puñado de disparos. No, no era así como se lo había imaginado. Giulia hubiera querido volver a ese estudio y suplicar al fotógrafo que le diera otra oportunidad.

El móvil empezó a sonar, haciendo vibrar el vaso de zumo.

Giulia contestó con un gemido.

–Soy Camilla. ¡Qué voz! ¿Qué ha pasado?

A Giulia empezaron a llenársele los ojos de lágrimas.

–… No lo sé. Tengo… tengo miedo de que haya ido mal. Él ha estado… ha estado frío, distante, no me ha mirado ni una vez, apenas me ha dirigido la palabra. Ha ido mal; lo presiento.

–No seas pesimista. Gallo actúa siempre así, es un tipo huraño. Si le has gustado te llamará. Estoy segura de que eres su tipo.

–No, no. Estaba demasiado alterada, me sentía torpe y desgarbada…

–Deja de llorar. ¿Estás todavía en Bolonia?

–Sí, estoy en un bar –respondió Giulia sonándose escandalosamente la nariz. Pensaba coger el tren de las ocho y media.

–¿Por qué tan tarde?

–Bueno… antes pensaba darme una vuelta por las tiendas del centro. Y después ir a Max Cipriani, ese peluquero de Roma que acaba de venir a Bolonia. Salió en *Vogue*, ¿te acuerdas? Pero ahora ya no sé si…

–Pues a mí, en cambio, me parece una idea buenísima. Llámame cuando llegues a Rímini. Si te apetece podemos vernos.

16

–Mira, mira. Hace unas noches en un local de aquí cerca hubo una súper fiesta, *Fashion On The Night* –Marino, agitó una octavilla publicitaria bajo la nariz de Gerace.

Los dos llevaban horas encerrados en su despacho de la segunda planta de la jefatura de Bolonia, rodeados de listas de clientes de hoteles, habituales de locales nocturnos y direcciones de apartamentos alquilados por períodos cortos en los dos últimos años.

–¿Ah, sí? –contestó Gerace sin demostrar interés.

–Escucha con atención lo que dicen: «*Fashion On The Night*, la fiesta más glamorosa del año con las espléndidas modelos de *Vogue*, *Moda* y *Max*».

–¿De verdad? ¡Cómo he podido perdérmela todos estos años! –comentó Gerace.

–La hicieron en La Cupola, esa discoteca que está en la cuesta que lleva a la colina de San Luca –prosiguió Marino–. Podríamos ir a hablar con los propietarios. Igual nos pueden decir algo nuevo.

–¿Crees que conseguirán reconocer a la dueña de la cabeza quemada?

–Joder, esta mañana estás peor que tu amiga Linda.

–Venga vale, vamos. Pero prométeme una cosa…

–¿Qué?

–Que la foto del cadáver la enseñas tú…

17

El dolor en la cabeza era insoportable, como si tuviera el filo de una espada clavado en el cráneo. Meri D'Angelo intentó levantarse, pero una oleada de náuseas se lo impidió. Tardó algunos minutos en darse cuenta de dónde estaba. Todavía se encontraba en esa casa, en el suelo, a los pies de la escalera de caracol por la que había caído. Los pinchazos de la cabeza no le daban tregua. Alargó las manos palpando el suelo en busca de la pistola, pero no dio con ella. Poco a poco recordó lo que había pasado. Se tocó la nuca para asegurarse de que no había heridas. Tenía un hematoma del tamaño de una pelota de golf. El salón estaba desierto. Se levantó y, dando tumbos, llegó a la cocina. La puerta de entrada estaba abierta de par en par. El hombre debía de haberse marchado.

Salió de la casa. El Yaris todavía estaba donde lo había dejado la noche anterior. Con un suspiro de alivio descubrió que aún tenía las llaves en el bolsillo de los pantalones. Aceleró el paso y llegó al coche. El dolor de cabeza aumentó. Arrancó y con una brusca maniobra marcha atrás tomó el camino principal. Salió derrapando y recorrió por lo menos diez kilómetros a una velocidad sostenida antes de reducir. Cuando consideró que ya estaba a salvo sacó el móvil. La cobertura en ese punto era apenas suficiente. Marcó el número de la jefatura de Arezzo.

Un hombre alto, fuerte, con un pasamontañas verde en la mano, encendió un cigarrillo apoyándose en una gran encina. Debajo de él, a unos pocos metros de distancia, estaba la casa de piedra. El Yaris de Meri D'Angelo acababa de pasar volando y levantando una nube de polvo. El hombre soltó una bocanada de humo por la boca e inspiró profundamente por la nariz. Todavía podía sentir en el aire el olor de la mujer.

—Pero ¿le has visto la cara?

—No, Oscar, llevaba un pasamontañas. Sólo recuerdo sus ojos gélidos, llenos de rabia y locura. Y su mirada incolora, sin expresión. Podía haberme destrozado.

—Pero no lo hizo.

—Si no me ha matado, sus razones tendrá.

—No entiendo por qué quisiste ir a esa casa sola, en plena noche. Podías haberme pedido que fuera contigo.

—Algo me decía que allí encontraría indicios importantes. He arriesgado y he pagado las consecuencias. No podía implicar a nadie más en esa decisión mía, era demasiado peligroso.

—¿Y ese hombre? ¿Tienes idea de quién puede ser?

—Sin duda alguien que conoce bien la casa y que no tiene problemas para entrar y salir.

—¿Mammiferi?

—Es una posibilidad. ¿Hay novedades sobre él?

49

—Negativo. Parece haberse esfumado. Pero la búsqueda sigue. Esperemos que tu agresor haya dejado alguna pista. ¿Qué crees que estaba haciendo?

—No lo sé. Quizá buscaba o dejaba algo. Quién sabe...

—¿Viste si llevaba un arma en las manos?

Meri recordó el terror que la había paralizado en el momento en que se había encontrado vis a vis con aquel hombre.

—No pude verle las manos, estaba demasiado oscuro. ¿Quién está allí ahora? —preguntó.

—Dos colegas de la científica.

—Tengo que ir yo también. Quizás en el lugar pueda recordar mejor.

—Ni hablar, Meri. Los médicos dicen que tienes un fuerte traumatismo craneal y dos costillas fisuradas. Tienes que estar en observación por lo menos tres días hasta que se reabsorba el hematoma.

—¿Tres días? Estás de broma. Ahí afuera hay un psicópata que ha descuartizado a una mujer...

—Te tendré informada de cada paso de la investigación, pero de momento no puedes moverte...

Meri se tumbó en la cama del hospital de Cortona con la mirada fija en la ventana mientras el inspector Latini salía en silencio de la habitación.

18

La cita en La Cupola estaba fijada a las seis de la tarde. Gerace y Scassellati llegaron puntuales. El titular del local, era un hombre de unos cincuenta años con el pelo cano y un prominente estómago, los recibió en su despacho. A continuación llamó a un muchacho delgado, de unos veinte años, lleno de *piercings*, de mirada apagada y embobado.

–Soy Widmer Zamagni y él es Andrew, el director artístico –dijo el propietario de la discoteca dando la mano a los dos policías.

–Inspectores Gerace y Scassellati de la brigada especial de la policía judicial de Bolonia –respondió Marino.

–Así que queríais información sobre nuestra fiesta *Fashion*…

Fue una vez más Marino quien respondió.

–Exacto. Antes de nada, ¿podría explicarnos de qué tipo de fiesta se trata?

–Es una fiesta privada que organizamos todos los años, con una selección muy rigurosa. Los invitados son estilistas, modelos femeninas y masculinos, titulares de agencias, gente que trabaja en el mundo de la moda, fotógrafos, periodistas y amigos de siempre. Se baila, se charla, nos conocemos. Eso es todo. Pero le aseguro que es una fiesta muy solicitada. La última fue un éxito.

–¿Había mucha gente?

–El local estaba lleno a rebosar.

–¿Nos puede dar una lista de los invitados?

–Pues claro, pero no está completa. Nosotros sólo tenemos los nombres de los que conocemos. Los modelos y estilistas cambian cada año… Pero ¿qué sucede? ¿Estáis buscando a alguien?

–¡A una mujer! –intervino Gerace con voz firme.

–Una estilista, una modelo, una periodista…

–Una modelo. De unos veinte años, un metro setenta y cinco, delgada, rubia, piel blanca.

–¿Saben cómo se llama? –preguntó Zamagni.

–Si lo supiéramos no estaríamos aquí.

–Bueno, ¿tienen por lo menos una foto?

Gerace pensó en la cabeza completamente calcinada que aparecía en las fotos de la científica.

–No, al menos de momento.

–¿Sabe cuántas modelos con las características que usted me ha descrito estaban en la fiesta? No me puede dar algún detalle más de la chica?

–Últimamente llevaba las uñas de los pies pintadas con una fina raya verde oscuro.

–¿Tan raro le parece? –masculló Andrew, que hasta ese momento había escuchado en silencio, con una expresión ausente. El aro que llevaba enfilado en el labio inferior se elevó como el tren de aterrizaje de un avión.

Gerace miró al chico y después se volvió hacia Marino.

–¿Raro? Claro que no. Pero desgraciadamente es el único dato que tenemos...

–¿Tienen por casualidad fotos de la última fiesta? –intervino Marino.

–Sí, están todas en un álbum –respondió el titular del local–. Y también tenemos un vídeo que grabó Andy.

–¿Podemos llevárnoslos?

–Bueno, si me garantizan el respeto a la intimidad... A menudo a nuestras fiestas acuden empresarios, políticos y hombres de negocios en dulce compañía...

–No se preocupe, no somos de la de costumbres. Se las devolveremos en unos días, tras haberlas visionado –dijo Marino.

El joven salió del despacho para volver cinco minutos más tarde con un álbum de fotos y una cinta Panasonic MiniDV de sesenta minutos en la que figuraba escrito: *Fashion Party*. Entregó todo a los policías.

–¿Qué ha hecho esta chica que buscáis? –preguntó Zamagni mientras Gerace y Scassellati ya se estaban levantando.

Gerace lo miró con aire severo.

–Sería mejor que usted se preguntara qué es lo que le han hecho.

El hombre palideció.

–¿No será por casualidad la que han hecho pedazos y tirado en el contenedor?

–Justamente –respondió con calma Gerace–. Y puede estar seguro de que haremos todo lo posible para coger al asesino.

19

«Un día de mierda sin duda», pensó Giulia mientras bajaba del taxi frente a la estación de Bolonia. Por la mañana la prueba del fotógrafo Richard Gallo fue mal, por la tarde esa larga caminata bajo los pórticos para ver tristes escaparates de tiendas y después toda esa espera en Max Cipriani, el peluquero. Al final se había gastado un dineral y estaba sin contrato de modelo y con un corte de pelo que ya odiaba.

Entró en el vestíbulo de la estación y comenzó a buscar con la mirada el tablón de las salidas. El reloj marcaba las 20:17. En menos de un cuarto de hora habría cogido por fin el tren. Al levantar la cabeza hacia el monitor tuvo la impresión de que alguien la estaba observando a su espalda. Miró con atención el cristal de la pantalla intentando adivinar en el reflejo una silueta, pero sólo vio la sombra de un hombre.

El tren para Rímini estaba llegando al andén siete.

Giulia se dirigió a las escaleras del paso subterráneo. A esa hora había muy poca gente. A medida que se acercaba al andén, el pasillo se iba quedando más desierto. Los tacones de los zapatos repiqueteaban en el suelo. Se paró en la salida del quinto andén y se dio la vuelta. Un vagabundo sentado en el suelo con la espalda apoyada en la pared la miró haciendo una mueca, soltó un eructo escandaloso y estalló en una grosera carcajada. Giulia se apartó molesta y volvió a caminar rápidamente.

Fue entonces cuando sintió que la agarraban por detrás. Una voz aguda como un lamento empezó a susurrarle palabras cortantes en un oído mientras una mano le apretaba con fuerza el brazo.

–Sigue andando sin volverte, reina. Tienes una hoja de veinte centímetros apoyada en tu bonita espalda. Si intentas hacer un movimiento brusco te ensarto un riñón y te lo saco por la barriga…

–¿Quién… quién… es usted? ¿Qué qui… quiere de… de mí…? –tartamudeó Giulia.

–¿Que qué quiero? Hacerte feliz, por supuesto. Pero tú sigue caminando, ¡puta!

Giulia sentía el aliento del hombre pero no se atrevía a volverse para mirarlo a la cara. Su olor era ácido y punzante.

«Otro vagabundo –pensó–, tengo que permanecer tranquila.» Pero la punta de la hoja que le pinchaba la piel desnuda le daba escalofríos.

Al llegar a la salida del séptimo andén Giulia vaciló un momento pero él apretó la presa.

–No te he dicho que te pares todavía, belleza.

–¡Tengo que ir a Rímini! –intentó explicar ella–. Te daré todo el dinero que quieras pero déjame ir… por favor.

–No, tú no vas a ninguna parte. Vendrás conmigo a un sitio donde todos podrán verte… pero te aseguro que nadie tendrá ganas de hacerlo. Te gustará, ya verás…

Las piernas de Giulia empezaron a temblar. El olor ácido se hizo aún más intenso. Sentía que se desmayaba. El hombre la empujó con fuerza hacia el fondo del paso inferior.

De repente una vieja señora que arrastraba una pesada maleta asomó por una esquina del túnel y bloqueó involuntariamente el paso a Giulia y a su agresor. En los ojos de la chica apareció un rayo de esperanza. Pero el hombre fue más rápido que ella. Le rodeó los hombros con un brazo simulando un gesto cariñoso. Acto seguido empezó a tocarle un seno. Entonces se le acercó a la cara y empezó a lamerle el cuello y la oreja. Al mismo tiempo empujaba la punta del cuchillo en el costado de Giulia. La anciana, alterada por la escena, se apresuró a alejarse.

–No te pongas nerviosa, reina –dijo el hombre–. Nos hemos quedado solos, tú y yo…

En pocos pasos llegaron a la escalera del andén diez. Subieron sin prisa y llegaron a la plataforma. El andén estaba desierto. El altavoz anunció la salida del tren para Rímini desde el séptimo andén. Giulia se sobresaltó. Tenía que conseguir escapar.

Pero en ese momento la hoja que tenía apoyada en el costado le penetró la carne. Sintió un pinchazo desgarrador.

–Esto es sólo un aperitivo de lo que te haré si intentas escapar, muñeca –le susurró el hombre.

–Se… se lo ruego…, no me haga daño –suplicó la chica llorando–. Le daré todo lo que quiera.

El hombre se echó a reír estridentemente.

–Ya, eso ya lo sé –dijo.

La oscuridad iba envolviendo todos los rincones de la estación. Giulia era consciente de la sangre que le goteaba por las piernas. Elevó la mirada y vio el puente de la calle Matteotti que atravesaba la estación. Estaba lleno de coches en fila que avanzaban lentamente, bloqueados por el atasco. Decenas de personas que ni siquiera imaginaban lo que ella estaba viviendo en ese momento. Hombres y mujeres que vivían cansinamente esos minutos de su vida mientras ella estaba luchando por sobrevivir. Todos tan cercanos y tan lejanos.

—Entra aquí, rápido.

El hombre la empujó dentro de una cabina acristalada, una especie de sala de espera que se encontraba en el centro del andén. Dentro había bancos de madera. En las cristaleras, sucias y empañadas, se veían algunos carteles publicitarios y octavillas pegados que impedían la visión desde fuera. En el suelo una manta sucia, docenas de colillas de cigarrillo, trozos de cristal, botellas, pañuelos de papel ensangrentados, envoltorios de preservativos, jeringuillas con la aguja rota, restos de vómito. El tufo a orina era insoportable.

El hombre tiró al suelo a Giulia, que cayó de rodillas golpeándose violentamente la espalda en la madera. después se abalanzó sobre la chica. La arrastró sobre el banco, le separó las piernas y se tiró encima de ella. La chica intentó liberarse pero él le cogió el cuello con una mano, haciéndola arquear la cabeza hacia atrás de manera que no pudiera verlo. Giulia empezó a toser y a boquear.

—No te muevas, puta. ¿No es esto lo que quieres?

Giulia sentía los dedos del hombre que le oprimían la carótida, impidiéndole respirar.

Otra puñalada le llegó al estómago.

Un chorro de sangre salpicó la cristalera a pocos centímetros de la mirada ya turbia de la modelo.

—¡Eres una puta! Una sucia puta. Sois todas unas putas —empezó a gritar el hombre. Su voz ahora era más aguda, estridente, casi infantil.

El cuchillo esta vez ahondó en el pecho. Giulia empezó a vomitar sangre. La mano del hombre, en el cuello, no aflojó la presa.

Surgiendo casi de la nada, un tren de cercanías llegó inesperadamente a ese andén. Frente a la sala de espera pasaron siete personas. Una pareja de ancianos, un chico, una mujer con una niña de la mano y dos emigrantes. La niña se soltó de golpe de la mano de la madre y corrió hacia la cristalera de la sala. Se paró justo delante de la cara de Giulia. Los ojos de la pequeña se encontraron con los de la chica. Pero la madre agarró bruscamente a la niña y la arrastró fuera de allí.

Un sitio donde todos te podrán ver pero nadie tendrá ganas de hacerlo.

Giulia supo que ése sería su último pensamiento.

20

—¡Por favor! Tengo miedo a oscuridad.

—No me toques las pelotas, tú y tus miedos de los cojones. Yo quiero dormir.

—Pero qué te cuesta dejar encendida una lámpara.

—No me apetece. Y además yo hago lo que quiero.

—¡Por favor! La oscuridad me da pesadillas. Veo siempre esas caras…

—Joder, no puedo más con tus lloriqueos. Si sigues te voy a enseñar yo lo que es la oscuridad.

—¡Te lo ruego! Te prometo que será la última vez. Pero esta noche no apagues la luz. Siento que esos monstruos están volviendo…

—¡Vete a tomar por culo! Tú y tus visiones. Ahora voy a apagar…

—¡Nooo!

Click.

Se despertó sobresaltado con el corazón palpitándole como loco. Estaba empapado en sudor. Había tenido otra vez la misma pesadilla que desde años atormentaba sus noches. Abrió los ojos. La luz de la lámpara de la mesita de noche estaba encendida.

21

No lograba volver a dormirse. Tumbado en la cama con los ojos como platos, era ya la tercera vez que Gerace repasaba mentalmente las litografías que tenía colgadas en las paredes de su casa: la basílica de San Petronio, el Palazzo della Mercanzia, las dos torres, la Piazza Maggiore, la estatua de Neptuno. Bolonia empezaba a quedársele pequeña. O grande, considerando que se había trasladado hacía poco desde Rímini y vivía en un mini apartamento de alquiler de la calle Orfeo. Estaba más solo que la una y no conseguía quitarse de la cabeza a esa mujer.

¿Por qué Meri no lo había vuelto a llamar?

Alvaro se levantó de la cama y se acercó a la ventana. Abrió los cristales e inspiró profundamente el aire de la noche. Calle Orfeo, un pequeño callejón en las entrañas de la ciudad, estaba débilmente alumbrado por la luz amarilla de las farolas. Era una noche cálida pero parecía que nadie tuviera ganas de salir de casa. Un gato saltó desde un contenedor de basura haciendo rodar una botella de cerveza. Gerace observó la escena y el recuerdo de Meri se esfumó para dejar espacio a una idea que lo estaba angustiando. En la ciudad había un psicópata que había descuartizado a una chica y había tirado los restos a la basura. Y probablemente actuaría de nuevo. Si no lo había hecho ya.

22

–¿Hola? Al habla Camilla Castelli. ¿Ha llegado ya al estudio Richard Gallo?

–¿A las ocho y media de la mañana? Ni aunque le hubieran bombardeado la casa. Nunca llega al estudio antes de las once.

–¿Con quién hablo?

–Soy Anna, su secretaria.

–Perdone, ¿se acuerda de una chica que estuvo ahí ayer? Es de Rímini, se llama Giulia, Giulia Montale.

–No sabría decirle. Por aquí pasan muchas…

–Sí, pero había ido para una prueba.

–Déjeme ver… Sí. Ahora recuerdo. Llegó al mediodía. Hizo la prueba y se fue. Cuando salió me pareció que estaba un poco baja de moral.

–¿Por casualidad, no volvería ayer por la tarde por allí?

–¿Después de las fotos? No, no volvió. Yo estuve aquí hasta las ocho.

–Quién sabe dónde se habrá metido…

–¿Por qué?

–Me dijo que me llamaría al llegar a Rímini. Pero no lo ha hecho.

–No se preocupe. Si Giulia me llamara, le digo que se ponga en contacto con usted inmediatamente.

–Se lo agradezco mucho… pero ¿qué es ese escándalo que oigo?

–Son sirenas de ambulancias y policía que pasan por la calle. Ha debido de pasar algo en la estación, aquí al lado. Esta mañana, cuando he llegado, había ya un trasiego impresionante de patrullas. He puesto la radio, pero hasta ahora no han dicho nada.

–Esperemos que no sea nada grave.

23

Habían precintado el andén diez. El tráfico ferroviario estaba casi interrumpido. Los trenes llegaban y partían del andén uno, el único accesible sin usar el paso inferior. Habían cerrado al público el túnel subterráneo.

La alarma había saltado hacia las cinco y media de la mañana cuando un trabajador de la limpieza echó a correr asustado hasta la comisaría de policía de la estación. Había encontrado a una mujer muerta bajo una manta en la sala de espera del andén número diez.

Scassellati y Gerace se encontraban en la comisaría de la estación. Alvaro estaba hablando con el agente del turno de noche. Esa noche sólo habían estado de servicio dos agentes, y no cuatro, como preveía el reglamento. El policía, más bien gordo, de cara ancha y la cabeza casi del todo calva, no parecía muy contento con las preguntas ineludibles de Gerace.

—¿Cuándo fue la última vez que controlaron el andén diez?

—Inspector, no hay una orden concreta de control de los andenes. Sólo somos dos y tenemos que vigilar el bar, los subterráneos, los baños y hasta las tiendas del patio oeste…

—¿Quiere decirme que ninguno de ustedes, pasada la medianoche, pasó por el andén diez? —Gerace no daba crédito.

El agente abrió los brazos en un gesto de resignación.

—¿Esa cabina no es un refugio de vagabundos y toxicómanos?

—¿Y qué? ¿Qué quiere usted que hagamos? ¿Llevarlos al bar? ¿Sabe cuántos vemos cada día? En mi nómina no hay un plus de asistente social. ¿En la suya sí, inspector?

—¿En los andenes hay cámaras de circuito cerrado? —intervino Marino para interrumpir la discusión.

—Sí, pero sólo hasta el noveno, y no todas funcionan. En el vestíbulo y en los subterráneos, por ejemplo, están estropeadas desde hace casi cinco meses. Nosotros lo hemos comunicado pero…

—De acuerdo, entiendo. ¿Y cómo están orientadas?

—Venga, le enseñaré el monitor. Aquí…

Scassellati se acercó a la pantalla. Las imágenes eran en blanco y negro, con mucha profundidad. No era una secuencia continua sino de fotogramas a saltos y las figuras aparecían a menudo desenfocadas.

–Pero es un equipo tercermundista –exclamó Marino.

–No sé de qué se sorprende, inspector –respondió sarcásticamente el policía–. Ni que fuéramos la CIA.

Scassellati evitó comentar el chiste y examinó la cámara que controlaba el noveno andén. El gran angular permitía ver también una parte del décimo andén, a la altura de la escalera del túnel subterráneo.

–¿Cómo se graban las imágenes?

–Así como las ve. Con cintas VHS que graban continuamente. Cuando están llenas las ponemos en ese armario. Al acabar el mes acaban en el archivo, en el cuartel Boldrini.

–¿Podemos echar un vistazo a las de esta noche?

–Bueno, no creo que… –murmuró el agente, agachando la mirada hacia un montón de cintas alineadas sobre la mesa.

Gerace, a su vez, miró en la misma dirección. Los títulos de las cintas no daban lugar a dudas: eran todas películas porno.

–O sea ¿que esta noche no se ha grabado nada? –gruñó.

–¿Y de qué coño hubiera servido? –respondió el policía con rabia–. Total, las cámaras no funcionan. Es inútil grabar.

–Escucha, pedazo de mierda, te voy a denunciar por violación de la ley, uso indebido de material administrativo y obstrucción de la investigación. Así tendrás todo el tiempo del mundo para hacerte pajas viendo tus peliculitas.

–Marino, quizá tengamos una pista.

Los dos policías acababan de salir de la comisaría ferroviaria cuando Gerace recibió una llamada.

–La chica asesinada es una modelo. Se llama Giulia Montale, vive en Verrucchio, en la provincia de Rímini.

–¿Han encontrado su documentación?

–No, pero en un bolsillo del abrigo había una factura de un peluquero de la calle D'Azeglio, un tal Max Cipriani. Parece que fue allí ayer por la tarde, hacia las cinco y media. Ya han interrogado al peluquero. Ha dicho que se acordaba bien de una chica cuyas características coinciden con las de la víctima. Mientras él le cortaba el pelo se puso a llorar. Le contó que había venido de Rímini para una cita con un fotógrafo de moda, pero que la prueba le había ido mal. Él trató de consolarla, le pidió el nombre y le prometió que hablaría de ella con algún amigo estilista. Y no acaba ahí. ¡El fotógrafo con el que estuvo es Richard Gallo!

Marino se sobresaltó.

–¿Quieres decir tu amigo Gallo?

–Justo él. Aquél de Rímini del que te hablé hace tiempo.

–Bueno, creo que tendremos que hacerle una visita.

–Le acabo de llamar. Nos espera en su estudio en una hora.

–Bien –dijo Marino–, por lo menos esta vez la víctima tiene un nombre…

–Y es una modelo –lo interrumpió Alvaro.

–Como probablemente la primera víctima, la del contenedor.

La investigación por fin topaba con una pista. Los dos policías intercambiaron una mirada de complicidad. La emoción podía verse en sus ojos.

–Vamos –dijo Gerace–. Richard Gallo nos está esperando.

Con la noche encima

24

Sophie atravesó el portal de la jefatura de Bolonia jadeando. Había visto en la televisión las imágenes del homicidio de la estación y, aunque la descripción de la víctima no correspondiese con la de Jeanette, había salido de casa corriendo con lágrimas en los ojos. Su amiga había desaparecido hacía ya demasiado tiempo. Tenía que haberle pasado algo. Sophie estaba ya segura.

El guardia de la entrada alargó el brazo para impedirle el acceso.

—Perdone, señorita, ¿puedo ayudarla?

—Tengo que poner una denuncia.

—Robo, atraco, tirón, agresión…

—No, no, *c'est pour une* amiga… *elle est* desaparecida…

El agente de la puerta le indicó una sala de espera en la planta baja donde había una docena de personas. Sophie sintió que se derrumbaba.

—*Beaucoup de monde.* Jeanette… *oh, pardonnez moi…* tengo miedo de que le haya pasado algo.

—Perdone, quizá no haya entendido. ¿Quiere hablar con alguien de la judicial?

—Oh, *les détectives, oui, oui.*

–Un momento por favor.

El agente cogió el teléfono que tenía sobre la mesa y marcó una serie de números.

–Lo siento, señorita, pero están todos fuera. Puedo anotar sus datos y sus señas y dárselos al primer inspector que vuelva a jefatura.

Sophie asintió con angustia en el corazón. Escribió en un papel el número de su móvil y se lo entregó al policía junto con su pasaporte.

–¿Ha dicho que se trataba de una agresión? –preguntó el agente.

Sophie perdió los nervios.

–¡No! ¡No! Jeanette, mi amiga, *elle est* desaparecida.

Al volver a casa, Sophie sacó del bolsillo una foto de Jeanette. La había llevado consigo para enseñársela a la policía pero se había olvidado de entregarla. Estaba hecha unos diez días antes en una hostería del centro de Bolonia. Habían ido juntas. Esa noche Jeanette llevaba un vestido fino azul eléctrico y un par de sandalias. Las uñas de los pies pintadas con una fina raya de esmalte verde oscuro en el centro.

El móvil de Scassellati empezó a vibrar. Ya estaban bajo el estudio de Richard Gallo.

–¿Estás seguro? Entendido… gracias –Marino cortó la comunicación y se volvió hacia Alvaro que lo miraba ansioso.

–Era la científica –dijo Marino.

–Sí, ¿y qué hay? –preguntó Alvaro.

–Giulia no fue violada. El forense no ha encontrado rastros de esperma en la vagina. Pero en su interior hay laceraciones y cortes. El asesino ha usado el cuchillo.

Gerace intentó hablar pero de su boca no salió ni un sonido.

Y volvió a recordar a Meri.

25

Aquí yacen los restos mortales de la joven esposa N.M. que de malévolas insinuaciones fue víctima y en el día de su treinta y dos cumpleaños dejaba esta vida para encontrar paz en la eternidad. Oh almas piadosas, verted una lágrima por ella, que si ella no os ve, Dios os verá.

El que fuera esposo, al que se impidió incluso el último abrazo, esta piedra puso.

Cortona, 17 de septiembre de 1960.

Se quedó mirando la lápida sobre el muro del cementerio de Cortona. Apretó los puños hasta clavarse las uñas en la palma. El estómago se le contrajo. Cerró los ojos. Levantó una mano y tocó la pared. El frío del mármol le dio escalofríos. Con la punta del índice siguió dulcemente la canaladura de la «D», de «Dios». Recuperó el control. Suspiró profundamente. Una sonrisa se dibujó en su cara. Levantó la cabeza y miró al cielo.

26

–Alvaro, me alegro de verte.

–Hola, Ric, siento molestarte. Éste es el inspector Marino Scassellati de la judicial. Trabajamos juntos.

Gallo le dio la mano al policía. Los dos intercambiaron una sonrisa.

–Pasad dentro –dijo el fotógrafo–. ¿Queréis un café?

Gallo acompañó a Alvaro y a Marino a su estudio. Los invitó a sentarse en dos sillones en un salón en piel junto a una enorme cristalera y se acercó a la mesa. Pulsó una tecla del teléfono. Una voz suave sonó en el altavoz del manos libres.

–¿Me necesitas, Ric?

–Paolo, ¿podrías decirle a Anna que pida tres cafés en el bar Impero?

–Yo me encargo.

–Bueno –dijo Gallo sentándose en el sofá frente a los dos sillones ocupados por Alvaro y Marino–, ¿en qué puedo ayudaros?

Alvaro miró a Marino y arrancó.

–¿Conoces a una chica que se llama Giulia Montale?

El fotógrafo se tocó la perilla, pensativo.

–Yo creo que no. El nombre no me dice nada.

–Veinte años, alta, delgada, pelo moreno y largo…

–¿Es una modelo? –preguntó Richard.

–Sí –respondió Alvaro.

–Pero no una de las mías.

–Vino aquí ayer para una prueba.

–Sinceramente no recuerdo a ninguna Giulia, pero la verdad es que ayer pasaron por aquí unas quince modelos. De todas maneras no hay problema. Si estuvo aquí encontraremos su ficha.

Con un salto atlético el fotógrafo se levantó del sofá y volvió al teléfono.

–¿Paolo? –llamó.

El altavoz se quedó silencioso, pero casi al mismo tiempo alguien llamó a la puerta.

–¡Adelante! –gritó Gallo.

Paolino entró en la habitación llevando una bandeja con tres tacitas de café y un azucarero de peltre.

–Oh, gracias Paolino. Te estaba llamando –dijo Richard–. Tendrías que mirar en las fichas de las chicas que vimos ayer si está una tal... una tal... Alvaro, ¿cómo se llamaba la chica?

–Giulia, Giulia Montale.

–Voy a ver –dijo Paolo tras dejar apoyada la bandeja en una mesita en el centro del salón.

Alvaro esperó a que el joven asistente del fotógrafo saliera de la habitación.

–¿Estaba también él ayer en el estudio?

–Sí, claro, él siempre esta aquí. Paolo es mi hombre de confianza. Un chico de oro. Serio, eficaz y disponible. Pero ¿por qué te interesa esa chica?

–Estamos intentando reconstruir sus movimientos. A quien vio, a quien se encontró, dónde fue...

–¿Ha desaparecido? –preguntó el fotógrafo.

Alvaro miró a Marino, que tomó la palabra por primera vez.

–No exactamente –intervino Marino–. En realidad sabemos dónde está...

En ese momento Paolo volvió a entrar en la habitación con una cartulina escrita en ordenador y una foto en la mano. Se lo dio todo a Gallo, sonrió amablemente a los dos policías y se marchó.

Richard se puso a leer la ficha en voz alta.

–Giulia Montale, 21 años. Calle... Experiencia profesional: coreógrafa, bailarina, modelo. Estudios: escuela de turismo. Disponibilidad: inmediata. Medidas: 90-60-90. Y ésta es su polaroid.

–¿Me la dejas ver? –pidió Alvaro alargando una mano.

Gerace observó la imagen de la foto. Era una chica morena, guapa, con los rasgos marcados y un aire agresivo. Pero la mirada parecía ansiosa y preocupada.

–Muy guapa –comentó el policía pasando la foto a Marino.

–¿Y bien? ¿Es la chica que estáis buscando? –preguntó Gallo.

–Sí, desgraciadamente no hay duda –respondió Alvaro con voz firme–. Es la joven que hemos encontrado asesinada esta mañana en la estación.

–¡Joder! ¿Has dicho asesinada? –dijo Gallo.

–Exactamente –confirmó el policía.

–¿Recuerda cómo había ido la prueba? –preguntó Marino.

Gallo intentó responder, pero se bloqueó.

–Pero… ¿cómo habéis sabido que vino ayer aquí?

–Encontramos un recibo que llevaba encima de un peluquero de Bolonia. La chica le contó que acababa de estar contigo –respondió Alvaro.

–¿Cuando fue asesinada?

–Entre las 20:30 y las 20:45.

–¿Cómo?

–Estrangulada, pero antes su asesino la torturó con un cuchillo…

Gallo se llevó las dos manos a la cabeza.

–Es horrible. Pobre chica.

–Ya –dijo Alvaro–. Y lo más desconcertante es que ocurrió en los andenes de la estación y nadie lo vio.

–¿Tenéis sospechosos? –preguntó el fotógrafo.

–Nada por ahora. Esperamos saber algo más después de la autopsia. Por ahora no conseguimos ni establecer el móvil.

–¿Violada?

–Parece que no –respondió Alvaro.

Gallo se pasó la mano por la frente. Acto seguido encendió un cigarrillo.

–¿Cómo había ido la prueba? –Era Marino ahora el que hacía las preguntas.

–Sinceramente, no lo recuerdo. Obviamente no me quedé impresionado por la chica.

–¿Eso quiere decir que no la había visto nunca antes?

–Lo excluyo. De todas las modelos que vienen aquí aunque sólo sea una vez se hace una ficha. La suya se rellenó ayer.

–¿Cómo llegó a usted?

–Está escrito en la ficha. Recomendada por Camilla Castelli. Es una periodista de moda. Vive en Rímini. La conozco desde hace años. No es la primera vez que me manda chicas para pruebas.

–¿Ha hablado con la tal Camilla después de ver a Giulia?

–No, no. El único amigo que me ha llamado desde ayer eres tú, Alvaro –dijo Gallo volviéndose hacia el policía.

Marino prosiguió.

–¿La chica habló con alguien más aquí en el estudio?

–Con Paolo, mi ayudante, seguro, porque es él quien rellena las fichas. Aparte de eso no sé. Sólo la recuerdo vagamente.

Gallo se estaba poniendo nervioso. Ahora Gerace estaba seguro. Pero ¿por qué? ¿Escondía algo?

–Querría hacerle algunas preguntas a su ayudante –dijo Scassellati.

–No creo que haya ningún inconveniente –lo interrumpió Richard.

–¿Has tenido problemas alguna vez con las chicas que trabajan contigo? –intervino Alvaro.

–Con las modelos cada día hay una historia. Ésta que llega tarde, aquella que no llega en absoluto, la otra que no sabe estar delante de la cámara y la de más allá que querría estar siempre. Luego están las peleas, los celos, las maldades. Por no hablar de las cuestiones personales. Todas tienen una vida turbulenta. Los problemas son incontables. Por suerte y por desgracia, en mi trabajo no se puede prescindir de las modelos…

–¿Y qué me dices de las cuestiones sentimentales? –continuó Gerace.

–Bueno, ése es el problema principal. Se sienten continuamente enamoradas, traicionadas, ofendidas...

–Ric..., ¿te las follas?

El fotógrafo lo miró sorprendido e irritado.

–Creo que eso es cosa mía.

–Pero ¿has pedido alguna vez favores sexuales de las modelos a cambio de un contrato?

–¡Eh, Alvaro! No soy ese tipo de persona. No necesito esas gilipolleces. Soy un profesional.

–Hace pocos días apareció un cadáver de otra chica en un contenedor –prosiguió Gerace con voz severa–. Fue torturada y asesinada. Todavía no ha sido identificada, pero creemos que puede ser una modelo. ¿Crees que puedes ayudarnos a descubrir de quién se trata?

El fotógrafo tragó saliva con dificultad y empezó a sudar.

–¿Estás s... seguro de que es una modelo? –preguntó él tartamudeando.

–No, sólo es una hipótesis. ¿Por qué?

–... yo... yo...

–¿Sí?

–... lo siento, no sé nada. Intentaré preguntar algo por ahí. Te aseguro que si averiguo algo te avisaré inmediatamente.

Gallo estaba palidísimo. La frente perlada de gotas de sudor y la voz temblorosa. Alvaro y Marino se dieron cuenta, pero decidieron hacer como si nada.

–Bueno, gracias Ric –dijo Alvaro–, ahora será mejor que nos vayamos. Perdona por esta invasión. Y por el interrogatorio también. Si tienes algo que decirme, no dudes en llamarme.

–Lo haré sin falta –respondió el fotógrafo.

Después de abrazarlo, Alvaro comenzó a bajar las escaleras. Pero en el primer escalón se paró y se dio la vuelta de repente, antes de que Gallo pudiera cerrar la puerta.

–Ah, ¡una cosa más Ric!

–¿Qué pasa?

–¿Has estado alguna vez en Falsano?

–¿Dónde?

–Nada, nada… Hasta luego Ric, cuídate.

El policía dio dos pasos, después se volvió otra vez.

–A propósito, todavía no te he dado las gracias por Cortona.

–¿Por qué?

–Donde me mandaste a pasar las vacaciones, acuérdate. Es un sitio realmente estupendo. ¡Imposible aburrirse!

Gallo lo miró perplejo.

–Ah, de nada, ya ves. Ni siquiera me acordaba…

Al salir del edificio de la calle Independenza, Gerace encontró a Scassellati que lo esperaba en el coche.

–Bueno, ¿qué impresión te ha dado? –preguntó Marino.

–Está asustado. Esconde algo. Por un momento he tenido la certeza de que conocía a la primera víctima.

–Yo también, pero y eso ¿qué puede significar? Nadie, aparte de nosotros, ha pensado nunca en una modelo.

–Es extraño que en el ambiente no se haya denunciado la desaparición de la chica.

–¿Crees que Gallo hablará? –preguntó Marino.

–Depende de si conseguimos identificar el cadáver. Vamos a jefatura, tengo que hacer un par de llamadas.

–¿Puedes ir solo?

–Sí… claro –respondió intrigado Alvaro–. ¿Tienes una cita?

–¡Exacto! Pero él todavía no lo sabe.

–¿El tierno Paolo? –dijo Alvaro sonriendo.

–Precisamente él –respondió Marino.

27

Justo cuando atravesaba el portal de la jefatura de la plaza Galileo, Gerace fue abordado por el policía de guardia de la entrada.

–Inspector, tengo que darle un mensaje.

Alvaro se paró frente a la mesa del agente y encendió un cigarrillo, mientras el policía de uniforme abría el registro.

–Ha venido por aquí una chica, una tal Sofia... No, es francesa, Sophie Carbonne. Aquí están sus números.

–Perdona, pero ¿qué quieres que haga? ¿Qué quería de mí esa chica?

–¡Ah, no! No ha preguntado por usted directamente, inspector. Buscaba a alguien de la judicial y como usted es el primero que ha vuelto a la oficina...

–Entendido –zanjo rápidamente Gerace cogiendo el papel–. ¿Cuál era el problema de la chica?

–Hombre, hablaba en francés, no era fácil entenderla. Sí, ahora recuerdo. Quería denunciar una agresión.

–¡Ah! –refunfuñó Alvaro–. ¿Y estaba bien?

–Me ha parecido que estaba en plena forma –respondió el policía con una sonrisa estúpida.

–Mejor así –comentó Gerace–. Si le hace falta ya llamará.

El papel blanco con el teléfono de Sophie resbaló hasta el fondo del bolsillo del pantalón de Alvaro y hasta un rincón oscuro de su memoria.

28

Paolino salió del portal de la calle Indipendenza poco antes de la una. Gafas oscuras, chaqueta y pantalones negros y una camiseta roja bajo el traje. Marino lo estaba esperando bajo el estudio de Gallo, dentro de un Daewoo Lanos gris que había pedido a jefatura. Cruzó la calle con paso rápido, sin preocuparse por el tráfico, y llegó a un Golf negro aparcado al otro lado de la calle. En cuanto el coche se puso en movimiento, Marino empezó a seguirlo manteniéndose a una distancia prudente. Tras haber recorrido, a velocidad sostenida, la circunvalación, el coche de Paolino llegó a la puerta de San Mamolo y giró hacia las colinas. Marino tenía dificultades para seguirlo. El Golf pasó un cruce y comenzó a subir hacia el Monte Donato, desapareciendo de la vista del policía. Marino piso a fondo el pedal del acelerador. Consiguió vislumbrar la parte de atrás del Golf mientras tomaba una serie de curvas, después su coche perdió potencia y se paró.

–Qué coño de tractor me han dado –despotricó el policía intentando arrancar el motor. Giró la llave dos o tres veces, golpeando el volante con las manos. Al cuarto intento el coche se volvió a poner en marcha. Marino metió primera y salió quemando rueda. Pasó dos curvas, adelantó rápidamente a una Vespa, y se encontró ante una bifurcación. Frenó de golpe y miró a los dos lados esperando ver el Golf.

Nada. Lo había perdido la pista.

–¡Me cago en la puta! ¿Y ahora adónde coño voy?

En el cruce había dos carteles. Uno indicaba el Monte Donato, el otro Paderno. Dudó unos segundos y giró hacia Paderno.

Unos kilómetros después, redujo la velocidad resignado. Había perdido a su hombre. A pocos metros vio los muros rojos de la basílica de San Luca. Era la segunda vez en dos días que se encontraba allí. Al final de una curva cerrada, vio el aparcamiento de la discoteca La Cupola. El Golf negro estaba parado junto al muro. Paolo estaba de pie, apoyado en el maletero. Estaba hablando con alguien. Pero Marino no conseguía ver quién era. Metió marcha atrás y recorrió unos diez metros hasta una plazoleta de arena. Paró el coche y se bajó. Había dado unos pasos cuando oyó el motor del Golf ponerse en marcha. Se acercó a un seto, intentando esconderse entre los arbustos. El morro del coche de Paolino asomó desde el aparcamiento. Marino contuvo la respiración. El Golf salió en la dirección contraria a la del policía y en pocos minutos desapareció detrás de una curva. El policía se quedó pensando unos segundos y después decidió entrar en el local.

La puerta principal estaba cerrada. Marino se paró delante del pesado portalón blindado y observó la cerradura, atrancada con varias vueltas. Miró hacia arriba y descubrió una cámara de circuito cerrado que apuntaba justamente hacia él. Lo habían descubierto. Con actitud indiferente dio algún paso hasta la esquina del edificio y siguió. Llegó a una salida de emergencia lateral. La puerta de metal estaba entornada.

«Por aquí es por donde han pasado» –se dijo.

Respiró profundamente, rozó con la mano la pistola que llevaba en la funda bajo la cazadora y entró. Se encontró en un pasillo oscuro iluminado por largos fluorescentes azules, al final del cual se llegaba a una sala grande, también ésta envuelta en la oscuridad azul artificial de las luces.

Al llegar allí, notó una mano que se apoyaba en su hombro.

–¿Quién coño eres tú? El local esta cerrado.

El policía se dio la vuelta con el corazón en un puño. A pocos centímetros de su cara había un hombre de casi dos metros de altura, completamente rapado, la nariz aplastada, la mandíbula cuadrada, dos hombros como un portaviones, una camiseta de manga corta negra que a duras penas contenía el tórax y los bíceps. Antes de hablar, Marino intentó tragar, pero la saliva se le quedó pegada en el paladar.

—Soy un inspector de la brigada judicial. Tengo que hacer un registro —dijo con voz ronca. Pero un segundo después de haber soltado esa frase ya se había arrepentido.

El gigante lo examinó de pies a cabeza.

—¿Un registro? ¿Pero qué coño de registro! Y además, ¿quien me dice que eres de verdad un poli? ¿Qué intentabas hacer? ¿Querías robar? ¿O meterte un pico? Los tíos como tú me provocáis prurito en las manos…

El hombre empezó a golpear el puño en la palma de la mano, avanzando amenazadoramente hacia Marino. Éste intentó meter la mano en la cazadora para coger la pistola, pero no le dio tiempo. Un poderoso gancho le golpeó en la cara y le hizo caer al suelo. Marino sintió cómo la boca se le llenaba de sangre.

—Venga, vamos a hacer ese registro. ¿Te importa si te echo una mano? —gritó el coloso y le dio una patada en un costado. Apretándose el hígado, Marino se agachó y escupió una bocanada de sangre. La cabeza le daba vueltas y el dolor no le dejaba respirar. Vio la bota del hombre volver hacia su cara y cerró los ojos esperando el golpe. Pero en vez de la patada sintió una voz.

—¡Para ya, Jaco! Ése es un inspector de policía. Ayúdalo a levantarse.

Marino tardó algunos segundos en recuperar el aliento. Entonces, sostenido por el gigante, se puso en pie, llevándose una mano al costado. Por la boca seguía perdiendo sangre y tenía la vista nublada.

—No sé cómo disculparme. Jacopo es el responsable de la seguridad del local. Está claro que no se ha dado cuenta de quién tenía delante. Sabe, últimamente hemos sufrido muchos robos y…

El hombre que le estaba hablando era Widmer Zamagni, el propietario del local. Tenía una expresión casi sonriente y no estaba muy sorprendido de verlo.

–Jaco, ve a buscar un vaso de agua y un trapo mojado para el inspector –ordenó.

El gorila gruñó algo incomprensible y se alejó.

–¿Quiere que lo acompañen a un ambulatorio?

–¡No… no importa! –respondió el policía–. Ten… go que hacerle algunas pre… preguntas.

–Ah, ¡claro! ¿Puede venir a la oficina? Le abro camino –dijo Zamagni que aún conservaba su sonrisita.

Cuando entraron en el estudio, Jaco los estaba esperando. Sobre la mesa había una botella de agua mineral y un vaso. En un sofá una toalla y una bolsa de plástico llena de hielo. Marino cogió el hielo y se lo llevó a la mejilla. Después se limpió la boca con la servilleta y se sentó en el sofá.

–¿Un poco de agua? –preguntó el dueño de la discoteca. Llenó el vaso y se lo ofreció al policía.

–Puedes marcharte, Jaco –dijo entonces al gigante–. No te necesito. Le ruego me disculpe por el recibimiento tan brusco de mi colaborador –prosiguió–. ¿En qué puedo serle útil?

Marino se volvió a pasar la toalla por la boca.

–Tiene que ver con la historia de esa chica asesinada… Tenemos la sospecha de que el asesino ha vuelto a actuar. También en esta segunda ocasión la víctima es una modelo. Se llama Giulia Montale. ¿Le dice algo el nombre?

Zamagni parpadeó varias veces antes de contestar.

–No. ¿De dónde era?

–De Rímini. La mataron ayer por la noche en la estación. Volvía a casa después de hacer una prueba con un fotógrafo de Bolonia: Richard Gallo. ¿Lo conoce?

—Bueno, sí, pero no personalmente. Lo conozco de vista. Ha venido aquí alguna vez...

—¿También a esa fiesta?

—¿Se refiere a la *Fashion On The Night*?

Marino asintió.

—No me acuerdo, si le digo la verdad, había tanta gente...

—¿Y a su ayudante? Un tal Paolo...

—No creo recordar quién es.

—¿A qué hora ha llegado esta mañana?

—A las doce, más o menos.

—Y, además de su portero, ¿hay alguien más en el local?

—No, Andy se ha marchado ya...

Marino empezó a sospechar. Decidió jugarse el todo por el todo.

—Qué raro. ¿Con quién estaba hablando entonces Paolo en el aparcamiento de la discoteca?

—¿Cómo dice? —preguntó Zamagni con sorpresa.

—Paolo, el ayudante del fotógrafo Richard Gallo, no hace ni diez minutos estaba en el aparcamiento de esta discoteca discutiendo con alguien. Lo he visto con mis propios ojos.

El gesto del dueño de la discoteca se contrajo.

—No entiendo de qué me está hablando. Espere que pregunto a Ja...

—Vale ya con ese Jaco de los cojones. No me interesa lo que usted le hace decir a su gorila. Pare de recitar esa farsa. Paolo ha venido aquí. Estaba en el aparcamiento, apoyado en su coche. ¿Qué hacía?

—Le repito que no sé quién es ese Paolo...

—Escuche, Zamagni, si me toca las pelotas lo denuncio a usted y a su King Kong de mierda por agresión y lesiones a un policía y mando aquí a los colegas de narcóticos, de la patrulla social y a la fiscal. ¡Desde ese momento su discoteca de mierda no seguiría abierta ni aunque usted subiese de rodillas hasta aquí arriba para implorar a san Lucas!

Al oír los gritos, el gigante se precipitó en la habitación.

—¿Me necesita, jefe? —masculló.

—No, Jaco, todo en orden —respondió Zamagni con la cara roja de rabia—. El inspector se marchaba ya. ¿Serías tan amable de acompañarlo al coche?

En la cara del portero apareció una mueca. Marino lo miró con aire desafiante. Después se le acercó, sacó la pistola y la puso bajo el mentón del portero.

—Si intentas levantar un solo dedo ¡te vuelo la cabeza como un melón!

Después se volvió hacia Zamagni.

—Has cometido un grave error, realmente grave. Ahora esto es asunto tuyo. Me has tocado los cojones.

—Jaco, el inspector tiene prisa. Te he dicho que lo acompañes al coche —gritó a su vez Zamagni.

El portero apoyó una mano sobre el hombro del policía empujándolo hacia la salida.

—Quítame esas jodidas manos de encima —gritó Marino. Y volviéndose hacia Zamagni añadió—: Nos veremos pronto.

Sin prisa, bajó el cañón de la pistola y se encaminó hacia la salida. Una vez en la calle se dio la vuelta y vio a Jaco, parado en la puerta, saludándolo irónicamente con la mano.

Desde la sala de control de La Cupola, Andrew, el director artístico de la discoteca, había observado toda la escena a través de un monitor conectado con dos cámaras colocadas en el estudio de Zamagni.

29

–Alvaro, hay una llamada para ti por la dos –dijo el recepcionista de jefatura.

El policía levantó el auricular.

–Inspector Gerace, ¿quien es? –dijo con voz decidida.

–Qué tono más intimidatorio. Casi da miedo...

–¡Coño! ¡Eres tú! Jodido cronista metomentodo. Luca Rimbaldi, el único periodista con cojones de toda Emilia Romagna. ¿Cómo van las cosas por la Riviera?

–Te echamos de menos, Alvaro. Me aburro mucho desde que casi acabo en el depósito contigo...

–¿Estás bien, Luca? ¿Y en el trabajo cómo te va?

–Después de la historia del asesino en serie mi jefe se pasa el día poniéndome como ejemplo. Todos se pegan por elogiarme y hacerme la pelota. Me prometen puestos y cargos de enviado especial, reportajes en el extranjero, aumentos, pero mientras, yo sigo haciendo lo mismo de siempre. Voy a la jefatura, a los *carabinieri*, a los tribunales, y me parto el espinazo por atracos, homicidios y violaciones con mi viejo Passat y con un sueldo famélico. Eso sí, por lo menos ya no voy a las discotecas.

–Me alegra oír que no has cambiado –dijo Alvaro sonriendo–. ¿Y Carmen?

–Bueno, creo que se acabó –respondió Luca tras un segundo de silencio–. Los malos recuerdos y los miedos probablemente son más fuertes y pesan más que nuestras ganas de estar juntos... No es fácil borrar las heridas que nos ha dejado *el killer de las bailarinas*... Yo siento que la quiero mucho, pero no puedo...

Alvaro comprendió que era mejor no atormentar más a su amigo.

–¿Cuándo vienes a verme? Te llevo a comer a la taberna de una amiga…

–Muy pronto. Pero ahora necesito pedirte algo. Se ha corrido la voz por aquí de que mataron a una chica de Rímini ayer por la tarde en la estación. ¿Sabes algo?

Gerace sonrió para sí.

–Luca, ¿lo sabes tú solo o es una noticia que ha llegado ya a todos los periodistas?

–No, por ahora soy el único.

–Mejor así. ¿Qué quieres saber?

–¿Se le ha hecho ya la autopsia?

–Tengo algunos datos escritos frente a mí.

–¿Arma del crimen?

–Las manos. Fue estrangulada. El asesino también tenía un arma blanca con la que hirió a la chica en distintas partes. Pero no son heridas mortales, aunque…

–¿Aunque?

–… se ensañó en los genitales provocándole profundas laceraciones.

–¿Dejó rastro el asesino?

–Déjame ver… No, ninguna huella. Pero aquí veo… «minúsculas partículas de acetona o sustancia similar junto al cuello de la chica».

–¿Qué significa?

–No lo sé. En la escena del crimen había restos de vómito que no eran de la víctima. La sala de espera en la que encontraron el cuerpo normalmente es un refugio de drogadictos y vagabundos.

–¿Existe relación con el otro delito, el del contenedor?

–Veo que estás en todo. Oficialmente no. Pero podrían tener elementos en común.

–¿Cuáles?

–Las víctimas parecen todas modelos, pero sólo es una hipótesis mía porque la primera chica todavía no ha sido identificada.

–Entonces, si consideramos las similitudes entre los dos homicidios por el tipo de víctima podría tratarse de un...

–Sí, sí, de un asesino en serie. Obviamente hay por ahí más de los que se cree. De todas maneras todo esto es información confidencial.

–Por supuesto. De todas maneras nadie me ha pedido todavía ningún artículo.

–Y entonces, ¿por qué todas estas preguntas?

–Cuando estabas en Rímini conociste a una tal Camilla Castelli?

–No, no tuve el placer. Si no me equivoco es colega tuya...

–Sí, se dedica a la moda y al espectáculo. Me ha hablado de ella Richard Gallo, ese fotógrafo de Rímini que ahora trabaja en Bolonia. Es justamente de eso de lo que te quería hablar, Alvaro.

–¿Lo conoces?

–Claro. Incluso trabajé con él cuando hacía reportaje de calle. Un tío validísimo. Andaba todo el día con el escáner en la oreja y conseguía llegar siempre el primero a la escena del delito...

–¿Con el escáner?

–¿Me tomas el pelo, Alvaro? Sabes muy bien que todos los cronistas de sucesos escuchan todas vuestras transmisiones de radio.

–Sí, pero no sabía que él también...

–¿Qué te pasa, Alvaro?

–Nada, tengo la cabeza en otra parte. Bueno, ¿qué querías de Gallo?

–No consigo acordarme bien de su historia. En un momento dado se fue de Rímini y se instaló en Bolonia. ¿Por qué?

–Por trabajo, creo. Ha abierto un estudio en Bolonia para gestionar mejor los compromisos y los viajes.

–¿Sabes si ha desconectado de Rímini?

–No lo sé.

–Pero él ¿de dónde es? ¿De Rímini?

–Yo lo conocí allí pero realmente no se lo he preguntado nunca. ¿Qué te preocupa?

–Te decía que esta Camilla Castelli…

–Gallo me ha dicho que fue ella quien le mandó a la modelo que después fue asesinada en la estación.

–De hecho, cuando estaba con Martina, tuve ocasión de conocer a la Castelli. Iba mucho por las discotecas de la Riviera, era amiga de muchos propietarios de locales nocturnos y parecía muy interesada en las gogós, modelos, bailarinas. En el ambiente se decía que era lesbiana. Fue Martina quien me lo dijo. Pero nadie la ha pillado nunca con una mujer.

–¿Y qué? Aunque lo fuese…

–El hecho es que, en los mismos círculos, se dijo en un momento dado que la tal Camilla era la amante de Gallo cuando él estaba en Rímini. Durante un tiempo los vieron a menudo juntos en los clubs y también en las discotecas, rodeados de chicas espléndidas. Poco después Gallo firmó un famoso contrato con una casa de modas. Según mucha gente, fue ella quien se lo consiguió, allanándole el camino en el mundo del glamour.

–Interesante, pero ¿dónde está lo raro?

–Camilla ha desaparecido.

–¿Qué estás diciendo?

–Cuando me enteré de la muerte de la modelo… ¿Se llama Giulia Montale?

–Yo no te he dicho nada. Sigue.

–Entendido. Después de enterarme del encuentro entre la víctima y Gallo, gracias a la mediación de Castelli intenté ponerme en contacto con Camilla para saber algo de la chica asesinada, pero no lo conseguí. Contestador en casa y en el móvil, compañeras del periódico que dicen que no la han visto desde hace un par de días. Entonces investigué un poco por mi cuenta y descubrí que Giulia había trabajado como gogó en Wonderland y que, una vez más gracias a la ayuda de Camilla, había conseguido trabajos esporádicos como modelo y apariciones en programas de televisiones privadas. También sé que Camilla y esa chica eran... muy amigas.

–Haré algunas indagaciones sobre esta Camilla y su pasado. Me parece una pista interesante.

–¿Y Gallo?

–Es amigo mío. Pero, a medida que avanza esta historia, me doy cuenta de que no lo conozco. ¿Puedo preguntarte cómo has averiguado todos esos detalles de la modelo, Gallo y la periodista?

–Alvaro...

–¿Sí?

–Lo intentas siempre, ¿eh?

30

Mientras conducía por las curvas de la colina de San Luca, Marino se sentía a punto de desmayarse por el dolor de los golpes en la cara y en el estómago. Y además estaba angustiado. Quizás había hecho mal al descubrirse ante el dueño de la discoteca. No tendría que haberle contado que había visto a Paolo, el ayudante de Gallo, en el aparcamiento del local. ¿Cómo se lo tomaría Alvaro?

Marino se masajeó la frente y elevó la vista hacia el espejo retrovisor. Un Jeep Grand Cherokee negro, con las lunas tintadas, lo estaba siguiendo. Marino redujo para dejarse adelantar, pero el todoterreno hizo lo mismo. Después se acercó aún más a su coche. La carretera era en descenso. Frente a él apareció una curva muy cerrada hacia la izquierda. Redujo aún más. Sólo faltaban pocos metros. Frenó, pero un golpe por detrás hizo saltar su coche. Empezó a dar bandazos para apartarse de la trayectoria del Jeep, que a su vez aceleró y lo golpeó una segunda vez, haciéndolo girar hasta quedarse en dirección contraria. Marino se agarró al volante, rectificando. Los neumáticos comenzaron a chirriar en el asfalto, el motor subió de revoluciones. Derrapando, el coche de Marino tocó el arcén de la carretera y se detuvo. El policía intentó abrir la puerta y tirarse fuera, pero el Cherokee, con un golpe fortísimo en el lateral, despeñó el coche por el barranco.

Después de un vuelo de ochenta metros, el Lanos se estrelló contra una roca, rebotó dos veces dando vueltas de campana y se golpeó contra el tronco de un gran abeto. De inmediato se incendió. El Jeep, que se había parado pasada la curva, retomó el camino hacia el valle.

Sophie

31

Alvaro llegó al hospital Maggiore de Bolonia con la sirena en marcha. Paró el coche al final de la rampa de urgencias y entró corriendo, dejando la puerta abierta. El guardia de turno se dirigió a él.

–¿Dónde lo han llevado? –gritó jadeante, enseñando carnet e identificación.

–Se refiere al insp… –respondió el agente.

–¡Sí, sí! ¿Dónde está?

–En la unidad de reanimación, pero no creo…

Gerace no lo dejó seguir.

–¡Ocúpate tú! –dijo, plantándole las llaves del coche en la mano.

La unidad de reanimación de la tercera planta estaba cerrada. Detrás del cristal opaco se movían sombras oscuras. Un cartel blanco colgado al lado de la entrada indicaba el horario de visitas. El acceso para los familiares había terminado hacía casi una hora. Alvaro se puso a llamar.

–¡Policía, policía! Abran. Después vio el timbre al lado de la puerta y empezó a llamar.

Una sombra se acercó al cristal. La puerta se abrió. Una enfermera de mediana edad se asomó.

–¿Se ha vuelto loco? ¡Estamos en una unidad de reanimación!

Alvaro le agitó bajo la nariz la identificación.

–¡La buena educación también vale para la policía! –sentenció la enfermera.

–Perdone, soy de la brigada judicial, me han dicho que el inspector Scassellati está ingresado en esta unidad.

–Sí, sí venga, están también sus compañeros.

La enfermera acompañó a Gerace a una pequeña sala de espera. Dentro estaban el jefe de la judicial, Gabriele Postiglione, un agente de uniforme y Angela, la hermana de Marino. La mujer estaba de pie, delante de la ventana. La mirada perdida. Los ojos hinchados y enrojecidos. Alvaro corrió a abrazarla. Ella lo apretó con fuerza. Sus lágrimas mojaron la chaqueta de Alvaro.

–Dios mío, ¿por qué, por qué? –dijo con la voz rota por el llanto.

Alvaro no podía hablar. Fue Postiglione quien intervino.

–Lo han encontrado en un barranco en la colina de San Luca. Su coche se incendió tras un vuelo de casi ochenta metros. Marino salió despedido de la cabina mientras el coche caía. No logramos entender qué ha podido suceder. El coche se salió de la carretera en una curva. En el asfalto hemos encontrado marcas de frenazos. –Postiglione prosiguió en voz baja–. Los médicos dicen que todavía está vivo, pero tiene fracturas en todo el cuerpo y una grave hemorragia torácica.

–¿Pero ahora cómo está? ¿Qué le están haciendo? –gritó Gerace mirando a su jefe.

–Se lo diré yo, inspector.

Alvaro se volvió hacia la puerta de la sala de espera y vio a un medico alto, fuerte, de unos cuarenta años.

–Soy el doctor Giordani, jefe de la unidad, encantado de conocerlo.

Alvaro lo miró sin hablar.

–El señor Scassellati está en coma –prosiguió–, su cuadro clínico es grave. Tiene numerosas fracturas. La más grave se encuentra a la altura de las cervicales, entre el atlas y el axis, con lesión medular. En otras palabras, ha sufrido una fractura de la primera y la segunda vértebras. Clínicamente se conoce como «fractura de Jefferson». Tiene importantes dificultades respiratorias y cardíacas y una actividad cerebral muy reducida.

Alvaro se quedó sin palabras.

–¿Se va a morir? –preguntó con voz rota.

–Es posible. Pero aunque consiguiera sobrevivir quedaría tetrapléjico. Y además sus funciones motoras serían prácticamente nulas.

Alvaro apoyó una mano en la pared.

–¿Puedo verlo?

Marino estaba tumbado en la cama. Tenía vendados la cabeza, el cuello y los hombros. La cara morada, tumefacta, los ojos hinchados y cerrados. La boca apretaba el tubo de la respiración. Del pecho, bajo las vendas, se veía salir los cables conectados a unas máquinas. En el dorso de la mano tenía puestas las agujas de los goteros. El bip del electrocardiograma, alternado con el soplo del respirador, marcaba el transcurrir silencioso de los segundos. La habitación estaba envuelta en la penumbra.

Alvaro se acercó a la cama. Se arrodilló, la cara a pocos centímetros de la de Marino.

–Mataré al que te haya hecho esto. ¡Te lo juro! No le daré tregua pero tú… no me dejes solo, necesito que me ayudes… somos un equipo… nosotros… –le susurró.

Después no pudo retener más las lágrimas. Sintió que las fuerzas lo iban abandonando y se sentó en el suelo, la espalda apoyada en la mesita de hierro. Entonces cayó en un llanto silencioso y desesperado.

32

Como una leona enjaulada. Así es como se sentía Meri en el hospital.

Los médicos, tras confirmar que el hematoma de la cabeza todavía no se había reabsorbido, le habían prolongado otros tres días el período de hospitalización. Pero ella no podía quedarse en esa habitación ni una hora más. Desde que la habían internado las investigaciones del feroz homicidio de Falsano estaban estancadas. Su ayudante, Latini, le había dado a entender que no se había hecho ningún progreso, ni en cuanto a la identificación de la víctima, ni en la búsqueda del asesino. Todavía más oscura y misteriosa seguía siendo la agresión que había sufrido en la casa de los abuelos de Mammiferi. Ninguna pista, ningún punto de partida, ningún dato. Y además, entre esas cuatro paredes Meri tenía demasiado tiempo para pensar. En su vida, en su matrimonio, en su carrera, en el tiempo irremediablemente perdido. Y sobre todo en Alvaro. Tenía que volverlo a ver. Le había prometido que lo mantendría informado de todos los avances de la investigación. Pero ¿de qué investigación? ¡Hacía días que no salía de esa habitación!

A pesar de los dolores en la cabeza, Meri se levantó, cogió la ropa del armario, y salió al pasillo. Dio algún paso incierto, a punto de caer al suelo. Se apoyó en una pared y cerró los ojos. La cabeza le daba vueltas como una noria. Respiró profundamente y siguió caminando, intentando mantener el equilibrio. En el control de enfermeras una joven sanitaria estaba rellenando algunas carpetas. Meri se detuvo ante la cristalera.

–Pero, señora, qué hace… –dijo cuando la vio la alarmada enfermera levantándose del escritorio.

Meri hizo un esfuerzo por recuperar el control.

–Señorita, por favor, llame al médico de guardia y avísele de que tengo intención de abandonar el hospital. Prepáreme el alta. Naturalmente me hago responsable de todas las consecuencias de esta decisión –dijo entonces.

33

El viento le azotaba la cara haciéndole revolotear el pelo. Mechones de rizos rubios le hacían cosquillas en la frente enredándose en la montura de las gafas oscuras. Hacía sol aquella tarde en el lago Trasimeno, pero las ráfagas de viento helado no dejaban que los rayos llegaran a calentar la atmósfera.

De pie en el muelle de Passignano, Camilla seguía con la mirada el ferry que se iba acercando. Miró una vez más el mapa turístico del lago colgado en la cabaña que funcionaba como taquilla, donde había comprado el billete de ida y vuelta. El trasbordador tardaría una media hora en llegar a Castiglione del Lago, en la orilla opuesta, pero antes se detendría en la Isola Maggiore. Esperando con ella el ferry había sólo cuatro personas: una pareja de ancianos turistas alemanes, una mujer corpulenta de mediana edad y un hombre de unos cincuenta años que llevaba un chubasquero rojo con el nombre de la compañía naviera. Camilla miró el reloj. Su cita era a las cinco en la biblioteca del Palazzo della Corgna di Castiglione.

Volvió a pensar en la llamada que había recibido el día anterior en su estudio de Rímini.

«–¿Eres tú Camilla?

»–Sí, soy yo, esperaba que me llamaras. Escucha…

»–¡Espera! No digas mi nombre por teléfono. Tienes que venir aquí. Tengo que hablar contigo en persona. Hay problemas serios.

»–Si te refieres a la muerte de…

»–Ssst, ¡no digas nombres! Tengo que verte justamente por eso.

»–Bueno, espero que tengas una buena explicación. Yo no quería…

»–Lo sé. Por eso tienes que venir aquí enseguida. Es más prudente si nos vemos fuera del pueblo. Ya se dónde podríamos quedar…»

El ferry zarpó de Isola Maggiore tras una parada de cinco minutos y en menos de un cuarto de hora atracó en el muelle de Castiglione del Lago. Camilla se había quedado sola con la pareja de turistas alemanes. Una vez allí siguió las indicaciones que llevaban al camino cubierto que unía la Rocca del Leone con el antiguo Palazzo Ducale. El sendero ascendía durante casi un kilómetro. Tras unos pocos pasos Camilla ya había perdido a los alemanes. Cuando llegó al *palazzo* el sol estaba ya poniéndose por las colinas que rodean el lago. Entró con paso decidido en el edificio. Faltaba una hora para que cerrasen. Un joven alto y delgado, con rastas largas en el pelo, un pendiente en la nariz, vestido como un *skater*, la alcanzó por detrás en la entrada del portal.

–¡Eh!

Camilla, cogida por sorpresa, dio un brinco.

–Oh, perdona no quería asustarte, dijo enseguida el chico–. Es verdad, debería estar en la taquilla vendiendo las entradas. Pero total en esta época aquí no viene nadie.

Camilla lo miraba sin entender nada.

–Estaba aquí al lado. He ido justo a hacerme un… un canuto. No me he ido mucho rato. ¿Llevas mucho tiempo esperando?

Camilla miró a su alrededor alucinada.

–No, no, acabo de llegar, quería…

–Perdona, te había confundido con una de esas funcionarias coñazo de la oficina de turismo –la interrumpió el joven– que vienen siempre a vigilarme. Quién sabe qué se imaginan que puedo hacer yo aquí arriba. Es un velatorio tal... pero ¿en qué puedo ayudarte?

–Sólo quería visitar el palacio –dijo Camilla sonriendo.

–Adelante –dijo él–, pasa.

–¿Y la entrada?

–Oh, no te preocupes, invito yo. Bueno, invita la oficina. Pero no vayas contándolo por ahí y sobre todo no vayas a decir que no estaba en la taquilla.

–¿Sabes dónde está la biblioteca?

–Sí, claro, sube la escalinata y luego a la derecha. Pero acuérdate de que en una hora se cierra.

Camilla se puso en camino pero se paró.

–¿Hay alguien más en el edificio? –preguntó al joven.

–No creo... o al menos hasta hace cuarenta minutos no había entrado nadie.

La biblioteca, recubierta de una *boiserie*, estaba desierta. La sala de lectura estaba decorada con frescos. Camilla se paró a observar la escena de una batalla. Una voz a sus espaldas la asustó.

–Se trata de frescos del siglo XVI de Giovanni Antonio Pandolfi y Salvio Salvini. Representaciones mitológicas dedicadas al señorío de los Corgna.

Camilla se volvió de golpe.

–Joder, ¡me has asustado! ¿Desde cuándo estás aquí?

–Desde hace un rato. Te estaba esperando.

34

Su viejo Volvo no era precisamente el coche más apropiado para hacer yincanas en las curvas boloñesas, pero Gerace no estaba allí para poner a prueba sus habilidades como piloto. Desde hacía casi una hora iba recorriendo adelante y atrás el tramo en el que el coche de Marino se había salido de la carretera. Las investigaciones de la policía de tráfico, aparte de las marcas de neumático sobre el asfalto, no habían detectado ningún signo de colisión. El coche, además, había ardido por los cuatro costados.

Marino no había muerto quemado en la cabina del coche porque no llevaba puesto el cinturón de seguridad. En la caída había atravesado el parabrisas con la cabeza provocándose la grave fractura cervical.

Alvaro estaba seguro. No se trataba de un accidente. Alguien había intentado matar a su compañero. Se lo decía su instinto aunque no hubiera pruebas. ¿Qué había visto Marino cuando seguía la pista de Paolo, el ayudante del fotógrafo? ¿Por qué había subido hasta la colina de San Luca? Alvaro recordó de repente La Cupola. Se encontraba a pocos kilómetros del lugar del accidente. Clavó el coche, haciendo chirriar las ruedas. Metió marcha atrás, cambió de sentido y se encaminó a gran velocidad hacia la discoteca.

La puerta principal estaba cerrada. En el aparcamiento había sólo una moto Ducati 750 Monster roja. Alvaro llamó al timbre un par de veces y se puso frente a la cámara de circuito cerrado que vigilaba la entrada. Pocos segundos después la puerta se abrió automáticamente. Alvaro entró sin esperar indicaciones y se dirigió con paso resuelto hacia las oficinas.

Andrew, el director artístico, estaba frente a un monitor de vídeo, visionando atentamente algunos vídeo clips musicales. Tenía un aire más despierto que en días anteriores.

–Buenos días inspector, ¿busca a alguien? –dijo el joven levantando la vista del monitor.

–No exactamente. ¿Estás solo?

–Si no ha visto a nadie al entrar, diría que sí.

–Me preguntaba si podrías ayudarme a reconstruir una historia.

–Dígame.

–¿Te acuerdas del policía que estaba conmigo la primera vez que vinimos aquí?

–Sí.

–¿Sabes si pasó por aquí ayer, entre las doce y las cuatro?

–No sé. Ayer no vine aquí. Pasé casi todo el día fuera de la ciudad.

–¿Y quién estaba? –continuó el policía.

–Quizás el jefe, Zamagni. Pregúntele a él.

–¿Dónde está ahora?

–No tengo ni idea. Pasa por aquí todos los días pero no tiene un horario fijo. Si quiere verlo le conviene llamar antes. De todas formas si lo veo le diré que usted lo está buscando.

–¿Tú conoces por casualidad a Richard Gallo?

La respuesta de Andy fue ambigua.

–¡Y quién no lo conoce! Es el fotógrafo de moda más famoso.

–¿Viene mucho por aquí?

–Como todos. Cuando hay una fiesta o una celebración especial.

–¿Pero tenéis también relaciones de trabajo?

Andrew se puso a la defensiva.

–No lo sé. Yo sólo soy el director artístico. Los negocios los lleva directamente el jefe.

Gerace insistió.

—¿Desde cuándo conoces a Gallo? —preguntó mirando al joven a los ojos.

—Le repito, inspector, que no lo conozco personalmente.

—Sí, pero ¿desde cuando? Un año, dos, tres…

—Yo trabajo aquí desde hace casi dos años.

—O sea que lo conoces desde hace por lo menos un año, o un año y medio.

—Sí, pero…

—¿Cuál es el problema Andy? Parece como si quisieras mantener las distancias.

Andy no lograba ya esconder su embarazo.

—No, no es eso. La verdad es que sólo lo conozco por la fama y de vista.

—¿Así es que tampoco tienes relación con Paolo Giardini?

—¿Quién?

—El ayudante de Gallo. Se llama Paolo, mejor dicho Paolino, un chico moreno y menudo.

—No lo conozco ni de oídas —dijo secamente Andy.

—Es su hombre de confianza, su mano derecha. Se ocupa de los aspectos prácticos. Y es muy amigo de las modelos. ¿No pasaría ayer por casualidad ese Paolino por aquí…? ¡Ah! Es verdad, que ya me has dicho que tú estabas fuera de la ciudad.

Andrew no replicó, bajó lentamente la mano y se puso a palpar los cajones de la mesa. Bajó hasta el tercero y lo abrió intentando no hacer ruido. Su cara lo traicionó por la expresión de desilusión.

Gerace se levantó de la silla.

—Te dejo con tus vídeos, Andy. Gracias por la ayuda. Dile a tu jefe que lo llamaré.

El joven esbozó una especie de sonrisa.

–A propósito, ¿podría devolverme ese vídeo que le presté? Sabe, era el original...

Sólo en ese momento Alvaro se acordó del vídeo grabado de la *Fashion On The Night*.

–¡Sí, claro Andy! –respondió–. Te lo mando lo antes posible. Siempre que no contenga elementos útiles para la investigación.

35

El despacho oscuro y angosto le parecía enorme. La mesa de Marino estaba frente a la suya. En el corcho de la pared había un mapa de Bolonia. Dos chinchetas rojas indicaban el lugar en que se habían hallado los cadáveres de Giulia y de la otra chica. Al lado, un folio blanco de grandes dimensiones con apuntes escritos a mano por Marino y por él.

primera víctima: mujer no identificada, edad entre 18 y 22 años.
causa de la muerte: desangramiento causado por amputaciones y mutilaciones de varias partes del cuerpo.
violencia carnal: no; fluido seminal en vagina (ADN).
arma del delito: varias, no halladas.
huellas digitales: no.
testigos: no.
otros elementos: esmalte verde oscuro en las uñas de los pies.

segunda víctima: Giulia Montale, 21 años, Rímini.
causa de la muerte: estrangulamiento.
signos particulares: laceraciones con arma blanca, no hallada, en las

paredes internas de la vagina.
violencia carnal: no.
huellas digitales: no.
rastros: partículas de acetona en el cuello de la víctima.
testigos: no.

Las investigaciones de los delitos aún no seguían una pista concreta. Gerace comprobó por enésima vez las actas de las autopsias de los cuerpos de las dos mujeres, deteniéndose en el resultado del examen de ADN realizado con el fluido seminal encontrado en el primer cadáver. Dudaba de que el asesino hubiera sido tan tonto de dejar su firma en la escena del crimen y además todavía no había sospechosos o investigados con los que comparar el código genético. Una cosa estaba clara: esa pobre chica antes de ser asesinada había tenido una relación sexual consentida. ¿El asesino y el amante de esa noche eran la misma persona? La acetona encontrada en el cadáver de Giulia, según ulteriores análisis, había resultado ser una sustancia de origen químico: ácido acético.

Alvaro cerró las carpetas, suspiró. No conseguía dejar de pensar en su amigo. Cogió el rotulador negro apoyado en la repisa de la pizarra y añadió un punto en la lista:

relación entre los delitos: intento de asesinato del inspector Marino Scassellati.

El timbre del teléfono lo devolvió bruscamente a la realidad.
—Inspector Gerace, ¿quién es?
—*Je suis* Sophie Carbonne, *hier…*
—Me parece que me suena su nombre.
—*Oui, oui*! Soy *une* chica francesa. Fui para poner una denuncia.

–Espere un momento –Alvaro recordó que el vigilante le había hablado de una chica con acento francés que se había presentado en jefatura. Se hurgó en los bolsillos de los pantalones y sacó un papel.

–Ah, aquí está –continuó–. Sophie Carbonne.

–*Oui! C'est moi, je*…

–Desgraciadamente, señorita, no soy yo el que está siguiendo su caso.

–*Pardon*?

–La agresión que usted ha sufrido.

–*Mais no*, no se trata de agresión. Yo he denunciado la desaparición de una amiga mía.

–¿Desaparición? Le pido disculpas, ha debido de haber un error.

–No, no, Jeanette ha desaparecido de repente. *Je suis* muy preocupada por ella…

–¿Quién es Jeanette?

–*Mais, elle est* mi *amie* y compañera de apartamento. Se lo dije al policía de la comisaría.

–Déjeme entender. ¿Usted quién es?

–*Moi? Je sui*… Soy una chica francesa *mais* vivo en Italia. Soy *une* modelo.

Un escalofrío recorrió la espalda de Alvaro.

–¿Ha dicho que es usted modelo? ¿He entendido bien?

–*Oui, comme Jeanette!* También ella es *une* modelo. *Nous* vivimos *ensemble* en Bolonia.

–Y su amiga… esa Jeanette, ¿ha desaparecido?

–*Oui, oui!*

–¿Hace cuantos días?

–*Cinq, six, une semaine… je ne sais pas!*

–¿No podría estar de viaje por trabajo?

–No lo sé, Jeanette me habla siempre de sus viajes *mais cette fois* ella no me avisó. Y además ha pasado demasiado tiempo.

–¿Sus objetos personales están todavía en la casa?

–*Oui! Toutes les* ropa…

–¿Ha preguntado alguien por ella?

–Un estudio. Jeanette tenía que posar para un fotógrafo *mais* no fue al *rendez-vous*.

–¿Cuándo pasó?

–Hace cuatro o *cinq* días.

–¿Dónde está ese estudio fotográfico?

–En Bolonia.

–¿Quién es el fotógrafo? –preguntó Alvaro aguantando la respiración.

–*Il est* Richard Gallo.

–¡Joder! ¿Y usted también trabaja para él?

–*Oui*, formo parte de su *équipe*.

–¿Desde cuándo no lo ve?

–*Depuis quelque jours…*

–¿Le contó que estaba preocupada por Jeanette?

–*Oui*, en realidad sólo se lo dije al ayudante de Richard.

–¿Paolo?

–¡Oh! ¿Tú *le* conoces?

–Sólo de vista. ¿Qué te dijo él?

–Que no había que preocuparse. *Tout le mond connaît Jeanette…*

–Pero eso no ha bastado para calmarla. Por eso vino a la jefatura…

–*C'est vrai.* Tengo miedo de que le haya pasado algo. Además…

–¿Además?

–*J'ai vu* esa chica asesinada en la estación.

–¿La conocía?

–No, no, *mais*… he oído que era modelo, y entonces…

–¿Se siente en peligro?

La voz de Sophie se crispó.

–No creo, *mais Jeanette*…

–¿Le ha contado a alguien la denuncia hecha a la policía?

–No, aunque…

–Diga, diga, Sophie, no tema.

–Sí, dejé escrita *dans* una nota en casa diciendo que había ido a poner la denuncia de la desaparición *à la police*. Por si Jeanette volvía.

–¿Y qué pasó?

–Cuando volví a casa la nota ya no estaba.

–¿Está segura?

–*Oui, oui!* –dijo Sophie entre sollozos.

Alvaro se levantó de la silla de un salto, se puso de pie con el teléfono aún en la oreja y cogió su pistola semiautomática del cajón de la mesa.

–¿Desde dónde me está llamando ahora,. Sophie? –dijo, intentando mantener el tono de voz lo más tranquilo posible.

–*Je suis*… estoy… en casa, ¿qué pasa…?

–Tranquila, no hay de qué preocuparse. ¿Está sola?

–*Oui, s'il vous pl*…

–¿La dirección es la que dejó en la jefatura: calle Mattuiani 6?

–*¡Oui, oui!*

–¿Está su apellido en el portero automático?

–Carbonne y Bezier, el apellido de Jeanette.

–¿En qué piso está el apartamento?

–*Au troisième*.

–Bien, ahora escuche con atención. Compruebe todas las habitaciones, cierre bien persianas, ventanas y la puerta de casa y conecte el contestador. No conteste a las llamadas y no abra a nadie. Yo voy para allá. Llamaré al timbre cuatro veces. Después haré una pausa y llamaré otras cuatro veces. Sólo entonces debe abrir. Yo soy el inspector Alvaro Gerace, recuerde este nombre. ¿Está todo claro?

—*Oui*, idese prisa inspector, *s'il vous plaît!*

—No tenga miedo, Sophie. En casa no corre ningún peligro. Estaré allí enseguida.

36

Mientras colgaba el teléfono inalámbrico, Sophie se dio cuenta de que le temblaban las manos. Apretó el botón del contestador y dejó el teléfono. Respiró profundamente con los ojos cerrados, pero no consiguió calmarse. Sacó fuerzas para acercarse a la ventana. La abrió y cerró las contraventanas sin mirar siquiera afuera. Sólo le quedaban dos ventanas por cerrar. El baño era interior. Con paso vacilante entró en el cuarto de Jeanette y repitió la misma operación de la ventana, evitando encender la luz. Acto seguido fue a la cocina americana y se dio prisa en cerrar el pequeño tragaluz de la habitacioncita pese a que daba a un patio de luces. Se dirigió hacia la puerta de entrada. El corazón empezó a latirle frenéticamente. La cadena colgaba del marco de la puerta. Estaba partida por la mitad. El otro extremo oscilaba desde la pieza de la puerta cerrada. Intentó recordar si cuando había vuelto a casa ya estaba rota, pero el miedo le impedía pensar. El terror le había bloqueado todo movimiento. Casi dando tumbos se lanzó hacia la puerta de salida. Pero antes de bajar el picaporte se detuvo, de repente. Recorrió mentalmente sus últimos movimientos. En casa estaba sola y segura, pensó, y además ese inspector llegaría en pocos minutos. Si salía se arriesgaba a seguirle el juego a quien *probablemente* estaba justo ahí afuera, en la oscuridad, en el rellano y la estaba esperando.

Sí, pero esa cadena rota…

La hoja se clavó en la mano que Sophie tenía apoyada en el picaporte, cortándole de cuajo el índice y el corazón. La sangre estalló dibujando figuras rojas en la puerta. Ni siquiera pudo gritar. Se volvió con la mano amputada y goteante colgando, y vio la pequeña hacha vibrar sobre su cabeza. La hoja le alcanzó el cuello hundiéndose en la carne y cortándole de un tajo la yugular. Sophie cayó hacia atrás golpeando la cabeza contra la puerta. Empezó a toser y escupir sangre. No sentía dolor pero no conseguía respirar. Los pulmones se le iban llenando de sangre. Se estaba asfixiando. El asesino se puso en cuclillas sobre ella y negó con la cabeza.

–Sophie, Sophie… en qué líos me metes –dijo con una voz más afilada que la hoja del hacha que tenía en la mano–. No era así como tenía que acabar… Si tuviera más tiempo…

El pecho de la chica empezó a estremecerse. De la herida del cuello y de la boca saltaban chorros de sangre.

–Estaba en la habitación de Jeanette… No me has visto…, no has encendido la luz. Oh, pero no habría cambiado nada.

El asesino se puso en pie inclinándose ligeramente hacia adelante. Asestó un brutal golpe con el hacha en la parte superior de la cabeza de Sophie abriéndole el cráneo. Mientras la masa cerebral rebosaba, la golpeó otras dos, tres veces más, en la cabeza, en la frente y en el cuello. El cuerpo sin vida de la modelo fue resbalando por el suelo hasta acomodarse en un gran charco de sangre.

Disparos en la oscuridad

37

Mattuiani era una callejuela estrecha entre la jefatura y el antiguo tribunal, en el casco histórico de Bolonia. Alvaro llegó a la zona en pocos minutos. Aparcó el Volvo delante de la entrada del palacio de justicia y salió corriendo del coche. La fuerte lluvia, que se cernía sobre la ciudad, desdibujaba los contornos de las casas. Las calles estaban desiertas. Alvaro saltó el pequeño recinto que bordeaba el parterre del centro de la plaza, cruzó la calle corriendo y llegó a la calle Mattuiani con la pistola en la mano y la bala en la recámara. Se paró en seco y entrecerró los ojos para evitar las gotas de lluvia que le resbalaban por el pelo. Le pareció ver a un hombre alejarse rápidamente de un portal. Se limpió los ojos con la mano intentando enfocar la imagen. El desconocido llevaba un impermeable oscuro. Alvaro echó a correr apuntando con la pistola, pero la lluvia y la oscuridad le nublaban la vista. El hombre escapaba hacia la esquina contraria de la calle. Alvaro se detuvo, separó ligeramente las piernas, empuñó la pistola con las dos manos y disparó. Dos golpes secos, uno tras otro. El sonido metálico de los disparos rebotó en los muros de los edificios y atravesó los oídos de Alvaro, mientras los casquillos rodaban junto a sus pies. Dos disparos.

Había apuntado a la altura del hombre, sin identificarse, sin dar el alto, sin estar ni tan siquiera seguro de cuál era el objetivo que pretendía alcanzar. Si los disparos hubieran dado en el blanco se hubiera tratado de homicidio voluntario. No existía legítima defensa, no había causalidad, no había excusas.

Alvaro estaba aturdido. Le temblaban las manos. No se concedió tiempo para reflexionar, recogió rápidamente los casquillos metiéndoselos en el bolsillo de los pantalones. Entonces corrió hacia el final de la calle con el dedo aún en el gatillo. De un salto, se lanzó a la parte opuesta del muro, aunque el movimiento era peligroso. Quería encontrárselo cara a cara. Pero detrás de la esquina ya no había nadie. El hombre había conseguido escapar.

Gerace se quedó inmóvil bajo la lluvia. Miró la luz de las farolas que se reflejaba en la superficie mojada de los adoquines intentando encontrar huellas o algún rastro.

Nada. ¿Había visto realmente a alguien? Se volvió para comprobar la calle Mattuiani. El portal de la casa numero seis estaba cerrado. Miró las ventanas del tercer piso. También estaban cerradas.

Se paso el dorso de la mano que empuñaba la pistola por la frente para apartarse un mechón de pelo mojado y se dirigió hacia el portal. Su pie izquierdo rozó una mancha de sangre fresca. Pero Alvaro prosiguió sin darse cuenta.

38

–Quizá deberíamos avisar al Ris, ellos tienen medios y materiales específicos para analizar la escena del delito –dijo Alvaro.

–¿Cómo? ¿A los *carabinieri*? ¡Te has vuelto loco! –replicó Postiglione, el jefe de la judicial–. En este momento no necesito a nadie más que me toque las pelotas.

–Pero, jefe, se trata de científicos expertos, no interferirán en las investigaciones.

–¡Por Dios, Alvaro! Ya estamos de mierda hasta el cuello. En pocos días, éste es el tercer cadáver destripado que tenemos. Cuando se sepa la noticia mañana, los periódicos, televisiones y políticos se nos echarán encima, la fiscalía intentará pasarnos la responsabilidad de las investigaciones. ¿Y nosotros qué hacemos? Pedimos ayuda a los *carabinieri*.

–Pero si formáramos un equipo…

–¡No me hables de equipos! No quiero ni oír mencionar esa palabra. Los jodidos equipos de mierda han sido la ruina de todas las investigaciones. El «equipo antimonstruo», el «equipo Uno Blanca», el «equipo antiterrorista». Nunca han servido de nada… ¡equipos!

Gerace y Postiglione estaban en el rellano, frente a la puerta de entrada del apartamento de Sophie. El cadáver de la chica estaba empapado de sangre. Así la había encontrado Alvaro. El sonido estridente de las sirenas había despertado a los vecinos. La policía había acordonado la zona con cinta blanca y roja impidiendo el acceso a los curiosos. Aparte del forense y de los trabajadores de la funeraria, estaba llegando a la escena del crimen una patrulla de refuerzo.

–Tenemos que avisar a los de la científica –dijo en voz alta Postiglione.

Gerace negó con la cabeza.

–Insisto, jefe. Antes de llamar a los nuestros, dejemos que nos echen una mano los del Ris. Tienen ese instrumento, el luminol, que hace aparecer las manchas de sangre invisibles sobre todas las superficies y ese otro, el «*crimescope*», que consigue encontrar todo rastro de fluido orgánico y también el «*scenescope*» para sacar las huellas digitales. Yo tengo un amigo en el laboratorio de los *carabinieri* de Parma. Podríamos pedirle ayuda de manera confidencial. Se ocuparía de hacer los informes sin desvelar su identidad.

–Pero, ¿tú sabes lo que dices? ¿Te imaginas lo que podría pasar si en la fiscalía, en el ministerio o en el ejército se llega a saber? Son actos no autorizados y aunque consiguiéramos obtener algún resultado, en el juicio no podríamos utilizarlo de ninguna manera.

–¿Juicio? Me había parecido oírle decir que estaría bien ahorrarles a los contribuyentes el dinero del proceso… –dijo Alvaro con tono irónico.

Postiglione se acarició nervioso la barbilla y suspiró. Miró el charco de sangre coagulada. Tragó y acercó la boca al oído de Gerace.

–Está bien, Alvaro, lo haremos como tú dices –susurró. Pero si alguien llegara a descubrirlo, yo negaré hasta la muerte que te autoricé. El culo que volará será sólo el tuyo. ¿Ha quedado claro?

–Voy a llamar a nuestro hombre.

–Yo me voy. Desde este momento eres tú el que decide. Mañana por la mañana quiero dos informes. El escrito, oficial, y el otro.

Alvaro lo tranquilizó, hizo un gesto de saludo y empezó a consultar la agenda del móvil para buscar el número de su amigo del Ris, Federico Sciacca. A él habría podido pedirle que comprobara, no sólo el apartamento de Sophie, sino también esa esquina de la calle hacia la cual, media hora antes, había disparado dos veces, persiguiendo a un «fantasma». Un detalle que había omitido en el relato hecho a su jefe pero que no conseguía borrar de su cabeza. En el bolsillo de los pantalones notaba el peso y el calor de los dos casquillos.

Se había tomado ya dos aspirinas, no había comido y sentía como si alguien le estuviera trepanando la cabeza, de sien a sien, con un punzón. Meri estaba débil y agotada. Llevaba tres horas leyendo el informe sobre el homicidio de Falsano. La investigación no había avanzado ni un paso desde que la habían hospitalizado. Todavía no estaban ni siquiera las actas del médico forense ni de la científica.

Nadie sabía de su «fuga» del hospital. Se había atrincherado en su apartamento de Cortona, sin abrir las ventanas ni coger el teléfono. En el contestador automático había encontrado una docena de mensajes, la mayoría de ánimo por parte de colegas, además de uno de Oliviero, su ex marido, que decía que deseaba hablar con ella. Le habría gustado encontrar uno de Alvaro.

No conseguía estarse quieta, había demasiados pensamientos que la atormentaban. ¿Qué hacer para tranquilizarse?

A medianoche tomó una decisión. Se vistió de punta en blanco y salió de casa con las llaves del coche en la mano. Tenía que llegar a la jefatura de Arezzo lo antes posible. Allí podría por fin proseguir con sus investigaciones.

40

La luz roja en el teclado del teléfono que estaba sobre el escritorio se encendió. Meri contuvo el aliento. ¿Quién podía estar en jefatura, además de ella, a esas horas de la noche? Al entrar no había visto a nadie.

¿El vigilante? ¡Imposible! No puede salir de la garita.

¡Tenía que haber alguien más!

Las líneas telefónicas de las distintas secciones estaban todas conectadas entre sí. El piloto encendido indicaba que se trataba de una llamada realizada al exterior. Dado que la sección de homicidios estaba desierta, podía proceder de la brigada social o de narcóticos. Un sudor frío la recorría.

Intentando hacer el menor ruido posible, cerró el informe, lo volvió a dejar en el cajón y apagó la luz de la mesa. La bombilla roja del teléfono seguía brillando. Abrió lentamente la puerta. El pasillo estaba oscuro y en silencio. La sala de la sección de homicidios estaba entre la de narcóticos, más cerca de la escalera, y la de la social.

Se acercó a la puerta de esta última. La puerta estaba entornada. El despacho a oscuras. Miro el reloj: las tres y veinte. Dio una ojeada dentro. Las luces rojas brillaban en los aparatos apoyados sobre las mesas. No era allí donde estaban utilizando el teléfono.

De repente la oficina se quedó totalmente a oscuras. Las lucecitas rojas se habían apagado. La llamada había acabado. Meri tenía que moverse rápido pero con cuidado. Se escabulló por el pasillo hacia las escaleras. Llegó a la entrada de su despacho y asomó la cabeza.

Vacía.

Las lucecitas seguían apagadas.

Volvió al pasillo y se dirigió a la sala de narcóticos. La puerta estaba abierta de par en par. Se asomó con cautela. También ese despacho estaba desierto.

Fue en ese momento cuando oyó un crujido a sus espaldas.

Se volvió de golpe, pero no vio a nadie.

Salió rápidamente al pasillo y se lanzó hacia las escaleras. Miró hacia abajo. Una mano se estaba soltando del pasamanos.

—¿Quién anda ahí? —gritó Meri esperando llamar la atención del vigilante—. ¿Hay alguien en la puerta?

Bajó dos escalones. Se agachó para ver el final de la rampa. Nadie. Echó a correr y en pocos segundos llegó a la planta. El vigilante de guardia corrió hacia ella jadeando.

—¡He oído gritos! ¿Qué ha pasado? —preguntó asustado.

—¿No has visto a alguien salir corriendo?

—No, no creo…

—¡Joder, pero cómo puede ser! Lo he visto correr por las escaleras. ¿Dónde demonios estabas?

—Allí, en la garita, pero le juro, inspectora, que nadie ha pasado mientras yo…

—¡Pero qué coño dices! Había alguien arriba. ¡Estoy segura! Hasta ha usado el teléfono.

—No sé, la verdad…

—¡Dios! No puedo haberlo soñado. Te digo que había alguien en la primera planta. Primero ha llamado, después ha escapado corriendo. ¿No has visto que una de las líneas de la jefatura estaba ocupada?

—No me he dado cuenta. Y además el panel está en la otra habitación, la de la centralita. Por la noche nosotros estamos en la mesa, junto a la cristalera —replicó el guardia agachando la mirada.

—¡Increíble! —resopló Meri—. Parece que cualquiera puede entrar en jefatura, darse una vuelta por los despachos y marcharse sin que nadie lo vea. Será mejor que vuelva arriba a echar un vistazo. Tú haz lo mismo aquí abajo. Sé prudente y llama si me necesitas.

Meri volvió a subir las escaleras y fue directa al despacho de narcóticos. Encendió la luz. En las dos mesas había un teléfono. Se acercó a uno, cogió un pañuelo de papel del bolsillo y levantó el auricular, acercándoselo a la mejilla. Después colgó. Hizo lo mismo con el otro aparato. El receptor aún estaba templado. El micrófono desprendía un olor punzante de aliento y after shave.

Minutos después volvió a la planta baja y vio al vigilante de pie en la garita. Había sacado la pistola de la funda y la había apoyado en la mesa.

—Por aquí todo en orden, inspectora.

—También arriba –dijo Meri tajante–. Es probable que me haya equivocado.

—¿Tengo que avisar a alguien? –preguntó el guardia.

—¿Te refieres a alguien de la oficina?

—No, quizá necesite una persona que la acompañe o…

—Está todo en orden, colega. Gracias y buenas noches.

El agente pareció aliviado.

Eran las cuatro pasadas. La noche parecía más larga y más fría de lo normal. Meri subió al coche y se dejó caer en el asiento apoyando la cabeza en el respaldo. Le parecía haber olido antes ese after shave.

41

—Ha llamado el jefe. Hoy no va ha venir al estudio.

—¡Estás de broma, Anna! Esta mañana tenemos una cita con ese estilista ingles. Viene ex profeso de Londres…

—Me ha dicho que no se encuentra bien y que se quedará en casa.

—¿Qué le pasa?

—No lo sé, no me lo ha dicho.

—Qué raro. Otras tele… ¡ay! –Paolo se llevó una mano al costado y resopló inclinando la cabeza hacia abajo.

—¿Qué te pasa Paolino, te encuentras mal tú también?

–No es nada Anna, sólo una punzada pasajera.

–Pero si estas más blanco que la pared. Quizá sería mejor que te marcharas a casa.

–Estoy bien, no te preocupes.

–Bueno, de todas maneras hace unos minutos llamaron de la comisaría…

–¿De comisaría? ¿Y qué querían?

–Era un tal Geraci, un inspector. Buscaba a Gallo. No dijo nada más.

–Ah, ¡Gerace! Ese policía que vino aquí el otro día. Es un amigo de Richard…

–La verdad es que el tono no me pareció demasiado amistoso –dijo Anna.

Paolo frunció el ceño.

–Espero que no haya problemas. ¿Te dijo algo más?

–Solamente que quería hablar urgentemente con el jefe.

–Si volviese a llamar no le digas que estoy en el estudio.

–Como quieras –respondió Anna tomando nota en una hoja amarilla.

42

Otro ring más. ¡Justo! Ahora salta…

Richard Gallo estaba tumbado en la cama de su casa pero no dormía. Es más, no había conseguido pegar ojo en toda la noche. A las ocho había llamado al estudio para avisar de que no iría. Después le había llamado Paolino. Pero Gallo no había encontrado fuerzas para devolverle la llamada. El dolor lo estaba consumiendo. Se tragó otro analgésico y subió el volumen del contestador.

–Richard, soy Alvaro. He llamado al estudio. Me han dicho que no te encuentras bien. Necesito hablar contigo urgentemente. Ayer por la noche asesinaron a otra chica. Se llamaba Sophie Carbonne. Era modelo y vivía con una tal Jeanette. Había denunciado la desaparición hace algunos días. Necesito saber quién es esa Jeanette y si ella también tenía algo que ver con tu estudio. La situación se está volviendo muy peligrosa. Es totalmente imprescindible que nos veamos. Pasaré esta mañana por tu casa hacia las diez. Espero que estés.

Gallo se sentó en la cama y empezó a balancearse hacia delante y hacia atrás, la boca de par en par. Las manos empezaron a temblarle. Se las pasó varias veces por la cabeza. Cerró los ojos. Después otro pinchazo fortísimo le bloqueó la respiración.

El teléfono volvió a sonar. Cuatro veces.

Después del mensaje grabado, un largo, inquietante silencio, luego la comunicación se interrumpió.

Pasados pocos segundos de nuevo otros cuatro pitidos que penetraron en el cerebro de Gallo con la fuerza de un taladro.

Una voz baja, monocorde, glacial. Con unas pausas de escalofrío.

–… sé que me estás oyendo… Los fantasmas han vuelto… nadie los podrá parar… aparte de mí… y de ti… Esta vez no bastará con tener la luz encendida… la oscuridad no desaparecerá… *Clic*.

Eran ya las nueve y media. En esas condiciones no podría ver a Alvaro. Teniéndose en pie a duras penas, Richard Gallo llegó al salón. Se bebió de un trago un vaso de whisky, se echó una chaqueta de piel a la espalda y salió casi corriendo de su apartamento. Sólo cuando descubrió su cara en el espejo del ascensor se dio cuenta de que estaba llorando como un niño.

43

–Me he enterado de tu fuga del hospital. No creo que hayas hecho bien volviendo al trabajo tan pronto –dijo el inspector Oscar Latini viendo entrar a Meri en el despacho con un aire taciturno y los ojos marcados por unas profundas ojeras.

–Y yo no creo que los asesinos te vengan a buscar para que los detengas –replicó la mujer.

–Espero que no estés pensando…

–Yo no pienso una mierda, Oscar. Sólo digo que han pasado bastantes días desde que encontramos el cadáver de aquella chica en la torre de Falsano. Y no sólo estamos muy lejos de tener cualquier pista que investigar, sino que ni siquiera tenemos la más mínima idea de su identidad. Así es que hazme el favor de dejar de preocuparte por mi salud. Hay otras cosas más importantes por las que preocuparse…

El inspector Latini tragó saliva.

–No es culpa mía si la científica todavía no nos ha dado los resultados de las pruebas del laboratorio y…

–No estoy hablando de culpas o de responsabilidades –replicó Meri–. Me parece que hay cosas más útiles y más urgentes que hacer. ¿Tenemos los listados de las chicas extranjeras que han pasado sus vacaciones recientemente entre Cortona y Arezzo?

–Aquí están –respondió Latini con aire ofendido dándole a Meri una carpeta con unos treinta nombres–, también están las que estuvieron registradas en los moteles, pensiones y casas rurales de todo el Alto Valle Tiberino.

–Bien, ¿qué edad tienen?

–Entre dieciocho y treinta.

–Son todas extranjeras?

–Éstas sí. Sobre todo americanas, inglesas, alemanas, francesas, alguna sueca y, si mal no recuerdo, una turca.

–¿Una turca?

–Sí, pero de origen alemán. Tiene doble nacionalidad. Déjame ver.

Oscar cogió de manos de Meri el informe y empezó a buscar entre los nombres.

–Aquí está. Se llama Oya Deborah Erdogan. Tiene veintiún años. Se alojó durante diez días en la casa rural «Amigos y Vacaciones», en la calle Puccini de Trestina.

–¡Trestina! –exclamó Meri–, si no me equivoco está cerca de Falsano.

Oscar se acercó a un mapa de Toscana colgado en la pared de la habitación.

–Tienes razón Meri, ¡está justo entre Falsano y Petrelle!

–¡Interesante! ¿Ninguna otra chica aparece registrada en esa zona?

–A ver… Florencia, Siena, Cortona, otra vez Siena, Arezzo, Città di Castello, Florencia de nuevo… No, no creo.

–Bueno, entonces vamos a dar una vuelta por Trestina. A ver si pueden contarnos algo de esta… Ota.

–Oya– corrigió el inspector –Oya Deborah.

44

–Justo lo que pensaba –Alvaro no consiguió reprimir la satisfacción al ver salir del portal de su casa a Richard Gallo jadeando.

La calle Irnerio era de doble sentido, muy larga, unía las circunvalaciones con el casco histórico, cortando en dos la calle Indipendenza. A la altura del cruce estaba la entrada del parque de la Montagnola, una preciosa mancha verde de varias hectáreas, con árboles seculares y vistas a la ciudad, convertido con los años, sin embargo, en un punto de encuentro de camellos emigrantes, prostitutas africanas, toxicómanos y chulos, a pesar de los esfuerzos de la Comunidad de Bolonia de «limpiarlo».

En el corazón del parque, en una zona privilegiada entre encinas y sauces, habían construido una guardería con la intención de desplazar las variadas actividades ilegales. Por desgracia, la idea se vio enseguida que era un fracaso. Tras las continuas protestas de los maestros de la guardería y de los padres de los niños, obligados cada mañana a atravesar esa especie de casbah y a escoltar a sus hijos hasta el interior de las clases, el ayuntamiento se había visto obligado a blindar el colegio montando patrullas de policía y *carabinieri*. Así, casi todos los días, los niños de la guardería, mientras jugaban en el jardín y en los recreos, se encontraban prácticamente en el escenario de una película policíaca con persecuciones, palizas, detenciones y ambulancias.

Alvaro adoraba el parque de la Montagnola. Le gustaba ese aire inhóspito y desconfiado que se respiraba. Lo había frecuentado mucho al poco de trasladarse a Bolonia. Entre aquellos árboles se encontraba extrañamente relajado. Y sus pensamientos, tan difíciles de organizar entre las paredes de casa o del despacho, en el parque, de repente, se volvían ligeros. Nadie le dirigía la palabra. Miraba a las prostitutas alejarse con los clientes, a los camellos marroquíes meterse a escondidas los dedos en la boca y vomitar los huevos de heroína para venderlos a los drogadictos, y a los viejecitos que paseaban despacio entre los caminos arbolados sosteniéndose a duras penas con el bastón. En ese parque la vida no rendía cuentas. Era una cuestión de supervivencia. Una lucha desigual con la muerte. Había quien la vendía, quien la buscaba y quien la esperaba. Alvaro no iba allí como policía, no se ponía jamás de parte de los que juzgan. También él iba al parque a sobrevivir.

45

Gallo se dirigió hacia el parque a paso ligero. Alvaro lo siguió, a pie, manteniendo una cierta distancia. En un momento dado le pareció que el fotógrafo apretaba una mano contra su costado derecho como para contener un pinchazo de dolor. Pero después vio cómo sacaba el móvil del bolsillo y marcaba un número. Prosiguió sin detenerse hasta la escalinata que llevaba al parque. Alvaro esperó a que llegase al final de la escalera, y entonces volvió a seguirlo. Conocía demasiado bien ese lugar como para temer perderlo de vista.

El móvil empezó a vibrar. En la pantalla apareció el nombre de Sciacca, su amigo del Ris. Alvaro no tenía elección. Tenía que contestar. Aun a costa de perder a su hombre.

–Hola Federico, ¿novedades? –susurró, caminando y mirando a su alrededor.

–¿Te pillo en mal momento? –preguntó Sciacca.

–No puedo hablar en voz alta. Pero no te preocupes…

–Hay algunas cosas importantes que creo haber descubierto en el escenario…

–¿Estabas solo?

–Sí, los de la científica me dejaron libre el terreno, como pactamos. Trabajé en el apartamento una hora. Después les di paso.

–¿Y qué has encontrado?

–Alvaro, es mejor que nos veamos lo antes posible. Yo estoy en la calle Saffi, cerca del hospital Maggiore. Más adelante, por la carretera Emilia, dirección Módena, hay una taberna que se llama «Il Randagio». ¿Podrías pasarte por allí en un cuarto de hora? Tengo que estar en el laboratorio de Parma en dos horas como mucho y después me resultaría difícil hablarlo.

–Perfecto, nos vemos allí.

Richard Gallo mientras tanto se había parado frente a un caseta de cemento de la compañía eléctrica. Miraba continuamente el reloj. Parecía que estuviera esperando a alguien.

Alvaro no habría podido descubrirlo. Tenía que dejar escapar a la presa.

–Ah, si estuviera Marino –gruñó encaminándose hacia la salida del parque.

46

–¿Oya Deborah Erdogan? ¡Ah sí! Estuvo aquí hace como un mes… o quizá menos –dijo la mujer consultando el registro de los huéspedes.

–¿La recuerda?

–Perfectamente. Una chica alta, rubísima, quizá demasiado delgada, pero muy guapa.

–¿Estaba sola?

–Cuando llego sí. Pero no tardó en encontrar compañía. ¿Sabe a qué me refiero?

Wilelma Marescalchi era la mujer del dueño de la casa rural «Amigos y Vacaciones» de Trestina, en el corazón del Valle Tiberino. Una mujer ligeramente obesa, que parecía entrometida y cotilla. El tipo de ser humano que Meri D'Angelo no soportaba. La casa ya se había quedado vacía de turistas. Sólo los fines de semana hacían apariciones fugaces algunas familias en busca de relax. Cuando Meri llegó, acompañada de su ayudante Latini, la mujer estaba llevando las sábanas de las habitaciones a la lavandería.

—La vi por lo menos con dos hombres distintos en pocos días...

—¿Gente de por aquí o turistas?

—Desconocidos, creo. No los había visto nunca por la zona.

—¿Pero eran italianos?

—Uno seguro. El otro no sabría decirle. Ni siquiera lo oí hablar.

—¿Recuerda por lo menos qué aspecto tenía el italiano?

La mujer, ruborizada, bajó la mirada.

—Un hombre realmente guapo, alto, de unos cuarenta años, pelo moreno corto, bien vestido.

—¿De por aquí?

—Me pareció que tenía acento toscano. Pero no estoy segura. Vino un par de veces. Tenía un coche deportivo. Un spider.

—¿De que color?

—Negro o azul, creo.

—¿Podría reconocerlo?

—Lo vi poco. Y además la chica también se quedó poco.

—¿Ah sí? Pensaba que se había quedado aquí por lo menos diez días.

—También yo lo creía. Pero se fue al cabo de seis días sin decir nada. Una mañana subí a la habitación y ya no estaba. Menos mal que aquí se paga por anticipado...

—¿Y las maletas?

—¡Qué maletas! Andaba sólo con una mochila y siempre la llevaba.

—¿No dejó nada de nada? Un lápiz de labios, un cepillo...

—¡No, no! Nada. Pero debajo de la cama encontré una foto.

–¿Podría verla?

La foto era de una mujer joven y guapa, con el pelo cortado en melenita rubio platino, la tez clara y los ojos verdeazulados. Vestía una camiseta de tirantes negra y unos shorts beige. En los pies, unas Nike blancas. Estaba sentada en una roca y sonreía al objetivo. Se parecía impresionantemente a la chica hallada muerta en la torre de Falsano.

–Ésta es Oya Erdogan? –preguntó emocionada la inspectora enseñándole la foto a la dueña de la casa.

–Sí, sí, ¡es ella! Es esa turca…

Meri le pasó la foto a Latini con la mirada cargada de excitación. Después, intentando mantener la calma se volvió a dirigir a la mujer.

–Desde este momento la habitación donde se alojaba la señorita Erdogan queda precintada. Le ruego que no toque nada, que la cierre bien y que me dé la llave. Llegarán algunos compañeros de la jefatura de Arezzo para analizar el lugar.

47

El dueño del Randagio acababa de levantar el cierre. El local estaba abierto hasta altas horas de la noche y lo frecuentaban sobre todo jovencitos. Más que una taberna, era una mezcla rara de pub irlandés y el típico bar boloñés de los años setenta con barra de madera, taburetes altos, grifos de cerveza y mesitas de hierro y formica con sillas rojas.

Cuando Alvaro llegó a la taberna, aparcando como pudo su Volvo en la calle, Federico ya lo esperaba. Estaba de pie en la acera, frente a la entrada.

Gerace lo siguió dentro del local dándole una palmada cariñosa en el hombro.

–La verdad, señores, es que todavía no hemos abierto –dijo el dueño al ver entrar a los dos hombres.

Gerace sacó su identificación del bolsillo y se la enseñó al propietario.

–Sólo necesitamos unos minutos para charlar sin que nadie nos moleste –dijo–. El tiempo de tomarnos un café y nos marchamos.

–¡Oh, claro, señor! –respondió el hombre tan nervioso como si tuviera que pasar una inspección–. No he sacado todavía la comida pero si quieren alguna cosa… un bollo, un pincho, una cerveza…

–Dos cafés serán más que suficientes –replicó Alvaro.

Los dos se sentaron en la mesita más alejada.

Federico empezó su informe.

–Empecemos por el cadáver. Pocas veces he visto semejante ensañamiento. Quien la mató no se conformó con uno o dos golpes mortales. Utilizó un objeto cortante y pesado sobre el cuello y sobre la cabeza. La alcanzó de arriba a abajo y de derecha a izquierda. Probablemente la víctima estaba sentada en el suelo o de rodillas mientras el asesino, de pie, frente a ella, le asestaba los golpes con la mano derecha. El arma podría ser un hacha o un machete con la hoja de un grosor de algunos milímetros. La chica tiene el cráneo hundido, la cabeza casi separada del cuello y la cara desfigurada por un corte vertical. Pero la herida que me ha llamado más la atención es la de su mano derecha. Le amputó dos dedos: el índice y el corazón. Usó la misma arma pero el golpe fue asestado en el dorso.

–¿Qué puede significar?– preguntó Alvaro.

–Que no se trata de una herida causada por un intento de la chica de defenderse de la furia del asesino. Esa amputación sólo puede indicar una cosa. El asesino la sorprendió por detrás, amputándole a conciencia los dedos. Probablemente la chica tenía la mano lejos del cuerpo. Y te diré más. El luminol y el *crimescope* han revelado hilos de sangre en la parte interior de la puerta de entrada desde arriba hacia abajo a la altura del picaporte. Seguro que la víctima estaba intentando abrir la puerta cuando el asesino la golpeó por primera vez.

–¿Así que él estaba en la casa? –lo interrumpió Alvaro.

–¡Aquí están los cafés, señores! He traído también un poco de leche fría, por si les apetece –dijo el camarero apoyando la bandeja sobre la mesita.

–Gracias, gracias –lo despachó Alvaro plantándole en las manos un euro con cincuenta.

–Oh no, ¡por favor! –dijo el hombre dejando las monedas en la mesa–. Invita la casa. Y además todavía no he abierto la caja y no podría darles el ticket. No es legal.

Alvaro lo miró como habría mirado a un camello del parque Montagnola que jurara estar allí haciendo *footing*. Hizo al hombre un gesto con la mano y volvió a concentrarse en las palabras de Federico.

–La cadena que une el marco con la puerta de entrada estaba partida –retomó el *carabiniere*.

–Así que es posible que el asesino entrase en el piso antes que la víctima y que estuviera esperando su regreso.

–¿Ha dejado huellas digitales?

–No, el *scenescope* ha dado negativo. He examinado toda la casa. Las únicas huellas están en la puerta pero el asesino usó guantes de goma.

–¿El arma del crimen?

–No ha aparecido.

–Sangre, fluidos orgánicos, cabellos…

–Sólo los de la víctima. El crimescope ha revelado masa cerebral y rastros de algo muy parecido a la acetona.

–¿Has dicho acetona? –preguntó Alvaro. Una chispa brilló en sus ojos.

–Sí, acetona, aunque en pequeñas cantidades. Estaba junto al pecho de la mujer. Quizá cuando estaba agonizando tuvo un reflujo gastroesofágico y vomitó sangre mezclada con jugos gástricos.

–¿Pero son de origen orgánico o químico?

–Para contestarte tendría que hacer más análisis. De momento sólo puedo confirmar la presencia.

–Pongamos que es una sustancia química. ¿De qué podría tratarse?

–No soy un experto en este terreno pero por deducción podría aventurar ácido acético. Tiene las mismas características más o menos que la acetona en cuanto a olor y consistencia.

–¿Para qué se usa esa sustancia?

–Por lo que sé, es un compuesto químico usado por los fotógrafos que revelan todavía en blanco y negro. Se pone en la cubeta del paro para detener el revelado antes del baño de fijador.

El corazón de Alvaro iba a mil por hora. Tenía por primera vez una pista concreta.

–Según tú, ¿cómo podría haber llegado el ácido acético a la escena del crimen?

–Bueno, podría haberlo tenido ya la víctima en la ropa o podría haberlo llevado el asesino.

–¿En los guantes de goma?

–Es posible.

–¿Cuánto tiempo necesitas para cerciorarte del origen de esa sustancia? –preguntó el policía mirando directamente a los ojos del amigo.

–Teniendo en cuenta que tendré que hacer el análisis a escondidas, fuera de horario, diría que… veinticuatro horas a partir de la medianoche de hoy –respondió Federico.

–¡Perfecto! Llámame en cuanto tengas el resultado. Es muy importante.

–No me cabe la menor duda –sonrió Federico–. Pero hay algo más de lo que te quería hablar.

Alvaro apoyó la espalda en la silla.

–Como me habías pedido, hice también un reconocimiento en la calle Mattuiani. Examiné metro a metro el adoquinado con el clásico método de la trama –prosiguió Federico–, hasta llegar a la esquina donde acaba la calle. La lluvia había borrado todo rastro y estaba a punto de abandonar mi búsqueda cuando enfoqué casi por casualidad mi linterna hacia la esquina del edificio del final de la calle y encontré esto.

Federico metió la mano en el bolsillo de la chaqueta y sacó la punta deformada de un proyectil. Alvaro se quedo mirándola sin abrir la boca mientras el *carabiniere* la apoyaba en la mesa frente a él.

–Estaba empotrada en el muro a una altura de un metro setenta más o menos. Un disparo del calibre nueve de una semiautomática. La punta está aplastada por el impacto contra el muro. El proyectil parece haber sido disparado recientemente. Quizá justamente la otra noche. He examinado el cono de entrada formado por la bala y no he encontrado pólvora o residuos. Pero lo raro es que, calculando la potencia del impacto y la trayectoria del disparo, hallé con total certeza el punto de partida del proyectil. Tendría que ser a unos diez metros de la entrada del callejón por la parte de la Piazza dei Tribunali…

–¿Y qué más? –preguntó Alvaro intentando disimular el interés.

–¡Ni rastro del casquillo! Quien disparó se tomó la molestia de recogerlo. ¿No te parece curioso?

Alvaro esperaba que Federico hubiera encontrado algún rastro del hombre misterioso, no las pruebas de su acción. Violento, intentó como pudo cambiar de tema.

–Sí, es muy extraño. También porque interrogué a la gente que vive en la calle Mattuiani y nadie me habló de un tiroteo… –respondió.

Pero Federico insistió.

–Sí pero esa noche había tormenta con truenos y rayos, además del rumor de la lluvia. Lo que no entiendo es la necesidad de borrar las pruebas de los disparos. ¿Sabes si llegó alguien antes que tú a la escena del crimen?

Alvaro bajó un momento la mirada. No habría soportado mucho más esa farsa.

–No, fui el primero –dijo bajando el tono de voz.

–Crees que el asesino puede tener cómplices, ¿o que durante la fuga se viese obligado a disparar? –prosiguió Federico.

–No se muy bien qué decirte… –dijo Alvaro visiblemente comprometido.

–Sabes –continuó el *carabiniere*– esa punta podría ser un elemento importante para la investigación. Es por lo menos curioso que el asesino tenga una pistola pero que mate a su víctima con arma blanca…

–Fui yo quien disparó –se justificó Alvaro–. Me pareció ver a alguien que escapaba. En ese momento actué por instinto, sin pensar. Apunté y disparé, dos veces, hacia la esquina de la calle, sin dar ningún aviso. ¡Una auténtica gilipollez! Después me sentí como un mierda y recogí los casquillos…

Federico apoyó la mano sobre el hombro de Alvaro y le metió el proyectil en el bolsillo de la chaqueta. Sonrió.

–Lo supuse enseguida. Al pedirme que registrara la calle no conseguí imaginarme el motivo. Después cuando encontré la punta pero no el casquillo, reconstruí lo que había pasado. Y me imaginé la razón por la que querías que me ocupara del caso. Entre otras cosas el calibre nueve semiautomático es «nuestra pistola». No debes sentirte culpable. Yo también habría actuado de la misma manera. No se trata de hacerse los superhombres. Ese asesino es un animal sediento de sangre, un monstruo sin escrúpulos. Y no se puede descartar que la sombra que viste escapar fuera precisamente el asesino.

–Yo disparé dos balas, pero tú sólo has encontrado una… –dijo Alvaro.

–Sí, la que te he dado –precisó Federico.

–Así que el otro disparo podría haber hecho blanco…

–¡Oh, claro! Quizá no se trate de una herida mortal pero… sí, podrías haberle dado.

–¿No has encontrado rastros de sangre, verdad? –preguntó Alvaro.

–No, la lluvia ha hecho imposible toda búsqueda.

–Bueno, espero de verdad que nuestras interpretaciones sean correctas. Si el asesino estuviera herido podríamos por lo menos estrechar nuestro círculo de búsqueda. Gracias por todo, Federico.

–Siempre es un placer trabajar contigo. Además, cuando me enteré de lo que le había pasado a tu compañero, me alegré de poderte echar una mano. Por cierto, ¿cómo está?

Gerace se sobresaltó.

–Eso espero… –dijo después con voz temblorosa.

El secreto del lago

48

Sauro Ceccopieri alejó con un empujón su pequeña motora del muelle de Isola Maggiore y tomó velocidad con pocos y eficaces golpes de remos. Era un hombre pequeño y delgado, pero con los músculos todavía fuertes, a pesar de la edad. Tiró un par veces de la cuerda del estarter y arrancó. El paseo por el lago Trasimeno antes de la llegada de las tinieblas se había convertido para él en una especie de ritual. Al atardecer, cuando los transbordadores cargados de turistas se paraban, cogía su barca y navegaba más de una hora a lo largo y ancho, sin tocar nunca la orilla, como un animal que marca su territorio. Era el único momento en el que sentía que pertenecía aún a ese lugar. Durante años, antes de la llegada de los súper ferrys de dos pisos con aire acondicionado, había llevado a centenares de personas de una parte a otra del lago. Ahora, con setenta y cuatro años, el lago se había convertido en su amigo silencioso.

Esa tarde soplaba un aire frío. La superficie del agua, encrespada en algunos tramos por remolinos y corrientes, estaba asumiendo ya el aspecto de una gran lama negra. Sauro dio una larga calada al puro toscano y puso el motor al mínimo. La barca empezó a moverse lentamente a ras del agua. Un golpe sordo y repentino vibró bajo la quilla. La pequeña embarcación se inclinó y Sauro cayó de bruces contra el fondo de la barca. Consiguió apagar el motor y rodó a un lado para volver a equilibrar la barca. Volvió a sentarse, cogió un remo y regresó al punto en el que la barca había chocado con aquel obstáculo imprevisto. Ya era de noche. De una bolsa que siempre llevaba en la barca Sauro sacó una linterna, la encendió, se puso de pie y comenzó a iluminar la superficie del agua. El haz de luz era débil y pequeño. El hombre movió la linterna de derecha a izquierda, pero no consiguió ver nada.

Otro golpe, esta vez más suave, retumbó en la proa. La barca vibró y se balanceó. Sauro se acercó al borde del casco y apuntó la linterna hacia el agua.

Lo que vio lo la impresionó tanto que estuvo a punto de hacerle perder el equilibrio. Cayó hacia atrás sobre un listón de la barca. Con las manos temblorosas, se puso de rodillas y recogió la linterna. El círculo de luz iluminó el rostro blanco y desfigurado del cadáver de una mujer que flotaba en la superficie. Los ojos habían perdido color y parecían observarlo. La boca dibujaba una mueca aterradora. El cuerpo estaba hinchado y tumefacto. Entre los cabellos rizados y rubios se habían enredado ramas secas y algas.

49

El pequeño icono en forma de sobre amarillo que parpadeaba indicó a Alvaro que había recibido nuevos mensajes de correo electrónico.

Después de dejar a Federico, se había ido a su despacho en jefatura para revisar con atención los informes de las muertes de Sophie, Giulia y de la primera chica, aún sin nombre. Sophie, antes de ser asesinada, había denunciado la desaparición de su compañera de apartamento, Jeanette, también ella modelo. No era todavía una pista, pero era necesario por lo menos hacer algunas investigaciones sobre esta joven francesa. Además el indicio de la acetona, o del ácido acético, había dado a Alvaro la energía necesaria para seguir con la investigación. Sentía que estaba cerca de la solución pero no quería llegar a ninguna conclusión sin conocer el resultado del análisis químico. Miró el reloj. Eran las nueve de la noche pasadas. Tenía que esperar hasta el día siguiente para tener una respuesta, pero mientras tanto podía ver el vídeo que le había dado Andy, el director artístico de La Cupola, aparcado desde hacía días en un armario del despacho.

Antes de descargar el correo del ordenador, Alvaro volvió a pensar en Richard Gallo. ¿Quién sería la persona con la que había quedado en el parque de la Montagnola? ¿Había sido sólo una impresión suya o el fotógrafo llevaba la mano en un costado como si le doliera?

Pinchó dos veces sobre el icono del sobre amarillo. Solo había un mensaje. Era de Meri. Habían pasado bastantes días desde la última vez que se habían visto. Durante todo ese tiempo había intentado alejar de su cabeza la imagen de Meri, pero en realidad no había hecho otra cosa que pensar en ella.

Miró la hora de la carta. Había llegado a su dirección de correo sólo veinte minutos antes. ¿Y si Meri estaba aún ahí, frente al ordenador?

Abrió el texto.

Hola Alvaro, ¿cómo estás? Hemos conseguido identificar a la chica de la torre de Falsano. Se llama Oya Erdogan. Se hospedó en una casa rural de Trestina, pocos días antes de ser asesinada. La científica ha encontrado en su habitación cabellos que han resultado coincidentes con los del cadáver hallado en la torre. La propietaria se acuerda de ella y de un hombre que la acompañaba. De él, por el momento, no tenemos pistas. La chica llegó a Milán a finales de junio, después se fue a Riccione.

Hay una denuncia de los carabinieri de Riccione por consumo de éxtasis en una discoteca. Esa noche estaban con ella otras chicas extranjeras y algunos italianos. Pero sus nombres no aparecen en el informe. Solo Oya fue denunciada. Llegó a Trestina con un coche alquilado, pero no por ella, en el aeropuerto Miramare de Rímini. Un Fiat Punto verde metalizado matriculado en Roma. Estamos intentando saber quién alquiló el coche. Lo hemos encontrado en un campo en los alrededores de Citta di Castello. En Turquía Oya estudiaba arte dramático. No tiene antecedentes penales.

Te mando en un archivo adjunto una foto de la víctima. No sé si el caso te interesa aún. Me imagino que estarás muy ocupado con las investigaciones de esos homicidios de Bolonia. Entiendo que es estúpido, pero yo la considero todavía «nuestra investigación». Y me resulta todo más fácil si creo que comparto contigo mis reflexiones, mis dudas, mis miedos.

Te echo de menos, Alvaro.

Un escalofrío recorrió la espalda de Alvaro. Llevó la flechita sobre la opción *responder* y apretó el botón del ratón.

Sentada en su la mesa de la jefatura de Arezzo, Meri pulsó sobre su dirección de correo electrónico. No había recibido ningún mensaje.

«Quién sabe dónde estará en este momento…», pensó suspirando.

En ese momento su móvil empezó a sonar.

—¡Diga! —dijo Meri jadeando.

—Soy Oscar. Me acaban de comunicar que en el lago Trasimeno han encontrado el cadáver de una mujer. Es probable que no tenga nada que ver con nuestro caso pero he pensado que sería mejor ir a echar un vistazo. Por lo menos para excluir pistas. No creo que los colegas de Perugia se lo tomen mal. Si te parece bien paso a buscarte.

–¡Claro! Te espero en la puerta de jefatura.

Meri apagó el móvil. Cogió la pistola y la identificación y se los puso en el cinturón de los vaqueros. Cerró bajo llave el informe del homicidio –Erdogan– en el cajón de la mesa y apagó a toda prisa el ordenador, sin ver el sobrecito amarillo que parpadeaba advirtiendo que había un *nuevo mensaje recibido*.

50

La trampilla estaba abierta. Mammiferi no tuvo problemas para subir hasta la buhardilla sin hacer ningún ruido. Se movía con seguridad, con las rodillas ligeramente flexionadas y la espalda encorvada hacia delante. Con una linterna tanteó el suelo. Entonces iluminó la pared y repitió la operación en las esquinas de los muros. Volvió lentamente hacia la trampilla. Acto seguido dirigió el haz de luz hacia la escalera de caracol y se acercó, decidido a marcharse. De repente, tuvo una revelación. Con un rápido movimiento dirigió la linterna hacia las pesadas puertas de madera de la trampilla apoyadas en el suelo. Estaban completamente cubiertas de polvo, pero el hueco entre la puerta y el suelo parecía más limpio. Como si durante sus exámenes los técnicos de la científica no hubieran levantado del todo la puerta de la trampilla. Levantando lo justo para introducir una mano, Mammiferi empezó a palpar madera y suelo. Sus dedos se movieron por el marco hasta que sintieron algo parcialmente encastrado en la bisagra más alejada. Con gran delicadeza cogió el objeto y lo apretó en la palma. Entonces sacó la mano, abrió el puño y, con la linterna, lo iluminó. Sonrió. Se metió el objeto en el bolsillo y bajó con calma la escalera de caracol. A los pocos pasos se vio fuera de la torre. Por fin tenía en sus manos su «salvavidas».

51

Había escrito sólo dos palabras: *Yo también*. Después había enviado el mensaje y esperado en vano una respuesta.

Era casi medianoche. Alvaro no paraba ya desde hacia días. El accidente de Marino lo había dejado sin las últimas fuerzas. Se sentía cansado y vacío. Sobre todo si pensaba en Meri.

Abrió el primer cajón del escritorio para coger un paquete de cigarrillos y vio la cinta de Andy.

—Esto es lo que tenía que hacer.

El único aparato de vídeo de la sección de homicidios estaba en el despacho de Postiglione, pero afortunadamente el jefe no cerraba nunca la puerta. Alvaro se sentó en un sillón y puso el vídeo.

El título *Fashion Party 2002* apareció superpuesto a las imágenes de la pista de la discoteca La Cupola, llena de gente. La banda sonora era una canción de Jamiroquai. Después la cámara se desplazó a los invitados de la fiesta: estilistas, modelos, actores, directores, periodistas de televisión, personajes del espectáculo, algún político, empresarios y futbolistas. Parecía que rivalizasen para parecer entusiasmados de estar en esa fiesta. Pero se percibía una atmósfera bastante densa y aburrida. Camareros con librea blanca pasaban entre la gente con bandejas llenas de copas de champagne. El dueño de la discoteca, Zamagni, estaba sentado en el centro de un sofá, rodeado de modelos y gogós. Alvaro paró varias veces la cinta para observar las caras de los invitados. Pero ningún personaje cautivó su atención. No estaban ni Richard Gallo, ni su ayudante Paolo, ni ninguna de las modelos asesinadas. Era una grabación banal e insignificante. Pero entonces, ¿por qué Andy le había pedido que se la devolviera la última vez que se vieron?

Gerace aceleró la visión de las imágenes. Después del último crédito, la imagen se fundía en negro. Alvaro apretó el botón de *stop,* apoyó el mando en la mesa y se quedó sentado en el sillón. La cabeza le dolía de cansancio. Cerró los ojos y en pocos minutos se quedó dormido. El vídeo todavía en *play* continuó emitiendo un zumbido silencioso, mientras la pantalla del televisor alternaba con el negro destellos blancos y flashes de fotogramas indescifrables. Entonces, al cabo de casi veinte minutos, como de la nada surgió una imagen. Era un primer plano de Oya.

52

–¿Alguien ha identificado el cadáver? –gritó el jefe de policía Scipioni, de la judicial de Perugia.

–¡No, jefe! –respondió uno de los policías que intentaba recuperar los objetos personales de la víctima–. La mujer no llevaba documentación y estaba semidesnuda. Los pocos trapos que llevaba encima han quedado reducidos a hilachas. Los peces han trabajado duro...

–¿Has oído? Desgraciadamente no tenemos ni idea de quién es. El hombre que la encontró es un viejo barquero de la Isola Maggiore que vive en el lago desde que nació. Nos ha dicho que no la había visto nunca. Tiene que ser una de fuera.

Meri escuchaba con paciencia las insulsas explicaciones del comisario. Esa muerte había sucedido fuera de la zona de su responsabilidad y ya era mucho que la dejaran asistir a las operaciones.

–¿Has llamado ya al equipo de buzos? –preguntó.

–¿Cómo? –respondió el policía–. Ni que tuviéramos que hacer pesca submarina. Y además a estas horas de la noche me apuesto lo que quieras a que nadie encuentra nada en el lago…

Meri echó mano de todo su autocontrol.

–Tenéis ya un primer veredicto del médico forense.

–Muy impreciso. La primera hipótesis es que la causa de la muerte fue el ahogamiento.

–¿Llevaréis a la mujer a Perugia? –preguntó Meri.

–Sí.

–¿Adónde?

–Al anatómico forense del Policlínico Monteluce.

–¿Me podrías avisar cuando tengas el resultado de la autopsia?

–Claro, pero ¿por qué te importa tanto esta mujer?

–No me importa tanto –estalló Meri levantando la voz–, pero mientras no tenga un nombre y no sepa cómo murió, no puedo excluir que la víctima estuviera relacionada con una investigación por homicidio que tengo entre manos.

El comisario la miró furioso mientras algunos agentes que habían asistido a la discusión intercambiaban miradas y sonrisas.

Meri observó a los curiosos que mientras tanto se habían agolpado en el muelle y decidió que era mejor evitar la polémica.

–Mira, no me parece oportuno dar este espectáculo –dijo, dándole su identificación al colega de Perugia–. Aquí están todos mis teléfonos. Te estaría agradecida si pudieras mantenerme informada.

–No te preocupes –respondió el policía con una sonrisa irónica.

Sin darle la mano, Meri se alejó del embarcadero dirigiéndose al coche de Latini.

–Yo sé quién es esa mujer.

Meri se detuvo y empezó a buscar con la mirada a quien había pronunciado esas palabras. Un joven alto y delgado, con rastas largas y un pendiente en la nariz salió de detrás de una farola y se acercó a ella.

–He oído cómo discutía con ese policía –dijo el chico–. Menudo gilipollas, ¿eh?

Meri evitó cualquier comentario.

–¿Eras tú el que ha dicho eso hace un momento?

–Eres de la policía, me imagino –prosiguió él.

–Soy Meri D'Angelo, responsable de la brigada especial de policía judicial de Arezzo.

–Sí, pareces mucho menos gilipollas que ese otro…

–Discúlpame –lo interrumpió Meri–, pero tengo que volver urgentemente a Arezzo. Me había parecido entender que hablabas de la mujer que se ha encontrado en el lago…

–Esos maderos no están haciendo mucho –dijo el joven–. Yo llevo aquí más de una hora y media y sólo han interrogado al viejo que la encontró.

–¿Pero tú sabes quién es? –preguntó con tranquilidad Meri.

–Puede ser, pero seguro que no iré a contárselo a esos mierdas.

–¿Cómo te llamas? –preguntó la mujer policía.

–¿Por qué lo quieres saber?

–Sólo para conocerte. Creo que tengo derecho a saber con quién estoy hablando. Yo te he dado mi nombre…

–¿No será que me quieres joder?

–Si no me equivoco tú has empezado esta conversación.

El chico se apartó las trencitas de la cara.

–Massimo, Rastamax para los amigos.

–Encantada de conocerte. A ver, ¿no dijiste antes que sabes quién es esa mujer?

–Bueno, no sé su nombre, pero la conocí.

–Cuéntame– lo invitó Meri–. ¿Cuándo pasó?

–Hace dos días. Yo estaba en la taquilla del Palazzo Ducale de Castiglione del Lago. Paso algunas tardes en la taquilla para llegar a fin de mes. En un momento dado llegó ella.

–¿Sola?

–Sí.

–¿A qué hora?

–A las cinco de la tarde. Faltaba una hora para cerrar.

–¿Hablaste con ella?

–Unos minutos. Al principio pensaba que era una funcionaria de la oficina de turismo que venía a controlarme…

–¿De qué hablasteis?

–Me preguntó dónde estaba la biblioteca. Se lo indiqué y subió.

–¿Pagó la entrada en efectivo o con tarjeta?

El joven vaciló.

–… la verdad es que no pagó. La dejé entrar gratis.

–¿Te dijo quién era, a qué se dedicaba?

–No.

–¿Recuerdas si había otros visitantes en el *palazzo*?

–Qué raro, antes de subir, ella también me hizo esa pregunta…

–¿Estás seguro?

–¡Lo juro! Le contesté que no había nadie, pero…

–¿Pero?

–No podía estar seguro. Antes de que llegara me había marchado de la caja un rato. Para hacerme un canuto…

–¿Así es que la entrada del Palazzo Ducale se quedó vacía?

–Ehm… sí, me parece que sí.

–¿Cuánto tiempo?

—Treinta, cuarenta minutos…

—Joder, qué porro más largo. ¿Y por qué crees que te preguntó si había alguien más en el *palazzo*?

—¡Yo que sé! Igual quería estar sola.

—O todo lo contrario —lo acució Meri—. Quizá tenía una cita allí.

—¿Quieres decir que la persona con la que se iba a ver pudo haber entrado en el *palazzo* a escondidas mientras yo estaba fumando?

—¡Exacto! Sólo que cuando la mujer subió estaba segura de estar sola.

—¡Menudo lío! —exclamó Max rascándose los rizos.

—Dime una cosa —dijo Meri—. ¿Viste salir a la mujer del edificio?

—No.

—¿Y a alguien más?

—No.

—¿Te quedaste en la puerta hasta el cierre o te volviste a escaquear?

—El joven bajó la mirada.

—Bueno… debí marcharme unos cinco minutos… —dijo.

—¿Cinco minutos exactos?

—Cinco, seis, no mucho…

—¿Por eso no te preocupaste cuando no viste salir a la mujer?

—Sí, pensé que se habría marchado mientras yo estaba fuera.

—¿Antes de cerrar subiste a la biblioteca a echar un ojo?

—No, pensé que no hacía falta. Grité dos, tres veces «¡se cierra!». No respondió nadie, cerré el portón y me fui.

—¿De dónde zarpan los barcos que llegan a Castiglione del Lago?

—Casi todos los ferrys salen de Passignano en el Trasimeno.

—¿O sea que también en el que llegó esa mujer?

—Me imagino que sí.

—¿A qué hora sale el primero?

—A las siete y cuarto de la mañana.

–¿Y el último?

–A las siete y diez de la tarde.

Meri anotó en una libreta los horarios y miró el reloj. En seis horas la taquilla de la compañía de navegación habría abierto el despacho de Passignano. Allí habría podido preguntar si alguien recordaba a una mujer de pelo rubio y rizado que se había embarcado hacia las cuatro dos días antes con un billete para Castiglione del Lago y, casi seguro, que no había regresado.

–Gracias, Massimo, has sido de gran ayuda –dijo Meri, despidiéndose del chico.

–Encantado, tú no pareces una policía gilipollas como…

–¿Como el de Perugia? –lo interrumpió la mujer.

–Sí, ése me ha caído gordo enseguida. En cuanto lo he visto.

–A mí también –le confesó Meri dándole una palmada en el hombro.

–Ah, oye… –retomó el chico–, estás muy guapa con melenita pero estoy seguro de que también te quedaría bien el pelo largo y las trencitas. Es más, creo que romperías.

Meri sonrió.

–Gracias por el consejo Max, lo pensaré –dijo.

53

–Has bebido demasiado.

–¿Bebido? Mais si ni siquiera he tocado el vaso, tú en cambio mírate como estás.

–Oh, yo estoy genial. Tus amigos tienen una mierda increíble…

–Sólo uno es amigo mío. L'autre me lo ha presentado Jeanette. ¿Quién es ton ami?

—Se llama…

La imagen se interrumpió bruscamente disolviéndose en una serie de manchas negras y grises con un insoportable zumbido de fondo. Fue en ese momento cuando Alvaro reabrió los ojos. Eran las dos pasadas. Le latían las sienes. Había caído como un tronco en el sofá desfondado del despacho del jefe. Tenía la espalda rígida y dolorida, el cuello tenso y el brazo izquierdo entumecido hasta el punto de haber perdido toda sensibilidad en los dedos de la mano. Se tocó el bolsillo de la camisa y sacó un paquete de cigarrillos. Cogió uno y se lo llevó a los labios. Pero no consiguió encontrar el mechero. Nervioso, se sentó.

Sus ojos por fin vieron el monitor encendido.

Destellos de luz y fragmentos de imágenes se mezclaban en secuencias de pocos segundos. El sonido estaba borrado muchas veces. Pero a Alvaro le bastó con ver un fotograma para saltar del sillón. Oya y Sophie estaban en un sofá amarillo y reían de manera incoherente. Después otra vez negro. Se tiró sobre el mando y apretó el botón *rewind*. Oya y Sophie volvieron a sonreírle. Pasó adelante y atrás repetidas veces la cinta hasta donde empezaban esas secuencias manipuladas. Se frotó los ojos, subió el volumen del televisor y se concentró en las imágenes. La grabación había sido borrada a propósito, pero de forma intermitente y torpe. Probablemente se tratase del final de una cinta reutilizada para la fiesta de la moda. Entre un flash de luz y una serie de rayas horizontales, Alvaro consiguió distinguir más imágenes de Sophie, Oya y de una chica con el pelo rubio y el mismo cuerpo de modelo que las otras. Reían y hablaban entre ellas, pero a menudo las frases no tenían conclusión ni sentido. Parecían estar en una fiesta privada. El ambiente era surreal. Las modelos estaban poco vestidas y, por lo menos aparentemente, desinhibidas. Alvaro consiguió ver también en una mesa de cristal una pequeña bandeja de plata con polvo blanco.

La única secuencia que no estaba cortada era el diálogo entre Oya y Sophie.

Alvaro escupió el cigarrillo y apretó el *play*.

Sophie hablaba con Oya:

–... amigo mío. *L'autre* me lo ha presentado Jeanette. ¿Quién es *ton ami?*

Oya: –Se llama...

Negro.

Oya: –... hecho mal en invitarlo...

Sophie: –... *est jolie*, pero has visto qué mirada, da miedo...

Negro.

Llega una tercera chica y se tira en el sofá entre los brazos de las dos amigas. Su minifalda se levanta dejando ver un minúsculo tanga negro. Estallan las tres en una carcajada. Sophie le acaricia la cara.

–... *Jeanette, mon amour, baise moi...* –dice.

Las chicas ríen. La cámara enfoca el cuerpo sinuoso de Jeanette hasta pararse en el pie. La chica lleva sandalias. Las uñas de los dedos del pie están pintadas en el centro con una fina raya de color verde oscuro.

54

–¿Ha dicho hace dos días? –preguntó la mujer de la taquilla de la compañía naval.

–Sí –respondió Meri–. Podría haber comprado el billete para Castiglione del Lago entre las tres y media y las cuatro y media.

–Un billete de ida y vuelta, ¿no?

–Me imagino que sí.

–Como le he dicho la matriz del billete que nos quedamos es anónima y la compañera que trabajó esa tarde se ha tomado unos días de vacaciones. Nuestra única esperanza es que la mujer que está buscando pagara con tarjeta.

–Esperemos.

–Igual hemos tenido suerte –exclamó la empleada, mirando un recibo–. Esta transacción es de las cuatro y cuatro minutos. El pago se efectuó con una tarjeta y éste es el número. A juzgar por el importe diría que es un billete de ida y vuelta para Castiglione del Lago. La firma no está muy clara. Podría ser Rastelli o Cristalli.

–¿Puedo verlo? –preguntó Meri fingiendo una calma que en realidad no sentía.

–¡Claro! Tenga.

La mujer policía agarró el ticket. Se concentró en la firma. Consiguió descifrar el apellido.

–Podría ser Castelli –dijo más para ella que para la chica–. Del nombre sólo está la inicial, una «C».

La empleada asintió sin hacer comentarios.

–¿Es el único pago hecho con tarjeta de crédito sobre esa hora? –preguntó Meri.

–Es el único de toda la tarde. Hay otro a las nueve y cuarenta y tres de la mañana con una tarjeta Amex. La firma parece la de un alemán.

–¿Podría hacerme dos fotocopias de este ticket?

–Claro.

En ese momento entró en el pequeño despacho un hombre de unos cincuenta años pequeño y achaparrado con un impermeable rojo con el nombre de la compañía naval.

–¡Brrr! Qué día más frío –dijo–. ¿Cómo estás, Antonella?

–Ah, ¡hola Leopoldo! Todo bien. Pero, ¿cómo es que ya estás aquí? Creía que te tocaba por la tarde…

–No, no –respondió él–, el último lo hice hace dos días. Ahora durante las dos próximas semanas me toca de mañana.

La empleada se alejó de la taquilla para hacer las fotocopias y Meri aprovechó para acercarse al hombre que, mientras tanto, había empezado a revisar algunos guardabrisas colocados contra una pared de la caseta.

–Perdone, soy Meri D'Angelo, de la brigada judicial de Arezzo. ¿Puedo hacerle una pregunta?

El hombre se volvió de golpe.

–¿Usted es de la policía? ¿Está aquí por esa muerta de esta noche en el lago? –dijo en voz alta.

Meri tragó con nerviosismo.

–Perdone señor…

–Leopoldo.

–Bien, señor Leopoldo, si espera un momento recojo unos documentos y después le cuento.

–Oh, sí, haga lo que tenga que hacer, yo no me muevo.

Meri se acercó a la taquilla y esperó a que la chica le llevase las fotocopias. Las cogió y le dio las gracias. Entonces volvió con el hombre.

–¿Le parece que demos una vuelta por el muelle?

Salieron juntos de la oficina y se encaminaron lentamente por el embarcadero azotado por el viento.

–He oído cómo decía que hace dos días hizo el turno de tarde.

–Sí –respondió Leopoldo–, me tocaba de doce a ocho.

–¿En qué consiste su trabajo?

–El mantenimiento de los barcos.

–¿Pero a bordo o en los astilleros?

–Sólo a bordo. En un día me hago docenas de trayectos por el lago.

–¿Así es que ve a mucha gente?

–Bueno, depende de la época. Por supuesto en verano pasan un montón de turistas…

–Usted ya conoce la tragedia de esta noche…

–Sí, me lo ha contado un amigo en Passignano. En el pueblo se sabe siempre todo. Pero, ¿quién es la mujer?

–Todavía no lo sabemos, pero quizás usted pueda ayudar.

–Me encantaría. Dígame, inspectora.

–¿Hay un trasbordador para Castiglione del Lago que sale hacia las cuatro?

–Sí, hay uno a las cuatro y cuarto.

–¿Hace dos días estaba usted a bordo de ese ferry?

–Claro. Me subí en Passignano y me bajé en la Isola Maggiore. Tenía que recuperar una docena de maromas en el astillero de la isla.

–¿Había turistas con usted?

–Espere… Si la memoria no me falla diría que había dos alemanes, marido y mujer, de edad avanzada, Gisda, una señora de la isla que conozco y otra señora rubia, alta, pelo largo y rizado, gafas oscuras… una chica guapa.

–¿Cómo iba vestida?

–Llevaba una gabardina gris claro para protegerse del viento.

–¿Viajaba sola?

–Sí, pero yo me bajé en Isola Maggiore. De todas maneras no me parece que subiera nadie más.

–¿Habló con alguien en el trasbordador?

–No, estuvo todo el tiempo de pie en la proa mirando el lago.

–¿Llamadas?

–No creo.

–Antes me ha dicho que trabajó hasta las ocho. ¿No?

–Exacto.

–¿Se encontraba usted a bordo del último ferry que acaba en Passignano?

–No, estaba en el embarcadero. Al final de la jornada tenemos la obligación de comprobar el estado del barco.

–¿Vio cómo bajaban los turistas?

–¿Turistas? Además de la tripulación sólo había un pasajero.

–¿La chica rubia no?

–No, no; era un hombre.

–¿Y la mujer que vio a la ida ya no la volvió a ver?

–No, ni rastro.

–Ese hombre que me decía…

–¿Sí?

–¿Podría describirlo?

–Tendría mi edad. Bastante alto, fuerte, la cara afilada y morena, el pelo corto y gris. Llevaba una camisa de cuadros blancos y rojos, pantalones verde caqui y un chaquetón como los que usan los pescadores. Más que un turista parecía un campesino. Pero no lo había visto nunca por aquí.

–Es usted muy observador…

–Bueno, con el trabajo que hago paso mucho tiempo con la gente.

–¿Qué hizo ese hombre cuando bajó?

–Se dirigió hacia el aparcamiento –dijo Leopoldo indicando un descampado cerca de la taquilla.

–¿Estaba tranquilo? –preguntó Meri.

–Yo no noté nada raro.

–¿Qué coche tenía?

–Una furgoneta roja.

–Muchas gracias, no creo que tenga más preguntas que hacerle.

–¿Cree que la chica esa que iba conmigo en el trasbordador es la misma que han sacado esta noche del lago? –dijo el hombre algo excitado.

–Las investigaciones sólo acaban de empezar, tenemos que reconstruir todavía lo que pasó realmente. Pero ahora tengo que marcharme.

En cuanto entró en el coche, Meri cogió las fotocopias y se puso a comprobar el ticket.

«C. Castelli ¿dónde he visto antes esta firma?», se preguntó.

–¡Claro! –exclamó tras pensarlo un poco más–. Ahora me acuerdo. Estaba en el recibo del contrato del alquiler del coche. Fue ella quien alquiló el coche encontrado en Citta di Castello, que utilizaba Oya. Un Fiat Punto alquilado en el aeropuerto de Miramare de Rímini. Se llama… se llama… ¡sí! Camilla. Camilla Castelli.

55

Alvaro se puso a pensar en lo que había descubierto. Jeanette era la mujer descuartizada, quemada y tirada en el contenedor de la calle Tofane en Bolonia. Su amiga Linda, de la taberna, había hecho especial hincapié en el esmalte. Ese vídeo semiborrado le había proporcionado la identidad de la primera víctima. En las secuencias aparecía también Oya, la chica muerta hallada en la torre de Falsano y que Meri había identificado. La última, Sophie, la compañera de piso de Jeanette, era la tercera víctima, asesinada pocos días antes en su apartamento de la calle Mattuiani de Bolonia. La grabación era la prueba evidente de que los tres crímenes estaban relacionados. Un hilo de sangre unía el valle Tiberino y Bolonia e implicaba irrefutablemente por lo menos a dos personas: Richard Gallo, para el que trabajaban tanto Sophie como Jeanette, y Andy que, por alguna razón, le había dado la cinta.

Esa mañana había llevado la cinta a Cineca, el instituto cinematográfico universitario de Bolonia, para que la analizaran. Pero el técnico, un tal Bilotta, después de verla, había sido tajante.

–Dudo que se pueda sacar algo de este vídeo. Hay demasiadas lagunas de *time-code*, faltan partes de la película. Y además la cinta está muy desgastada. Necesitaré suerte y sobre todo tiempo.

En el vídeo no había rastro de otras personas.

El cámara no abría la boca en ningún momento. Sólo durante una fracción de segundo se veía la mano de un hombre apoyado en el respaldo de un sofá blanco. El fotograma estaba borrado. Irreconocible también el sitio donde se habían hecho las tomas. De los diálogos fragmentados de las chicas se podía deducir que, junto a ellas, había, además del cámara, por lo menos dos hombres.

Alvaro, en su oficina, seguía marcando el número del móvil de Meri, que siempre estaba apagado. Había llamado también a todos los números de urgencias de los hospitales de Bolonia y de la provincia, a las ambulancias y a las casas de socorro. Nadie en los últimos días había sido atendido ni mucho menos hospitalizado por herida de arma de fuego.

Estaba comprobando las direcciones de las casas de socorro cuando entró en su despacho el jefe de la brigada, Gabriele Postiglione.

–Buenos días, Alvaro, ¿ya estas aquí? –dijo parándose en la puerta.

–Sí, jefe, buenos días –respondió Alvaro dirigiéndose hacia él–. Necesito hablar urgentemente con usted.

Pero Postiglione hizo caso omiso de su petición.

–¿Quién ha montado todo este lío en mi despacho? Hay colillas por todas partes.

–He sido yo, jefe, esta noche. Justamente por eso quería decirle…

Pero el jefe hizo como si no hubiera oído nada.

—¿Sabes algo de Marino? Ayer quería llamar al hospital pero no tuve tiempo.

Alvaro frunció el ceño.

—No… desgraciadamente yo tampoco tuve tiempo –dijo–. Hoy pasaré sin falta por el hospital.

—Bien, Alvaro. Por favor tenme informado.

—Claro… claro.

—¿Querías decirme algo más? –preguntó Postiglione.

—Sí, tendría que informarle de algunos avances importantes en la investigación de los homicidios, pero…

—Perfecto. Pásate en una hora por mi despacho –dijo el jefe dándole la espalda.

—¡No faltaré! –susurró irónicamente Alvaro sin que Postiglione pudiera oírle.

Pero pasados diez minutos el responsable de la brigada llamó alarmado a Gerace.

—¿Puedes venir enseguida a mi despacho?

—Me acaban de llamar del puesto de policía del hospital –empezó cuando Alvaro se hubo sentado en frente a su mesa.

A Alvaro se le heló la sangre.

—Fuiste tú, o Marino, quienes me hablasteis de un tal Andrea o Andrew Corelli…

El policía lo escuchó intrigado.

—Sí, claro. Es el director artístico de La Cupola, la discoteca de San Luca a la que fuimos hace unos días para hacer unas preguntas.

—Bueno, creo que no podrá darnos ninguna información más.

—Quiere decir…

—Sí, ha muerto esta noche. ¡Sobredosis! Lo ha encontrado una pareja de novios encerrado en su coche y sin conocimiento en una carretera secundaria de las colinas. Llamaron a urgencias, pero cuando llegó la ambulancia ya estaba muerto. Colapso cardio-circulatorio. Según el examen toxicológico tenía más heroína en el cuerpo que sangre. Pero ni un pinchazo. La había esnifado...

Alvaro estaba alucinado. Andy, el autor de la cinta, la única persona que habría podido desvelarle la trama oculta entre las modelos, estaba muerto.

–Jefe, no creo que ese chico haya muerto por causas naturales. Lo han matado –exclamó Alvaro con rabia.

–Desde el hospital me han informado...

–¡Deje en paz al hospital! Lo han drogado. Le han dado una sustancia letal. Andy esnifaba cocaína.

–Me parece difícil probarlo –dijo Postiglione.

–¡Pero es así! Ese chico se había convertido en un testigo peligroso.

–¿Testigo de qué? –preguntó el jefe.

En el cuarto de hora siguiente Alvaro le habló de la cinta, de cómo había descubierto la identidad de Jeanette y de la relación con el homicidio de Falsano. Solamente omitió el hecho de que había sido él quien encontró el cadáver de Oya en la torre. Ya habían pasado demasiados días y su jefe le habría pedido explicaciones del porqué de su silencio.

Explicó, mintiendo, que se había enterado de la muerte de la chica turca consultando la base de datos del Ministerio del Interior.

–Tenemos que unirnos a la jefatura de Arezzo e intercambiarnos toda la información –dijo Alvaro.

–No corras –lo paró el jefe–. De momento hagamos una petición genérica de datos a la jefatura de Arezzo, sin dar explicaciones. Dejemos que hagan sus investigaciones y nosotros haremos las nuestras. Después ya veremos qué pasa. He visto demasiados casos como éste en el que al final todo el mérito es de los otros...

Alvaro estaba a punto de explotar de rabia.

–¡Pero esto no es cuestión de méritos! Aquí hay por lo menos dos comunidades que viven bajo la pesadilla de un asesino en serie. Si unimos nuestras fuerzas tendremos más posibilidades de coger a ese cabrón.

–Haz lo que te digo, Alvaro. ¡Verás como al final me darás la razón! –insistió el jefe.

El policía tiró la toalla. Sopló hacia arriba una densa bocanada de humo azulado y apagó el cigarrillo en el cenicero lleno de colillas de la mesa del jefe. Entonces se levantó.

–Mando el fax a la jefatura de Arezzo y después llamo al hospital.

–Bien hecho, Alvaro –lo despidió el jefe sonriendo.

56

Oya Deborah Erdogan. *Edad: 20. Profesión: estudiante, modelo. Asesinada Falsano. Última dirección: Casa rural «Amigos y Vacaciones», Trestina.*

Visitas a la víctima: un hombre alto, de unos 40 años, pelo moreno y corto, bien vestido. Acento toscano. Coche: spider negro o azul.

Camilla Castelli. *Edad 35-40. Constitución media, pelo rubio y rizado. Profesión: desconocida. Muerta en el lago Trasimeno. Causa del deceso: ¿asfixia por inmersión?*

Principales sospechosos. *Hombre de unos 50 años, alto, cara afilada y morena, pelo corto y gris. Camisa de cuadros rojos y blancos, pantalones verde caqui y chubasquero de pesca. Coche: furgoneta roja.*

En paradero desconocido. *Teodoro Mammiferi, 50 años, campesino. Residente en Falsano. Un metro 78, constitución fuerte, pelo muy corto. Coche…*

–Ya, ¿y qué coche tiene ese Mammiferi? –se preguntó Meri. Tráfico no había sido capaz de darle ningún dato pero ella recordaba que Alvaro le había contado que había conocido a Mammiferi en la carretera cuando iba en coche.

A la vuelta del lago Trasimeno, la agente había ido a la jefatura de Arezzo para reordenar las ideas. Su investigación no autorizada del cadáver de la mujer encontrada en el lago le había permitido en pocas horas descubrir la identidad de la víctima y establecer una relación con la chica asesinada en la torre. Además tenía un testigo y un posible sospechoso. Pero toda la teoría se basaba en una hipótesis por confirmar: que la mujer hubiese sido asesinada. El único dato seguro era la presencia de Camilla Castelli dos días antes en el lago, la misma mujer que había alquilado un coche en Rímini para Oya. Era justamente por este elemento irrefutable por lo que Meri sentía que estaba sobre la pista correcta.

En Rímini tenía un amigo que trabajaba en el centro de datos de jefatura. Era agente de la policía postal y había asistido con ella y su ex marido al curso para entrar en la sección informática de la policía de Roma. Hacía años que no se hablaban, pero sabía que podía contar con él.

–Hola, soy Meri D'Angelo. ¿Hablo con Giordano Brusi?

–¿Meri?… ¿De verdad eres tú *dangelo* mío…?

–Oh, Giordano, eres el único que sigue llamándome así. Pensaba que igual habías cambiado de número de móvil.

–Ahora me alegro de no haberlo hecho. Espera que me siente. Estoy tan nervioso de hablar contigo que me da vueltas la cabeza.

–Sigues siendo el mismo exagerado, pero quizás en este momento sí me vengan bien tus piropos.

–¡Uy! ¡Veo que has puesto en marcha la sirena! ¿Hay problemas con el *supercop*?

—Dejémoslo estar. Hace mucho tiempo que tú y yo no hablamos. *Él* ya está fuera de mi vida.

—Vaya, lo siento Meri.

—Yo no. Pero de todas formas necesito tu ayuda.

—¡Dispara!

—¿Estás en el ordenador?

—Claro que sí, como siempre.

—Necesitaría los datos de una persona. Se llama Camilla Castelli. Sólo sé que vive en Rímini y que con una tarjeta de crédito alquiló hace algún tiempo un Fiat Punto en el aeropuerto de Rímini y pagó un billete del ferry en el lago Trasimeno.

Meri oyó que, antes de que ella acabase de hablar, Giordano ya estaba tecleando en el ordenador.

—Aquí está. Camilla Castelli, nacida en Rímini. Residente en Rímini en la calle Dario Campana, 23. Periodista. Tiene un Smart y... ¡mira, mira la periodista! Tiene una denuncia, retirada después, por actos obscenos en la vía pública. La pillaron los *carabinieri* de Riccione en una calle al lado de la discoteca Princess. Nuestra amiga estaba con otra mujer, Giulia Montale, veintiún años, de Verrucchio, en actitud evidentemente ofensiva para la moral pública. En el informe se habla también de estado de confusión y de restos de polvo blanco hallados en el salpicadero del coche. Pero en sólo tres días la denuncia fue retirada. Esta Camilla debe conocer a gente importante.

—¿Hay algo más? —preguntó Meri.

—Parece que no. Espera un segundo... ¡pero mira! —murmuró Brusi.

—¿Qué has encontrado? —preguntó Meri impaciente.

—Hace algunos días un colega de la jefatura de Rímini consultó el CED para investigar a esta tal Camilla Castelli. Y además se trata de un amigo mío. Mino Capacci, de la judicial de Rímini, un buen chico.

–¿Qué coincidencia más rara, no crees? –dijo Meri–. Oye, has dicho que es amigo tuyo…

–¿Meri? –la interrumpió el policía–. Ya estoy marcando su número. Estás en la línea, pongo el manos libres.

Meri se quedó pegada al teléfono.

–*Mino, he visto en el registro de la base de datos que hace poco has pedido información sobre una tal Camilla Castelli. ¿Te suena?*

–*Es verdad. Me lo había pedido un ex colega de la judicial de Rímini que ahora se ha trasladado a Bolonia.*

–*¿Lo conozco?*

–*Bueno, aquí lo conocen todos. Es el inspector Gerace. Alvaro Gerace. ¿Recuerdas aquella historia del asesino de las bailarinas?*

–*¿Te contó por qué quería información sobre esa mujer?*

–*No exactamente, pero me preguntó si se había hecho alguna denuncia por desaparición aquí a su nombre.*

–*¿La hay?* –preguntó Brusi.

–*Negativo* –respondió Capacci.

–*¿Alguna otra petición?*

–*Ninguna.*

Brusi volvió al teléfono con Meri.

–Bueno, ¿has oído? –dijo con tono satisfecho. ¿Conoces a Gerace?

–He oído hablar de él.

–Es un tío con cojones.

–Sí, eso me han dicho.

–Estoy seguro de que te gustaría –insistió el policía.

La huida

57

—¡Joder, no puede ser! —estalló Paolo.

El altavoz de la estación de Bolonia acababa de anunciar que el tren Eurostar para Roma de las una y media sufriría un retraso de cuarenta y cinco minutos por una avería eléctrica.

El ayudante de Gallo miró a su alrededor en el vestíbulo de la estación, miró el tablón de las salidas y se dirigió nervioso a la ventanilla de información. Cogió el número de espera y vio en la pantalla que antes del suyo había otros siete.

—¡Mierda! —exclamó en voz alta y volvió al centro del vestíbulo. En ese momento anunciaron un ulterior retraso del tren de veinte minutos. Paolo fue presa del pánico. Esa mañana, cuando estaba llegando al estudio, Zamagni le había llamado al móvil para darle la noticia de la muerte de Andy por sobredosis. Paolo había intentado entender qué era lo que había pasado realmente pero el hombre lo había cortado enseguida.

—Sabes perfectamente que no puedo decir nada por teléfono. Sólo te aconsejo, Paolo. ¡Mantente al margen! Cambia de aires un tiempo.

Paolo había vuelto a casa corriendo. En cuanto entró corrió al baño a vomitar. Cogió un ansiolítico del botiquín y lo engulló enganchándose al grifo. Después puso en una bolsa de viaje algo de ropa y dos pares de zapatos y llamó a un taxi para la estación. Antes de salir de casa había encendido el contestador y apagado el móvil.

–¡Cuarenta y cinco minutos! No puede ser –dijo Paolo, poniéndose prácticamente a gritar.

Por el altavoz una voz metálica anunció que todos los trenes para Roma llevaban importantes retrasos.

Miró el reloj digital en el tablón de llegadas. Las dos menos veinticinco. Había un vuelo para Roma a las tres. Muchas veces había tenido que acompañar a Gallo y a las modelos al aeropuerto. Lo conseguiría. Se dirigió hacia la salida para coger un taxi.

Fue en ese momento cuando, aunque sólo por una fracción de segundo, Paolo vio al otro lado del cristal a un hombre que lo estaba observando oculto por una columna del soportal en el exterior de la estación.

Se quedó inmóvil algunos instantes, dudando si salir a la calle y enfrentarse a él o escapar lo más lejos posible. Estaba seguro de haber visto antes esa cara pero en tan poco tiempo no había podido ponerle un nombre. El cruce de miradas había sido más fugaz que un rayo. Después esa figura había desaparecido en la oscuridad.

Paolo se dio cuenta de que estaba temblando. Su mano apretada a las asas de la bolsa, los nudillos blancos, las venas hinchadas en el dorso.

–¡A la mierda! Sólo son gilipolleces –masculló sin estar demasiado convencido, dirigiéndose a la salida.

Pero no consiguió calmarse ni siquiera cuando, un minuto más tarde, se subió a un taxi y tomó hacia el aeropuerto.

Se volvió repetidas veces hacia atrás y a los lados para comprobar que nadie lo estuviera siguiendo. Entonces se escurrió en el asiento trasero del coche para hacerse menos visible desde fuera.

En el aeropuerto Marconi, pidió que lo llevaran hasta la mismísima puerta de entrada de salidas. Pagó al taxista y se lanzó al interior del vestíbulo. En la ventanilla había poca gente. Al cabo de cinco minutos ya estaba en posesión de un billete de ida a Roma. El vuelo saldría en su horario previsto. En cuarenta y cinco minutos comenzaría el embarque. Demasiados para quedarse tan a la vista en la sala de espera. Se puso a escrutar tras los cristales oscuros de sus gafas cada rincón de la sala.

Ningún movimiento fuera de lo normal. Ninguna persona sospechosa. Ningún peligro inminente.

Pero Paolo no estaba en absoluto tranquilo. Tenía todo el tiempo la sensación de que alguien lo estaba siguiendo.

Pasó el control de rayos X y entró en la zona de embarque.

Se acercó al escaparate de una peletería para poder observar el paso de la gente a su espalda a través del reflejo en el cristal.

Sintió una dentellada en el pecho.

Al final del pasillo, apoyado en un mostrador aislado de una puerta de embarque, estaba otra vez aquel hombre de la estación. Paolo intentó enfocar la imagen, pero el hombre estaba demasiado lejos.

Volvió rápidamente la cabeza. Cuando sus ojos recorrieron otra vez el mostrador de embarque el hombre había desaparecido de nuevo.

Con la bolsa al hombro, se puso casi a correr hacia su salida. Sólo faltaban quince minutos. Y entonces, por fin podría subir al avión. La azafata de tierra todavía no había llegado al mostrador pero el tablón luminoso ya indicaba el destino «Roma Fco», confirmando la hora de despegue: las quince horas. Dudando si quedarse a esperar el embarque o deambular por el pasillo, el joven vio el letrero *toilette* en una puerta y entró instintivamente, como buscando un refugio. Pero una vez dentro del baño se dio cuenta del error que había cometido. Ése era el sitio más aislado, y por consiguiente el menos seguro de todo el aeropuerto. Para colmo estaba desierto. Se metió en una de las tres cabinas y se encerró. Oyó abrirse la puerta del baño. Después unas pisadas lentas en el suelo que pasaron por su cabina y entraron en la de al lado.

Paolo aguantó la respiración.

Al cabo de un minuto oyó el ruido de la cisterna y de nuevo esos pasos frente a su puerta. Un suspiro, un golpe de tos y el estruendo del agua en el lavabo. Después el rollo de la toalla de papel que raspaba al salir y al fin la puerta del baño cerrándose.

Silencio.

Paolo abrió la puerta y salió de la cabina dando pequeños pasos. Se dirigió hacia la salida del baño sin volverse.

Dio un paso adelante y sintió el frío del cañón de una pistola apoyado en su cuello, detrás de él.

–¡No te vuelvas y no intentes moverte! –dijo una voz tranquila a su espalda–. Vuelve a entrar despacio en el retrete sin darte la vuelta. Si intentas escapar te vuelo la cabeza.

58

Meri había recorrido esa carretera varias veces con Alvaro tras el hallazgo del cadáver de Oya en la torre. Cuarenta minutos de curvas y cambios de rasante entre Trestina y Cortona.

–¡Es nuestra investigación! –se dijo a sí misma–. Nuestra investigación exclusiva.

Poco antes de llegar a la oficina de turismo de Cortona el móvil de Meri se puso a sonar.

–¿Quién es? –preguntó Meri con tono seco.

–Oscar. Estoy aquí en el despacho. Hay novedades de Perugia. Acaba de llamar Scipioni de la judicial. Tenía el resultado de la autopsia del cadáver de la mujer repescada en el lago. Fue asesinada. Antes de tirarla al agua le rompieron el cuello. Parece que se trata de estrangulamiento. El magistrado está procediendo por homicidio voluntario.

–¿Hay signos en el cuello que puedan conducir al asesino?

–Nada, el agua y los peces han borrado todo rastro.

–¿La han identificado? –preguntó la mujer.

–Por lo que parece, no. Están intentando establecer el día y la hora de la muerte, para cotejarlo con la lista de los turistas que pasaron por el lago en los últimos días. La verdad es que me parece que se lo están tomando con tranquilidad.

–Llámame si hay más novedades. Yo voy hacia Cortona pero tendré el móvil encendido.

Meri se sintió un poco culpable por no haber compartido todavía con Oscar los descubrimientos sobre Camilla Castelli. Pero ahora más que nunca prefería guardarse para ella esa información. Por lo menos hasta que hubiera podido hablar con Alvaro.

59

El director de la oficina de turismo de Cortona, Bartolomeo Polvese, recibió a Meri con un entusiasmo teatral. Meri no perdió el tiempo con cumplidos.

–He venido para hacerle algunas preguntas. ¿Recuerda qué clase de coche tiene Teodoro Mammiferi?

Al oír ese nombre el director de la oficina enrojeció y empezó a parpadear rápidamente.

–Pero… señora, ya le dije la otra vez que conozco muy poco a ese hombre. Tenemos una relación de cola…

–Recuerdo perfectamente lo que me explicó a propósito de Mammiferi. ¿Sabría decirme algo a propósito de su coche?

–Puede que sea una Ford Transit de color rojo, pero yo…

–¿Recuerda la matrícula?

–No, lo siento.

–Además de la de Falsano, ¿Mammiferi tiene otras direcciones? Que sé yo, amigos, parientes…

–Desgraciadamente, tengo que repetirle que relación que mantenemos es esporádica y ocasional –respondió azorado Polvese–. Mammiferi no es ni un funcionario ni un colaborador de esta empresa, por lo tanto la verdad es que no puedo ayudarla. Nuestra actividad principal consiste…

–¿Cuándo fue la última vez que Mammiferi contactó con la oficina de Cortona? –lo interrumpió Meri.

El director de la oficina tragó saliva. Sacó una agenda de un cajón de la mesa y empezó a consultarla.

–Oiga, ¿podemos pedirle a su secretaria que venga? –dijo Meri perdiendo la paciencia.

–Claro. Giada, ven a mi despacho, por favor –ordenó el hombre por teléfono.

En menos de un minuto llegó a la habitación una chica lozana, con el pelo rubísimo.

–¿Sabría decirme cuándo fue la última vez que Teodoro Mammiferi trabajó aquí con ustedes? –le preguntó Meri.

–En el pasado julio –respondió atentamente la chica–, me parece que el dieciocho. Ese día había que organizar la logística de un reportaje fotográfico.

–Bueno, señor Polvese, por lo que parece el tal Mammiferi no es precisamente el último de los colaboradores de la oficina. ¡*Organizar la logística!* No me parece un trabajo de poca... –subrayó la policía.

Polvese apretó los puños sobre la mesa.

–El señor Mammiferi es un gran conocedor del valle Tiberino –se justificó–. Le pedimos ayuda para dar con un lugar especial en el que realizar un reportaje fotográfico a cargo del asesor de turismo de la comunidad...

–Ah, claro, entiendo –dijo sarcásticamente Meri–. Me imagino que Mammiferi no tuvo problemas para localizar ese «lugar especial».

–¡Oh, no! –intervino cándidamente Giada–. Los llevó a todos al antiguo convento cerca del cementerio. Un sitio de escalofrío.

–Ya puedes irte Giada –ordenó Polvese a la joven.

–¡No, Giada! Quédese un momento –intervino Meri–. Obviamente si usted, señor director, no tiene nada en contra...

–Faltaría más –respondió él apretando los dientes de rabia.

–Bien –retomó Meri mirando a los ojos a la chica–, ¿podría darme un listado de las personas que participaron en ese reportaje? Me refiero a los fotógrafos, ayudantes, modelos, esposas, novias, invitados. Necesito saber cuánto tiempo se quedaron, dónde comieron, durmieron, a quién vieron... Además querría saber los nombres de todos aquellos que se vieron implicados en ese trabajo. Incluidos funcionarios y colaboradores de la oficina...

Giada miró tímidamente hacia Polvese esperando la autorización. El hombre levantó las manos en señal de rendición.

60

–Así que estabas saliendo por piernas.

–No, no, se equivoca. Le aseguro que no estaba huyendo. Tengo una cita en Roma…

–Claro, Paolo, ¡claro! Qué pena que la secretaria del estudio, Anna, te estuviera esperando en la oficina. Es más, me ha dicho que justamente hoy te tenías que ocupar de algunos vencimientos importantes, dado que Gallo hace dos días que no aparece…

–Ha sido a última hora. Me han llamado esta mañana al móvil.

–Lo sé. Estaba debajo del estudio esperándote. Te he visto contestar al teléfono, darte la vuelta y salir corriendo. Te he seguido desde la estación. Debe de tratarse de un verdadero imprevisto. Venga, vamos al puesto de policía. Creo que tienes bastantes cosas que contarme.

Gerace volvió a meter la pistola en la funda, cogió del brazo a Paolo y lo arrastró fuera del baño de caballeros de la sala de embarque del aeropuerto de Bolonia.

–¿Estoy arrestado? –preguntó Paolo temblando.

–Cuanto antes contestes a mis preguntas antes te irás a tu casa.

–Cre… creo que todo esto no es legal…

Alvaro se detuvo, lo zarandeó del antebrazo hasta tenerlo delante, cara a cara.

–Oye, guapo –dijo–, tres jóvenes mujeres han sido descuartizadas, mi compañero está conectado a un respirador y yo hace tres noches que no duermo para cazar al asesino. Temo haber perdido el sentido de la legalidad. Si insistes te llevo otra vez al retrete y te leo tus derechos.

Paolo vio la cólera en las pupilas del policía. Alvaro lo empujó hasta el puesto de policía. Sin poner trabas, el responsable le cedió su despacho para el interrogatorio. Alvaro condujo a Paolo y cerró la puerta a su espalda.

–Ahora podemos hablar.

61

Meri salió de la oficina de turismo de Cortona visiblemente satisfecha. La lista de personas que habían participado en el reportaje fotográfico realizado en el antiguo convento de Cortona podía serle de gran ayuda. Naturalmente, además de Teodoro Mammiferi, tanto Oya como Camilla aparecían en la lista. Pero en esa lista estaban también otras personas desconocidas para ella, como un tal Paolo Giardini, ayudante de un fotógrafo de Bolonia de nombre Richard Gallo. Andrea Corelli, responsable de las tomas grabadas y las modelos Jeanette Bezier y Sophie Carbonne. Mammiferi no sólo había organizado la logística para el alquiler de los escenarios en el convento sino que se había ocupado también de la organización de todo el equipo, junto con Castelli, que en esa lista aparecía como *producer*. Gallo era el único que se había alojado en una villa, pero la dirección de ésta no figuraba en el documento, mientras que las modelos, ayudantes y técnicos se habían alojado en hoteles de Cortona y Trestina. Oya Erdogan no había llegado con el equipo. Parecía que se les había unido con posterioridad. Su dirección era la casa rural de Trestina que Meri ya conocía, pero no había rastro de sus movimientos. En realidad la policía sabía que la joven había llegado a Toscana con un coche alquilado en Rímini. Fotógrafos y modelos habían permanecido dos días y una noche en

Cortona para realizar el reportaje. Después se habían marchado todos juntos menos, naturalmente, Oya.

El Yaris de Meri estaba aparcado frente a la puerta sur de los muros de Cortona. Antes de subir al coche Meri miró el reloj. Pensó que llamaría a Alvaro cuando llegase a jefatura, en no menos de cuarenta y cinco o cincuenta minutos. Dejó la bolsa con los documentos conseguidos en la oficina de turismo en el asiento del copiloto y arrancó el coche.

Oculto tras los cristales de su coche, un hombre observaba cómo Meri metía marcha atrás y salía a velocidad moderada. Con calma, se encendió un cigarrillo y bajó la ventanilla para dejar salir el humo.

62

La chica pelirroja apoyó los dedos de la mano izquierda en el canto de la mesa de madera. Con la derecha pasó delicadamente la pesada hoja del hacha sobre la falange del índice, corazón y anular. Se formó un reguero de sangre entre el metal y la carne hasta chorrear sobre la mesa. La joven levantó la hoja y estalló en una carcajada diabólica. Sus ojos estaban inyectados de rojo fuego y de su boca salía una baba amarillenta. Con un golpe seco el hacha cayó sobre la mano y tres dedos saltaron sobre la mesa, cortados de cuajo. La sangre salía a chorros del miembro mutilado empapando las fibras de la madera. La chica pelirroja se llevó la mano a la boca y se chupó los muñones riendo vulgarmente.

De un salto, Richard Gallo se sentó en la cama, inclinó la cabeza hacia el suelo y vomitó. Tenía la garganta seca y temblaba de frío. Pero por lo menos ya se había despertado de esa horrible pesadilla.

Se arrastró hasta el baño. Metió la cabeza bajo el grifo de agua fría. Después se miró al espejo. Tenía un aspecto horrible. Hacía días que no se presentaba en el estudio, no conseguía dormir ni trabajar. Su único pensamiento era conseguir droga. Cocaína, heroína, LSD, ya no hacía distinciones. Lo importante era huir de esa realidad bastante más terrorífica y angustiosa que las pesadillas que agitaban sus estados de alucinación.

Y sobre todo mantenerse alejado de la oscuridad de su propia mente.

63

–¿Huir? Le repito que no estaba huyendo, tenía una cita en Roma. A última hora de la tarde habría vuelto a Bolonia –Paolo había adoptado un tono suplicante.

Encerrados en el despacho del jefe de la policía del aeropuerto, desde hacía casi veinte minutos, Gerace no hacía otra cosa que escuchar la misma explicación.

–Has comprado un billete sólo de ida, en la estación y aquí. No has avisado en el estudio de tu cita en Roma y has hablado por el móvil menos de tres minutos –dijo Alvaro mirando a los ojos a Paolo–. He pedido ya a la compañía telefónica que me mande el listado de las llamadas de tu móvil. En una hora aproximadamente sabré con quién estabas hablando esta mañana. ¿De verdad, estás seguro de querer seguir con esta farsa?

Paolo apretó los dientes y se rascó la sien. Zamagni, el dueño de La Cupola era un tío duro, acostumbrado a tratar con policías y jueces, pero tras la muerte de Andy, quizá ya no estuviera dispuesto a encubrirlo. ¿Hasta dónde sabía ya el policía? El joven sacó fuerzas de flaqueza.

—Inspector, usted es libre de creerme o no, pero le aseguro que estoy diciendo la verdad.

Alvaro sonrió, tamborileando con los dedos sobre la mesa.

—Así es que, querido Paolino, esta noche habrías vuelto a Bolonia…

—Sí, claro, a Bolonia —respondió Paolo.

—Mañana habrías ido al estudio…

—Claro, como siempre.

—Y te habrías ocupado de los reportajes, de las modelos…

—Es mi trabajo.

—Claro, es tu trabajo y a ti te preocupa tu trabajo…

Todo ocurrió en una fracción de segundo. La mano abierta de Alvaro cayó sobre la mejilla del joven con una potencia tal que lo hizo caerse de la silla. Paolo aterrizó en el suelo sin ni siquiera darse cuenta de que lo habían golpeado.

—A ver, capullo, ¿empezamos desde el principio? —le gritó Alvaro.

—Yo le den… —intentó replicar Paolo pero el policía le soltó otro bofetón en la misma mejilla.

—¡Claro, gilipollas, denúnciame! ¡Que yo después iré a carcajearme sobre tu tumba!

—¡Vale, por favor! Yo no sé nada, déjeme marchar —lloriqueó Paolo.

—Claro. Así tendré otro cadáver para llevar al depósito. ¿Qué crees que te van a hacer? ¿Te darán una buena dosis de mierda como a tu amiguito Andy o te mandarán al otro mundo después de un bonito juego sadomaso? ¡Igual te cortan la polla y te la meten en la garganta hasta que te ahogues! Tú, querido mío, estás temblando como una hoja desde que me has visto esta mañana. Eso sólo puede significar dos cosas: o sabes que eres el próximo de la lista, o has hecho cosas tan horribles que te conviene desaparecer de la circulación. Sea como fuere ahora estás jodido.

Paolo permaneció encogido en el suelo con las manos en la cara. Alvaro decidió cambiar de actitud. Entre otras cosas ésa era su táctica durante los interrogatorios. Lo ayudó a sentarse de nuevo.

–¿Quieres un cigarrillo? –le preguntó.

Paolo negó con la cabeza.

–Bien –retomó Alvaro–, quiero contarte una cosa. La otra noche vi el video que me había dado Andrew Corelli... sabes, ese chico que trabaja en la Cupola.

Paolo asintió.

–Eran las imágenes de una fiesta que se celebró en el local. El típico vídeo aburrido y tonto. Después ocurrió algo increíble. Al final de la cinta descubrí, por casualidad, que había otras imágenes que alguien había intentado borrar. Pero se veían todavía dos o tres secuencias. ¿Y sabes qué vi en esas tomas? A las modelos asesinadas por el *killer*: ¡Jeanette y Sophie! Y otra chica que se llama Oya, también ella modelo y también ella descuartizada, aunque lejos de Bolonia –dijo el policía con tono serio, listo para estudiar la reacción de Paolo.

El ayudante de Gallo abrió ligeramente la boca. El estómago estaba catapultándole a la garganta jugos gástricos y tuvo que vencerlos con dos fuertes golpes de tos.

–En esa cinta –prosiguió Alvaro modulando bien la voz–, hay otras personas. Quizá más de una –dijo–. He llevado la cinta al laboratorio. Me han asegurado que serán capaces de recuperar las secuencias borradas. Así es que conseguiré identificar a las personas que estaban con las chicas asesinadas.

Alvaro, al ver la agitación de Paolo, prosiguió con su farol.

–Pero la cosa más sobrecogedora –siguió–, es lo que sucedió al día siguiente. Decido ir a ver a ese tal Andy para preguntarle por la cinta borrada. Sabes, ahora se trata de una prueba importante en la investigación de un asesino en serie. Y justo cuando estoy saliendo de jefatura para ir a buscarlo, me comunican la noticia de su muerte por sobredosis. Lo han encontrado seco en su coche en las colinas. Una terrible coincidencia, ¿no crees? Entonces pienso: Jeanette y Sophie trabajaban para Richard Gallo. Mi amigo fotógrafo podría ayudarme a entender lo que está pasando. De manera que voy a su estudio. La secretaria me dice que Gallo hace días que no aparece. Me aconseja hablar con Paolo, su ayudante, que llegará de un momento a otro, dado que tiene un trabajo importante. Bajo a la calle y ¿qué veo? Paolino en su flamante Golf buscando aparcamiento. Me paro a esperarlo, pero él no baja del coche: está hablando por teléfono. Pasan no más de tres minutos y el Golf sale derrapando. Y llegamos a nuestro encuentro en el aeropuerto. ¿Otra coincidencia? Después me paro a pensar y me viene a la cabeza otro episodio. La primera vez que mi colega Marino y yo hablamos con Gallo, después del homicidio de la chica de la estación, estaba presente también Paolo. Quién sabe si sus conocimientos podrían ser de utilidad en la investigación del homicidio… Marino espera a Paolo en la calle y se pone a seguir su coche. ¿Y adónde va el chico? Esto desgraciadamente Marino no me lo ha podido contar porque desde hace días se encuentra en coma, conectado a un respirador, después de un grave accidente de tráfico ocurrido, mira tú por dónde, cuando estaba sobre la pista de Paolo. Pero las coincidencias no paran aquí. El coche de Marino se salió en una curva de la colina San Luca, cercana al club donde trabaja Andy. ¿Dónde había ido Paolo? ¿Había visto o iba a ver a Andy? ¿Se conocían los dos? ¿Marino había conseguido descubrir algo?

Blanco como la pared, Paolo escuchó las palabras de Alvaro con la respiración jadeante y el corazón desbocado.

–Pero hay otras preguntas que exigen una respuesta –continuó firme Alvaro–, ¿Andy ha muerto realmente por sobredosis o alguien lo ha, por así decirlo, ayudado? Si, como yo creo, ha sido asesinado, ¿quién tenía tanto interés en cerrarle la boca? ¿Tiene algo que ver la cinta? Dado que muchos de los protagonistas de ese vídeo ya han sido asesinados, ¿quien será el próximo? ¿Otro de los misteriosos personajes de la grabación? ¿O entre ellos se esconde el asesino? Llegados a este punto, Paolo, te vuelvo a preguntar: ¿por qué pretendías huir?

Alvaro le apoyó casi de manera paternal una mano en el hombro.

—Yo también estaba la noche que Andy grabó la cinta —dijo Paolo con la voz entrecortada después de un largo silencio.

Y empezó a largar.

—Fue el pasado julio. Estábamos en Toscana, en un hotel cerca de Cortona. Hacíamos un reportaje fotográfico para una empresa turística local. Habíamos trabajado todo el día en una especie de antiguo monasterio. Al día siguiente volvíamos a Bolonia…

—¿Estaba también Richard Gallo con vosotros?

—No, el jefe no estaba —respondió Paolo—. No sé dónde estaba. Éramos un grupo pequeño. Andy, que hacía las tomas, Jeanette, Sophie y Oya…

—¿Nadie más? ¿Estás seguro? —preguntó Alvaro.

Paolo dudó unos segundos y luego respondió.

—Bueno, la verdad es que había otro hombre que ninguno de nosotros, aparte de Oya, conocía. Nos lo presentó como amigo suyo.

—¿Cómo era?

—Un hombre alto, de unos cuarenta años, atlético, pelo moreno, corto.

—¿Cómo se llamaba?

—No lo sé, no lo dijo.

—¿Italiano?

—Sí.

–¿De dónde?

–No sabría decirle. No sé distinguir el acento.

–¿Cómo se comportaba?

–Un tipo cerrado, callado, poco comunicativo. Parecía que sólo estaba interesado en las modelos. No quería que Andy hiciera las tomas. Le impuso que no lo enfocara nunca.

–¿Y Andy qué hizo?

–Creo que le hizo caso. Pero no puedo asegurarlo; detrás de la cámara sólo estaba él.

–Tú no viste nunca la cinta?

–No hubo tiempo. Debió de pasar algo raro porque Andy me comentó que había tenido que borrar la cinta…

–¿Se lo habían ordenado?

–Andy no me dijo nada más.

–¿Sabes si hizo una copia?

–No.

–Bueno, ¿cómo se comportaba con Oya ese hombre misterioso?

–Era muy insistente, pero ella parecía divertida y complacida con sus aires de chulo siniestro.

–¿Contaron cómo se habían conocido?

–No, él casi no abrió la boca. Quizás ella lo comentó con las chicas.

–¿Cómo entró Oya en vuestro círculo?

–Nos la presentó Camilla Castelli.

–¿Esa periodista de Rímini? ¿La amiga de Gallo?

–Sí, ella. Hace tiempo. Habíamos pasado todos juntos una noche en la Riviera, en una discoteca.

–¿Me equivoco, o esa tal Camilla es la misma que había recomendado a Richard también a Giulia Montale, la chica asesinada en la estación de Bolonia? –dijo el policía.

168

to nuestras imágenes porque no había podido borrar todas las tomas y que teníamos que encontrar la manera de recuperar la cinta o habríamos corrido un gran peligro.

–¿Y cómo pensaba recuperarla?

–No lo sé.

–El tal Zamagni, el dueño del local, ¿lo sabía todo? –preguntó Alvaro.

–Sí, Andy lo consideraba una especie de... tío. Siempre le pedía ayuda en los malos momentos. También le había contado que os había dado la cinta equivocada.

–¿Zamagni también participaba en vuestras fiestecitas?

Paolo empezó a morderse el labio inferior.

–A veces, pero las modelos le interesan más por otros motivos...

–¿Por cuáles?

–Bueno, él organiza a menudo veladas con políticos, empresarios, directivos...

–Y las modelos son un arma perfecta de persuasión para obtener favores. ¿No?

–Sí –contestó Paolo con un tímido silbido.

–¡Mierda! –dejó escapar el policía cerrando los puños.

–Cuando os visteis en La Cupola Andy y tú, ¿conocíais ya la muerte de Jeanette?

–¡No, no! ¡Se lo juro! –dijo Paolo nervioso y asustado–. Ninguno de nosotros lo sospechaba. Pensábamos que se había marchado sin decir nada a nadie. Ya había pasado otras veces.

–Y Sophie? Ella la conocía bien...

–Sí, de hecho estaba muy preocupada. Nos lo dijo en el estudio, pero intentamos tranquilizarla.

–¿Nos lo dijo? ¿A quiénes?

–Bueno, al jefe, a Anna y a mí...

–¿Os dijo que tenía intención de acudir a la policía para denunciar la desaparición de Jeanette?

–Yo no sabía nada.

Alvaro torció el gesto.

–Volvamos a aquel día. Tú hablaste con Andy ¿y luego?

–Después volví a la ciudad. Estaba muy nervioso y no sabía qué hacer.

–¿Sabes qué le pasó a Marino, mi compañero policía?

–Sé lo que me contó Andy…

–¿Y qué te contó?

–Después de marcharme, el policía entró en el local y empezó a hacer un montón de preguntas. Dijo que me había visto llegar y que quería saber a quién había visto yo y de qué había hablado. Zamagni lo negó todo, incluso que yo hubiera estado allí. Andy todavía estaba en La Cupola pero no se dejó ver. El inspector se dio cuenta de que Zamagni estaba mintiendo y lo amenazó. Zamagni se asustó. Empezó a temer que el policía hubiese visto el vídeo, a las modelos y todos sus trapicheos. Así que lo mandó seguir…

Alvaro tenía la piel de gallina. Casi no podía contener la rabia que sentía crecer en su interior.

–Mientras bajaba la colina de San Luca, el coche de su compañero fue embestido y se precipitó por el barranco.

Alvaro cerró los ojos durante un segundo. La imagen de Marino agarrado al coche no lo abandonaba ni un segundo.

–¿Quién conducía?

–El guardaespaldas de Zamagni. Lo llaman Jaco.

–¿De quién es el coche?

–De Zamagni. Un Cherokee negro.

El policía se levantó y dio una vuelta a la mesa.

172

–Hay algo que no entiendo –dijo entonces–. Yo también estuve en La Cupola después del intento de homicidio de mi colega y hablé con Andy. Entre otras cosas, él me mencionó vagamente la cinta y me pidió que se la devolviera, cosa que por suerte no hice. Pero, ¿por qué en esa ocasión no intentó liquidarme a mí también?

–Andy estaba solo. Me contó que había intentado coger de un cajón la pistola que Zamagni tenía en su despacho, pero no consiguió encontrarla. Usted tuvo suerte…

Alvaro se sentó frente al joven y, le miró a los ojos.

–¿Quién ha matado a Andy? –le preguntó.

–No lo sé, ¡se lo juro!

–¿Zamagni, Jaco?

–No…

–¿Quién te ha llamado al móvil esta mañana?

–Era Zamagni, para avisarme de que Andy había muerto por sobredosis.

–¿Este Zamagni tiene algo que ver con la muerte de las modelos?

Paolo empezó a negar con la cabeza.

–No sé nada de esa historia, tiene que creerme…

–¿Y Gallo? ¿Y Camilla Castelli? ¿Tienen algo que ver con los homicidios?

–Se lo ruego, yo…

–¿Las has matado tú?

El joven escondió la cara entre las manos y sollozó.

–Yo no tengo nada que ver, no sé nada, todo lo que sabía se lo he contado. Entonces estalló en el llanto de una crisis nerviosa.

–¡Quedas detenido! –dijo Alvaro con voz firme–. Pero lo hago para salvarte el cuello. Te pondré a la sombra un tiempo acusado de tenencia de estupefacientes. A cambio tú contarás al ministerio público todo lo que me has dicho hasta ahora, incluida la historia de Zamagni y de Jaco y testificarás en su contra en el juicio. Serán acusados de intento de homicidio y de trata de blancas. Cuando esta historia acabe, si estás limpio saldrás. Pero desde ese preciso momento yo ya no podré salvarte más el culo.

–… *llamada gratuita: el teléfono*… ¡Clic! Tras el enésimo intento de ponerse en contacto con Alvaro, Meri ya había perdido la esperanza. En la jefatura de Bolonia le habían dicho que el inspector Gerace estaba fuera por trabajo, pero su móvil llevaba horas apagado. Marcando nerviosa en el teclado del teléfono, la policía le envió un SMS: «grandes novedades investigación homicidio Falsano. Tengo que hablar contigo urgentemente. Meri». Después se puso en camino hacia Falsano. En pocos minutos estaría incomunicada. De hecho, en la colina en la que se alzaba la casa de los abuelos de Mammiferi, no había cobertura.

64

Vico Giannini, fiscal del ministerio público de Bolonia era conocido por ser un profesional resolutivo. Firmó la petición de arresto para Widmer Zamagni y Jacopo Riscassi (llamado Jaco) bajo la acusación de intento de homicidio, inducción y explotación de la prostitución, y corrupción. Llamó a declarar a Paolo Giardini y pidió su detención cautelar en prisión o en otro centro protegido.

Alvaro llegó al hospital Maggiore de Bolonia pasadas las ocho de la tarde. Las visitas sólo estaban autorizadas hasta las siete.

En la entrada preguntó por el doctor Giordani, director de la unidad de reanimación y descubrió con pesar que ya se había ido a casa. La enfermera jefe le sugirió ver al médico de guardia, que era una docto-

de poco más de treinta años, delgada, rubia, amable y bastante
ractiva.

–Soy el inspector Gerace de la brigada judicial –dijo Alvaro dándole
mano.

–Elisabetta Tondelli –respondió la mujer con una sonrisa.

–Sé perfectamente que el horario de visitas ya ha acabado, pero que-
a saber si podría ver a un colega mío, internado en esta unidad. Se
ama Marino Scassellati.

La mujer suspiró.

–Me imagino que usted conoce las condiciones del señor Scassellati.
u colega sigue en coma. Tiene grandes dificultades respiratorias y jus-
mente hoy ha tenido problemas cardíacos. Su corazón dejó de latir
gunos segundos. Tuvimos que recurrir al desfibrilador. Se ha recupera-
o, pero no podemos excluir nuevas crisis.

Alvaro sintió un escalofrío.

–Entiendo –dijo con voz rota–, entonces es mejor…

–Espere –lo interrumpió la doctora–, no creo que la visita de un
nigo pueda perjudicarlo. Es más, creo que necesita sentir cerca la pre-
ncia de personas que lo quieren. Lo acompaño pero no puedo dejar
ue esté más de diez minutos.

Alvaro se tragó el nudo que se le había formado en la garganta y
guió a la mujer hasta la habitación dieciocho.

Marino estaba en la cama. Enganchado a la boca, el tubo del respi-
dor artificial. Por debajo de la sábana salían una serie de cables que
rminaban conectándose con el monitor de los electrocardiogramas.
bos y tubitos atravesaban brazos y manos. A los pies de la cama col-
ba una bolsa para el drenaje sanguíneo. La habitación estaba envuel-
en una luz verdosa. La doctora señaló a Alvaro un interruptor junto a
cabecera de la cama:

–Ése es el timbre de emergencia conectado con el control de enfermeras. Si me necesita yo estaré en la habitación del fondo del pasillo.

–¡Gracias! –murmuró Alvaro.

Se sentó junto a la cama de su amigo. Se quedó unos minutos en silencio; después comenzó.

–Hola Marino, leí en alguna parte que las personas que están en coma se encuentran en un mundo paralelo desde el cual consiguen captar la presencia de quien tienen cerca. Y también la voz. Bueno, espero que puedas oírme. He descubierto quién lanzó tu coche fuera de la carretera. Fue el gorila de esa discoteca, La Cupola, por orden del dueño, Zamagni. Serán arrestados por intento de homicidio. Había dado en el clavo cuando decidiste seguir al ayudante de Gallo. Ha sido justamente él quien me ha revelado los nombres de tus agresores. También me ha contado muchas otras cosas útiles para la investigación. Por cierto, ¿sabes que por fin hemos conseguido identificar el cadáver de la chica del contenedor? Es de una modelo francesa. Se llamaba Jean... Pero qué coñ...

Alvaro se interrumpió con el corazón desbocado. Le había parecido ver una pequeña vibración en el cuello de Marino. Se levantó de la silla, se acercó a la cara del amigo y se puso a mirarlo. El cuerpo de Marino no dio otros signos de vida. Alvaro se pasó la mano por la frente para secarse el sudor y se volvió a sentar.

–Hay una persona de la que nunca te he hablado –siguió–. Se trata de una mujer. Es colega nuestra. Se llama Meri. Trabaja en la jefatura de Arezzo. No sé lo que me está pasando, pero no paro de pensar en ella...

No le dio tiempo a terminar la frase. Los párpados de Marino empezaron a temblar. La vibración se extendió rápidamente a todo el cuerpo.

Presa del pánico Alvaro apoyó su mano sobre la de Marino pero ésta también empezó a temblar. El monitor cardíaco empezó a emitir un pitido ensordecedor y desde el exterior de la habitación se oyó una alarma. Alvaro se tiró sobre el timbre de la cama. En ese mismo instante irrumpió en la habitación la doctora Tondelli con dos enfermeras.

–¡Salga por favor! –gritó la mujer a Alvaro mientras una de las enfermeras acercaba la máquina con el desfibrilador a la cama de Marino–. Su amigo tiene otra crisis cardiaca.

El policía salió al pasillo cerrando la puerta. Oía la voz firme de la doctora que ordenaba a las enfermeras empezar con las descargas. Finalmente silencio.

La puerta se abrió. Primero salieron las enfermeras. En las manos llevaban toallas, jeringuillas y una goma hemostática. No dijeron nada. Después apareció la doctora. Tenía el pelo revuelto y parecía afectada. Alvaro la miró vacilante. Ella sostuvo su mirada y le sonrió.

–Lo ha conseguido. Su amigo también ha superado esta crisis.

Alvaro suspiró profundamente.

–Estoy preocupada –retomó la doctora–. El diagnóstico del paciente es muy grave. En caso de que se repitan los ataques cardíacos no sé cuánto podrá resistir.

–¿Siente dolor? –preguntó Alvaro.

–No lo sé. Es difícil determinarlo.

–Ya… ahora es mejor que me vaya. Aquí están todos mis números –dijo el policía, dándole a la doctora una tarjeta de visita–. Le agradecería que me llamase en cualquier momento si…

–Vaya tranquilo –interrumpió la mujer para evitar que él acabara la frase.

65

El viento abrió de par en par una contraventana del caserío golpeándola con fuerza contra el muro. Por la ventana salió revoloteando un murciélago.

La casa de los abuelos de Mammiferi, en Falsano, tenía un aspecto todavía más fantasmal de lo que Meri recordaba. Seguía pensando que escondía un secreto, pero no sabía dónde ni qué buscar. La última vez que había estado alguien la había agredido y había acabado en el hospital. ¿Qué pasaría esa noche?

Una ráfaga repentina de viento la despeinó. Las contraventanas volvieron a golpear.

Meri dio algunos pasos hacia la casa alumbrándose con una linterna. Cuando se encontró en la puerta de entrada oyó un ruido que venía del lado derecho del jardín, detrás del muro de la casa. Se detuvo aguantando la respiración. Desde su posición sólo podía ver la esquina. Apagó la linterna. El ruido volvió a producirse. Era como de leves pisadas sobre la hierba. Metió la linterna en el bolsillo y sacó la pistola de la funda. Moviéndose silenciosamente, con el cuerpo pegado al muro, llegó a la esquina y se paró. Consiguió oír un ligero crujido a unos metros de ella. Empuñó la pistola con las dos manos, extendió los brazos y de un salto se alejó de la pared, cayendo con las piernas abiertas en el lado del jardín. Meri bajó ligeramente la pistola y vio los ojos amarillos y brillantes de un gran lobo que la estaban mirando a poco más de un metro de ella. El animal tenía el manto gris y negro y el rabo entre las piernas. Estaba tenso como una cuerda y enseñaba los dientes. Meri apuntó con la pistola entre los ojos y apoyó el dedo en el gatillo. El lobo movió lige amente las orejas y abrió aún más las fauces. Primero un zumbido, después empezó a gruñir.

Todo pasó en una fracción de segundo. El lobo abrió las fauces y dio un salto. Meri disparó una vez y se tiró al suelo, rodando sobre un costado. Miró hacia arriba y levantó el arma, lista para abrir fuego otra vez. Justo a tiempo para ver cómo el lobo escapaba por el bosque. Un segundo después había desaparecido. El disparo no lo había alcanzado. La mujer se levantó del suelo, volvió a guardar la pistola y recogió la linterna que en la caída había rodado por el suelo. Al encenderla, el haz de luz iluminó un montón de leña colocada contra la pared, la caseta de un perro, en la que se entreveía una manta, y algunos platos de comida rancia volcados.

–¡Esto es lo que estaba buscando el lobo! –dijo la agente en voz alta, recordando en ese momento que en la casa había vivido uno de los perros de Mammiferi. Apartó el plato con un pie. Tenía la impresión de que le rondaba una idea que no podía precisar. Volvió a mirar la caseta, pensó en el lobo, dirigió la mirada hacia el bosque y…

–¡Sí! –gritó casi–. El perro de Mammiferi.

Richard

66

El día había llegado. No podía esperar más. Las pesadillas ya no le daban tregua. Visiones de muerte, violencia, horror. No conseguía ahuyentarlas. Ni siquiera con la heroína. Es más, bajo los efectos de la droga, las alucinaciones se volvían aún más terroríficas. Veía a su madre amamantarlo con sangre. Se miraba al espejo y descubría que era viejo. Se pasaba una mano por la cabeza entre el escaso pelo blanco y tiras de piel se despegaban del cráneo hasta descubrir los huesos. Su cerebro latía lanzando chorros de sangre. Su madre lloraba acusándolo de haberla matado. Estaba rodeado de muertos, de cuerpos torturados, con los ojos de par en par en un grito de silencioso terror.

–¡Has sido tú! ¡Tú los has matado! –gritaba una voz.

Los muertos empezaban a reír y le lanzaban jeringuillas llenas de sangre. Él intentaba huir, pero durante la fuga su cerebro se salía del cráneo y caía al suelo. No conseguía evitar pisarlo y resbalaba. Después llegaba una mujer guapísima, envuelta en una luz blanca, con las manos extendidas hacia él.

–¡Levántate, hijo mío! –le decía.

Mientras se levantaba, detrás de ella, se distinguía a sí mismo, con una espada en las manos, la mirada llena de odio. Llegaba hasta la mujer por detrás y la decapitaba. La luz se apagaba de repente.

Se tragó dos pastillas de un fármaco contra el dolor de estómago, cogió la chaqueta y salió de casa en plena noche. Bolonia estaba desierta. En pocos minutos llegó a la plaza Galileo. Aparcó el coche en el espacio reservado para los funcionarios de la jefatura, salió y esperó. A los pocos segundos apareció el vigilante moviendo los brazos.

–Tiene que quitar el coche inmediatamente –gritó el agente–. Esa plaza está reservada para la comisaría.

Él no hizo ningún movimiento. Miró a los ojos al hombre de uniforme, dibujó una vaga sonrisa y, por fin tranquilo, dijo:

–Me llamo Richard Gallo. Quiero entregarme. Soy el hombre que ha matado a las modelos.

67

–¿Estás completamente seguro? –preguntó Alvaro. Estaba en casa, en la cama. Para no variar, no podía dormir. Seguía pensando en Marino.

–Al cien por cien –respondió Federico Sciacca–. Son restos de un compuesto químico llamado ácido acético.

A las tres de la mañana el técnico del Ris había llamado a Alvaro por teléfono para comunicarle el resultado del examen de la sustancia encontrada en la camisa de Sophie, la última víctima del asesino.

–¿Dijiste que el ácido acético lo usan los fotógrafos?

–Sí, al menos los que revelan los negativos en blanco y negro por el sistema antiguo.

–¿Sabes si todavía se hace?

–Sólo en los estudios de fotografía artística.

–¿Crees que ése ácido lo llevaba encima el asesino?

–No encontré partículas de ácido acético en el resto de la casa. La víctima, aparte de en la camisa, no tenía encima ni rastro del compuesto químico. Te dejo a ti las deducciones…

–Te debo un favor, Federico.

–No digas gilipolleces, Alvaro. ¿Pero, qué vas ha hacer con los informes?

–Postiglione estará feliz de adjudicar a nuestra brillante policía científica un resultado tan epatante.

Justo al acabar la comunicación, el móvil de Alvaro volvió a sonar.

–Alvaro, soy Postiglione. Hay una importante novedad: esta noche Richard Gallo se ha entregado. Afirma que es el asesino de las modelos. Pero no ha querido hablar con nadie y ha rechazado el abogado de oficio. Dice que sólo después verte prestará declaración.

Alvaro se estremeció.

–¿Está bien? –preguntó.

–Sus condiciones no parecen preocupantes –respondió el jefe de la brigada–. Hemos llamado a un médico que le ha administrado un tranquilizante suave. Ahora está durmiendo en una habitación de la jefatura vigilado por dos agentes.

–Voy enseguida.

–No hace falta. Con que estés aquí mañana a las siete es suficiente.

68

–¿Cómo se llama este perro? –preguntó Oscar Latini.

–No tengo ni idea. Podríamos llamarlo Teo, como su dueño… –respondió Meri sonriendo.

Desde hacía casi una hora estaban siguiendo la pista detectada por el perro en la meseta del valle Tiberino.

La noche anterior Meri había abandonado corriendo la casa de Mammiferi. Había vuelto a jefatura y averiguó que los perros de Mammiferi se encontraban en una perrera de Trestina. Por la mañana temprano había puesto al corriente de su idea a Latini. Daría a oler a uno de los perros de Mammiferi la caseta y los restos del otro perro, Valentino, el que vivía en el caserío y que habían asesinado en el bosque cuando estaba con Alvaro. Si había algún rastro que seguir, el animal no lo dejaría escapar.

En la perrera Meri y Oscar habían preferido el setter irlandés, más dócil y cariñoso, que el pitbull. El responsable del centro les había dicho que este último era más difícil de gobernar: nervioso, agresivo, insociable, a menudo rechazaba la comida y atacaba a los otros perros, tanto que habían tenido que aislarlo. Cuando llegó a la caseta de Valentino, sin embargo, la reacción del setter fue conmovedora. Olisqueó la manta de lana, el plato con los restos de comida y el terreno de alrededor y se puso a aullar. Después salió disparado hacia el bosque.

–¿Estás segura de que Teo nos conducirá a alguna parte? –preguntó Oscar jadeando–. Me parece que no hace otra cosa que pararse a hacer pis…

–Tienes que confiar –dijo Meri–. Se nota que no conoces a los perros. Teo ha dado con un rastro y está marcando el territorio.

De pronto el perro se quedó clavado y echó a correr hacia un bosque de encinas y castaños. Se paró de nuevo y se volvió hacia los policías. Ladró un par de veces y volvió la cabeza.

–Quiere que entremos ahí dentro –dijo Oscar, señalando el bosque. Meri asintió.

–Ya, y es justamente lo que haremos. –El inspector cogió del cinturón el móvil y suspiró–. Aquí no hay cobertura. Si nos perdemos será un follón. Además no hemos dicho nada en jefatura…

Meri sonrió.

–Con Teo no nos perderemos nunca –dijo.

<h2 style="text-align:center">69</h2>

Richard Gallo estaba sentado en un catre en una pequeña habitación sin ventanas en el sótano de la jefatura de Bolonia. «El ascensor hacia el infierno», como la llamaban los policías.

Para llegar allí había que recorrer la «galería del viento», el pasillo a lo largo del cual agentes plantados en fila al reparo de los muros empujaban de una pared a otra a los detenidos o arrestados, sobre todo si eran emigrantes y toxicómanos. Gallo no había sufrido ese trato. El jefe lo había acompañado personalmente hasta la habitación.

–¿Dónde está? –preguntó Alvaro a Postiglione, cuando llegó jadeante a su despacho. Eran las siete y unos minutos. El jefe de la brigada estaba de pie delante de la mesa bebiendo café en un vaso de cristal.

–Ah, hola Alvaro, llegas temprano. ¿Quieres un café? –dijo Postiglione.

–¡No! Gracias. ¿Dónde está Gallo? Quiero verlo enseguida.

–Está en el cuarto de seguridad. He puesto a dos agentes de guardia.

–¿Cómo? No le habrán puesto las manos encima.

–Cálmate. Nadie le ha tocado un pelo. Lo llevé yo mismo al sótano. Te está esperando.

–¿Ha dicho algo?

–Mudo como un pez. Sigue diciendo que sólo hablará contigo.

El policía miró fijamente a los ojos a su jefe.

–Lo interrogaré a solas, con la puerta cerrada y sin grabadora –dijo con tono decidido.

–¿Bromeas? Mira que ha confesado que es el asesino de las modelos. Sus declaraciones tienen que pasar a las actas.

–O así o de ninguna manera –rebatió Alvaro–. Sólo cara a cara con él y sin nadie que nos escuche conseguiré saber si dice la verdad.

–¿La verdad? –exclamó el jefe–. Ése es el último de nuestros problemas. Lo importante es que por fin hemos atrapado al asesino en serie…

–Si las cosas están así, será mejor que me vaya –dijo Alvaro, haciendo amago de alejarse.

–¡Qué coñazo! Está bien –dijo resoplando el jefe de la brigada–. Te doy dos horas, después dejaré entrar en el cuarto hasta las cámaras.

70

Teo estaba excitado. Corría adelante y atrás por el sendero invitando casi a Oscar y a Meri a apretar el paso. Los dos policías lo seguían con alguna dificultad intentando esquivar raíces, piedras y zarzas. Los árboles altos y frondosos no dejaban pasar los rayos de sol. El bosque estaba oscuro e inquietante.

De repente el perro se detuvo. La cabeza alta, el rabo levantado y la mirada clavada hacia adelante.

La mujer se agachó junto al animal.

–¿Qué pasa, has visto algo? –El perro ladró hacia el bosque. Después salió disparado hacia una bajada escarpada, fuera del sendero, en el corazón del bosque. Oscar y Meri hicieron de todo para no perderlo, agarrándose a los matorrales para mantener el equilibrio.

En pocos minutos se alejaron del sendero. Oscar se paró y sacó la istola.

–¿Qué haces? –le preguntó Meri.

–Este sitio es un infierno. Estamos fuera de la civilización; yo no me ento seguro.

–Estás exagerando, sólo es un bosque. Por lo menos intenta no disararme a mí…

El perro se coló por debajo del tronco de un árbol abatido por la llula y llegó a un pequeño claro lleno de hojas.

Su ladrido hizo eco entre las copas de las encinas haciendo estremeer a Oscar y Meri.

–¡Corre, date prisa! –le dijo la mujer a su ayudante–. Teo ha enconado algo.

Enganchado en las espinas de una zarza había un trozo de tela que eo estaba intentando coger con los dientes.

–Muy bien pequeño, tráelo aquí –dijo Meri al perro. Era un trozo de ina manga de camisa manchada de sangre. En el suelo, otras manchas e sangre seca y pelos rojizos.

–Deben de ser de Valentino –dijo Meri tras examinarlos–. Teo nos ha raído al lugar donde fue asesinado su compañero cuando estaba con Gerace. Me apuesto lo que quieras a que este trozo de camisa es suyo.

Teo, tras olfatear por todas partes, se lanzó a galope hacia un gran natorral. Lo rodeó, saltó las grandes raíces de una encina y desapareció e la vista de los policías que fueron tras él. El perro prosiguió su carrea entre los árboles. En el intento de apartar una rama de un matorral que colgaba sobre su cabeza, Meri puso un pie sobre algunas piedras que, al rodar sobre el terreno, la hicieron perder el equilibrio. Cayó al uelo y resbaló por un barranco recorriendo algunos metros. Se golpeó ina rodilla contra una roca y por fin consiguió pararse. Oscar, agarrándose a una rama, bajó hasta donde estaba ella. La cara y los brazos de Meri estaban llenos de arañazos.

–¿Estás bien? –preguntó el inspector ayudándola a ponerse en pie de nuevo.

–Sí, pero ¿has visto por dónde se ha ido el perro?

–Tenemos que dar la vuelta –la interrumpió Oscar–. Tienes heridas de consideración…

–Ni hablar.

–Tu rodilla. Podría estar rota.

–Sólo es un golpe. Vamos a buscar a Teo.

Pero fue el perro quien los encontró a ellos. De pie, en lo alto del barranco, los miraba moviendo el rabo.

–¡Míralo! –gritó Meri, y empezó a escalar con dificultad la pendiente. Parecía que Teo había dado con otra pista. Recorrieron casi un kilómetro en el corazón del bosque hasta que llegaron a un claro.

–¡Mira! –gritó Meri–, Teo ha encontrado la huella de un zapato– Alrededor había más. Parecían ser de una bota de montaña y todas conducían a un terraplén en el que la vegetación era aún más densa. Teo empezó a ladrar como no lo había hecho hasta entonces. A pesar del dolor de la rodilla y del escozor de los arañazos, Meri, seguida del inspector, subió por la escarpada ayudándose con las manos. Cuando llegó a la cima estaba sin aliento. Permaneció algunos instantes de pie, con la cabeza agachada, para coger aire. Entonces levantó la mirada. Lo que vio le cortó la respiración.

71

–¿Cómo está? –preguntó Alvaro a uno de los agentes de guardia.

–Está tranquilo, ha dormido toda la noche. La última vez que entré estaba sentado en el catre –respondió el policía.

–¿Te ha dicho algo?

–No.

–¿Ha comido?

–Tampoco.

–Bueno, déjame entrar –dijo Alvaro.

Antes de abrirle la puerta del cuarto de seguridad, el agente de guardia le advirtió.

–Inspector creo que sería mejor dejar abierto. Y además tendría que quedarme con su pistola. No sabemos qué pasa por la cabeza de este hombre y…

–Escucha –lo interrumpió Alvaro mirándolo duramente a los ojos–. Da la casualidad de que este hombre es amigo mío. No necesito esconder la pistola para hablar con él. Y menos aún una niñera.

El agente, avergonzado, metió la llave en la cerradura, y abrió.

El otro policía de guardia sacó la pistola y apuntó hacia el interior.

–Quítese de en medio, inspector –gritó–. Está saltándose el protocolo.

Alvaro saltó delante del policía y se coló en la habitación.

–Cierra la puerta de los cojones y no la vuelvas a abrir hasta que yo dé la orden –gritó entonces.

Gallo no parecía haberse enterado de que alguien había entrado en la habitación. Estaba inmóvil, sentado en el camastro, la mirada al suelo, las manos apoyadas en los muslos. Alvaro se acercó. Tenía delante a un hombre destrozado, sin ganas de vivir, muy distinto del fotógrafo dinámico y emprendedor que había conocido en Rímini. Cogió la única silla que había en la habitación. Gallo siguió sin reaccionar.

–Hola Ric –susurró Alvaro–. Soy yo, ¿me reconoces?

El fotógrafo levantó pesadamente la cabeza y sus ojos se encontraron con los del policía. En su rostro apareció una especie de sonrisa cansada.

–¡Oh! ¡Alvaro! Te estaba esperando… –dijo con un hilo de voz.

–¿Cómo estas? Me han dicho que has conseguido dormir.

–Síííí… ¡como un tronco! Esta vez me han dejado en paz…

–Así que, ¿querías hablar conmigo?

Richard cerró lentamente los ojos e igual de lentamente los volvió a abrir. Alvaro se preguntó si el estado de sedación se debía sólo a los tranquilizantes.

–Tenía que acabar antes o después… –dijo en voz baja Gallo.

–¿El qué, Ric? –preguntó.

–Esta historia… la sangre… la muerte…

–¿A qué te refieres?

–A esos asesinatos. Las maté yo… ¡a todas! Fui yo…

–¿A quién has matado Ric?

–Esas chicas… esas pobres chicas. Ellas eran… eran inocentes –prosiguió Richard. Su voz se había afinado como un silbido.

–¿Y por qué las mataste?

El fotógrafo cruzó los brazos y se abrazó el cuerpo. Entonces empezó a balancearse despacio hacia delante y hacia atrás cabizbajo y con los ojos cerrados.

–Yo estoy enfermo –murmuró–, estoy muy enfermo. He hecho daño a muchas personas, no merezco piedad ni compasión. Soy un monstruo y tengo que pagar por lo que he hecho…

Alvaro escuchó esas palabras aguantando la respiración. ¿Cómo era posible que no se hubiera dado cuenta hasta ese momento de que Gallo tenía trastornos tan graves de personalidad?

–¿A cuántas has matado? –preguntó.

–Oh, muchas, muchísimas. Incluso a las personas que más me querían.

–Ric, esto no es una confesión –intervino Alvaro–. Necesito hechos concretos, nombres, referencias. ¿Has matado tú a una modelo que se llamaba Sophie Carbonne?

–¡Sophie! –exclamó Gallo medio ido–. Sí, Sophie, la bellísima Sophie… tuve que matarla…

–¿Tuviste? ¿Por qué?

–No me lo preguntes a mí… ¡Pregúntaselo a *ellos*! Son *ellos* los que deciden…

–¿Y dónde sucedió el crimen?

Gallo alzó los ojos e inspiró profundamente. Estaba tranquilo pero parecía inmerso en otra dimensión.

–¿Ric?

–… ¿Sí?

–¿Me oyes?

–Claro.

–¿Recuerdas a Sophie?

–¡Oh! Muy bien.

–¿La mataste tú?

–Sí, fui yo.

–¿Dónde ocurrió el crimen?

–La maté en su casa.

–¿Cómo?

–Le arranqué la vida… su alma…

–¿El arma del crimen, Ric?

–No tiene importancia, Alvaro. Se mata de muchas maneras…

–Tus palabras no tienen valor si por lo menos no hay una coinciden-cia en el arma del delito.

–Yo odio las armas.

–¿Usaste un cuchillo?

Silencio.

–Jeanette Bezier –retomó Alvaro suspirando–. ¿También la mataste?

Los ojos de Richard se llenaron de lágrimas.

–Amaba a Jeanette… no he querido nunca a nadie como a ella…

–¿Y sabes quién la mató?

–Sí… ssss… í… mmm… –Richard empezó a balbucir.

–¿Ric, estás bien? –preguntó Alvaro preocupado.

–Jeanette… oh, ¡Jeanette! –La voz de Gallo se convirtió casi en un susurro.

–Bien, Ric, quizá sea mejor que me vay…

De repente el fotógrafo abrió de par en par los ojos y enseñó los dientes. Su expresión se hizo dura y amenazadora. Se inclinó hacia ade-lante hasta que su cara estuvo a pocos centímetros de la del policía. Alvaro sintió su respiración en la boca.

–¡Una puta! –dijo Richard en voz baja, la mandíbula apretada–. Una puerca, asquerosa puta. ¡Ésa es Jeanette!

–¿Por qué Ric?

–Se dejó follar por todos… No tiene vergüenza.

–¿Era tu chica, Ric? ¿Jeanette era tu chica?

–Yo era suyo, ¿entiendes? Y ella me traicionó, me abandonó…

–¿Qué pasó Richard, cuándo te dejó?

–Desde siempre, desde que existo… yo no he dejado nunca de que-rerla…

–Qué significa desde siempre, Ric. ¿Quién era Jeanette?

El fotógrafo estaba delirando.

–Quería ayudarla… pero ella no podía… oh Dios.

–¿Cómo murió Jeanette? –intentó preguntar, pero Richard no lo escuchaba.

–… ¡Ha vuelto! –dijo de pronto volviendo la cabeza hacia la puerta como si hubiera visto su fantasma–. Esa puta ha vuelto… Me atormenta cada día, cada noche… cada vez que cierro los ojos… oh, ¡tendré que matarla! Tengo que arrancarle el corazón… Me está volviendo loco.

Richard se desplomó sobre el camastro. Alvaro le cogió el brazo y le tomó el pulso. Los latidos eran muy débiles. Le levantó la manga de la camisa hasta el bíceps. En el codo vio algunas cicatrices de pinchazos. Miró también en el otro brazo. Había aún más. Con el corazón en un puño, le pasó una mano por la frente y por la nuca. Tenía sudores fríos y la espalda completamente helada. Después empezó a temblar.

–Tranquilo Ric –dijo Alvaro–. Ahora pido ayuda.

En ese mismo instante la luz de la habitación se apagó dejándolos sumidos en la más absoluta oscuridad.

Richard empezó a jadear, los músculos se le quedaron rígidos.

–Va todo bien, Ric –gritó Alvaro intentando tranquilizarlo–. Sólo es un apagón momentáneo.

Pero el fotógrafo empezó a gritar con todas sus fuerzas.

–¡Fuera de aquí! Yo no soy como vosotros. No me tendréis nunca… Dios, ten piedad, sálvame. Llévame lejos de aquí –después se levantó y se lanzó contra la pared golpeándose violentamente la cabeza.

–¡Inspector, inspector! ¡Qué esta pasando! –gritaron los dos agentes que estaban fuera vigilando.

–Abrid esta mierda de puerta –gritó Alvaro–. ¡Rápido!

En el momento en que entraron los agentes en la habitación, volvió la luz. Richard estaba en el suelo, junto a la pared manchada de rojo. En la frente, una brecha profunda de la que manaba sangre sin cesar.

–Llamad a una ambulancia –ordenó Alvaro. Entonces se agachó junto al fotógrafo.

–Está todo bajo control, Ric –le susurró–. Ahora te llevan al hospital. Ya no corres peligro.

La cara de Richard era una máscara de sangre. Alvaro cogió un pañuelo y le secó los ojos.

Richard tosió y sonrió levemente.

–Por f… favor, ayúdame… ¡No…no quiero volver a… a ese agu… jero! –dijo entonces con un hilo de voz.

72

–Volvamos atrás y pidamos a jefatura que nos manden refuerzos –dijo Oscar.

–No, no podemos –replicó Meri–. Correríamos el riesgo de no volver a encontrar este sitio. Llevamos ya cuatro horas caminando y hemos perdido completamente la orientación.

Oscar y Meri se habían escondido detrás de un arbusto y hablaban en voz baja. Delante de ellos, a unos cien metros de distancia, tapada por la maleza, había una casa de madera. Era una especie de refugio, de una planta, con sólo dos ventanas y el tejado a dos aguas. Pero las ventanas tenían rejas y la puerta era blindada. Se encontraba en una posición del bosque inaccesible desde cualquier sendero y dominada por los árboles. Habría sido imposible encontrarlo tanto desde un helicóptero como desde tierra. Más que un refugio, esa casa era una cueva fortificada.

El perro de Mammiferi se agazapó al lado de Meri y Oscar, cerca de un árbol.

El plan elaborado por la agente era simple. La mujer llamaría a la puerta de la casa, dejándose ver desarmada y llevando consigo al perro. Oscar se colocaría en la parte más alta del barranco, fuera del campo visual de las ventanas, de manera que pudiera cubrir la entrada del refugio. En caso de peligro Meri se tiraría al suelo y Oscar abriría fuego contra cualquiera que apareciera en la entrada. El factor sorpresa había que excluirlo dado que el perro llevaba rato ladrando. Si había alguien dentro de la casa, seguro que ya los habría visto. La única esperanza era que no se hubiera dado cuenta de que eran dos policías. Afortunadamente Oscar había enfundado la pistola antes de llegar a la casa.

Al acercarse a la puerta, Meri vio que las ventanas estaban cerradas. Se dio cuenta de que las paredes de la casa también estaban blindadas con estratos de láminas de metal embutidas en la madera. Rodeó la cabaña para asegurarse de que no había otras salidas. Caminó lentamente, intentando adoptar una apariencia inofensiva y tranquila. El perro permaneció a su lado, nervioso por ese reconocimiento. Terminada la inspección, Meri llegó a la puerta. Ordenó a Teo que se sentara a su lado pero fuera de la trayectoria visual de la entrada y llamó enérgicamente.

–¿Hay alguien? –preguntó en voz alta.

Del interior de la casa ni un ruido.

Llamó otra vez.

–¿Hay alguien ahí adentro? Necesito ayuda.

Silencio.

Meri miró de reojo el alto donde estaba agazapado Oscar. Inspiró un par de veces y volvió a llamar.

Ninguna respuesta, ningún ruido.

Meri observó al perro que seguía toda la escena con curiosidad.

Entonces apoyó una mano en el tirador de la puerta y empujó con fuerza. La puerta no se movió ni un centímetro. Hizo un par de intentos con los pies y con los hombros. La puerta era blindada. Se movió hasta la primera ventana, metió un brazo entre las rejas e intentó empujar los cristales. También éstos eran blindados y para colmo tintados. Repitió el intento con la otra ventana, después se alejó por el bosque con Teo.

Oscar fue hacia ella.

–¿Y ahora? –preguntó ansioso.

–Parece que no hay nadie –respondió Meri–, es imposible entrar en la casa. Es una auténtica fortaleza.

–¿Crees que hay alguien dentro?

–No he oído ruidos en el interior.

–Podría haber alguien que no quiere dejarse ver.

–O alguien que no puede pedir ayuda. Recuerda cómo encontramos a esa chica en la torre…

–Volvamos a Cortona y pidamos ayuda a un equipo especial –dijo Oscar.

–Lo haremos mañana por la mañana –aclaró Meri.

–¿Cómo? ¿Te has vuelto loca? No podemos esperar a mañana. Ahí dentro podría estar…

–Todos o nadie –lo interrumpió la mujer–. Si hay alguien que se esconde, antes o después saldrá. Si hay un prisionero, antes o después llegará su carcelero. Si no hay nadie, antes o después llegará el dueño de la casa. En cualquier caso nosotros estaremos esperando aquí. Es la única manera de descubrir el secreto de esta casa. Si quieres ir a buscar refuerzos, hazlo. Yo me quedaré aquí sola.

–Pero podrían pasar horas y te convertirías en un blanco fácil para cualquiera.

–Escúchame bien, Oscar –dijo Meri mirando a la cara al inspector–, aunque soy tu superior no es mi intención obligarte a que te quedes conmigo en el bosque, pero no puedes impedirme que tome mis decisiones, aunque tú las consideres equivocadas. Hace días que estoy dándole caza a un loco maníaco y no pararía aunque me encontrara de frente con Jack el Destripador. Vete si quieres, avisa a jefatura y volved a echarme una mano. Mientras tanto sabré arreglármelas.

Un sentimiento de culpa invadió a Oscar.

–No lo sé, me parece una idea arriesgada. Estamos incomunicados, dentro de poco oscurecerá… –murmuró.

–Y nosotros nos quedamos aquí tranquilitos, escondidos entre los matorrales hasta mañana por la mañana –prosiguió Meri–. Si no pasa nada entraremos de un modo u otro en esta casa.

–¿Toda la noche en el bosque? ¿Solos? –preguntó el inspector preocupado.

–Tranquilo Oscar, él estará con nosotros todo el tiempo, ¿verdad Teo? –Meri dio algunas palmaditas en el lomo al perro y se arrodilló junto al animal masajeándole la espalda. Teo cabeceó contra el muslo de la mujer y volvió a mover el rabo.

73

–Bueno, él es nuestro hombre –dijo Postiglione.

Alvaro lo miró sin entender. Siguió observando la camilla que llevaba a Richard a la ambulancia estacionada frente a la entrada de la jefatura. El fotógrafo estaba palidísimo. Uno de los enfermeros le sujetaba el respirador del oxígeno, el otro llevaba la botella del suero.

–Ha sido él –insistió Postiglione.

–Jefe, no lo sabemos. Por el momento no hay ninguna sospecha. Sólo tenemos algunas declaraciones confusas de una persona perdida.

–¿Perdida? Estamos hablando de un loco.

Alvaro tragó saliva irritado.

–Richard Gallo es una persona enferma que necesita ayuda. No creo que, por el momento, pueda ser de utilidad en la investigación.

–¡Ah, claro! Gallo no será nunca útil para nuestras investigaciones porque es él el objeto de nuestras investigaciones. Y te recuerdo que se trata de una investigación por asesinato.

–Le repito que no hay ninguna confesión –insistió Alvaro.

–Sin embargo a mí me parece que sí. ¿No ha hablado justamente de las modelos? ¿No ha dicho que las ha matado?

–No… bueno, sí, pero sin datos precisos. Cualquiera podría autoinculparse de asesinato de esa manera. Y Gallo, en los escasos momentos de lucidez, no ha sabido darme ninguna prueba de sus declaraciones.

–¿Cuáles son las chicas que ha admitido haber asesinado? –retomó Postiglione.

–No hay una verdadera admisión –explicó Alvaro, pero su jefe lo interrumpió.

–¿Ha dicho o no ha dicho que liquidó a esas modelos?

–Bueno, sí…

–¿A quiénes exactamente?

–Sophie Carbonne…

–¿Sólo a ella?

–No, también a Jeanette… Jeanette Bezier.

–¿Ninguna otra?

–Después le sobrevino ese ataque…

–… e intentó abrirse la cabeza contra la pared. Después de la confesión, el intento de suicidio. Es un clásico –exclamó Postiglione.

–Pero si ni siquiera recordaba cómo había matado a las chicas –subrayó con rabia Alvaro.

–Bueno, por lo que sé las dos jóvenes fueron asesinadas con cuchillos u objetos cortantes y él odia las armas. ¿No te ha dicho eso? –precisó Postiglione adoptando un aire desafiante.

A Alvaro se le salían los ojos de las órbitas. ¿Cómo podía saber su jefe lo que Gallo le había dicho?

–Y además –retomó Postiglione–, el hecho de que haya declarado haber matado a Sophie en su casa, ¿no te parece un elemento concreto?

Alvaro no pudo contener más la rabia. Se abalanzó sobre su jefe parándose a pocos centímetros de él.

–¡Qué cojones has hecho, gilipollas! ¿Has fisgado por la puerta?

El director de la brigada hizo un mueca y sacó del bolsillo de la chaqueta una cinta de audio.

–Está todo grabado, Alvaro. Tenemos varias copias.

Con un fuerte manotazo, Alvaro lanzo la cinta contra la pared haciéndola pedazos.

–¡Escoria! –gritó–. Me habías asegurado que no ibas a grabar el interrogatorio. Habías dado tu palabra.

–Lo he hecho sólo para ayudarte, Alvaro. Sabía que para ti no habría sido fácil aceptar la verdad. Has hecho un buen trabajo, has conseguido desenmascarar…

–¡Pero qué buen trabajo ni qué coño! –lo interrumpió Alvaro gritando–. Son todo gilipolleces. La verdad es que no hay rastro alguno de prueba en relación a Gallo. ¡Y tú sólo eres un payaso! Un jodido payaso listo para mandar a la cárcel a gente inocente sólo para poder dar una rueda de prensa.

–Ahora tienes que calmarte Alvaro, te estás pasando –dijo secamente Postiglione, empujando al policía para que se fuera.

—La confesión no es la única prueba que tenemos contra Gallo... Esta mañana –prosiguió el jefe de la judicial–, mientras interrogabas al fotógrafo, he mandado a dos hombres a registrar el estudio. En un laboratorio han encontrado un producto químico que puede coincidir con los restos de sustancia hallados en dos crímenes: ácido acético, como descubrió brillantemente tu amigo del Ris y, naturalmente, nuestra científica. Los agentes han requisado unos guantes de goma que contrastaremos con los fragmentos recogidos en el cadáver de Jeanette Bezier. Pero eso no es todo. He dado orden a la científica de recoger una muestra de sangre del sospechoso. Compararemos el examen del ADN con el test realizado en el fluido seminal recuperado de la vagina de la primera víctima.

Alvaro se quedó sin palabras.

—Así que, como ves –acabó Postiglione–, los indicios contra Gallo existen y me parecen bastante concretos. Te agradecería por lo tanto que evitases llegar a conclusiones precipitadas y que dejes a un lado los sentimientos personales. De otra manera me veré obligado a darle el caso a otra persona.

Y entonces salió de la habitación.

74

Había algo que a Alvaro no le encajaba. Es verdad que Richard Gallo no tenía una coartada para los homicidios. Habría podido matar a Oya, suponiendo que hubiera sido asesinada justo después del reportaje fotográfico de Cortona, esconderla en la torre de Falsano y volver a Bolonia. Obviamente, en este caso Richard y Teodoro Mammiferi tendrían que haber sido cómplices. Jeanette había sido asesinada en Bolonia cuando

Gallo se encontraba en la ciudad, Giulia en la estación justo después de la cita con el fotógrafo, mientras que a Sophie la habían destrozado en su casa, justamente un día que Gallo ni siquiera había aparecido por el estudio. Además existía el problema de la presencia de los fragmentos de guantes de goma y de ácido acético en dos escenarios del crimen.

Pero, a pesar de todo, había algunas preguntas a las que Alvaro todavía no podía dar una respuesta. ¿Por qué Richard le había recomendado ir de vacaciones al valle Tiberino si pocos días antes, justo en esa zona, había cometido su primer delito? ¿Era un intento de confesión? ¿Quería de alguna manera que lo parasen? ¿Y qué tenía que ver con Gallo ese extraño personaje, Teodoro Mammiferi, que había insistido en alquilarle la casa de los abuelos y que había desaparecido cuando encontraron en la torre de su propiedad el cadáver de Oya?

¿Qué había sucedido durante aquel reportaje fotográfico en Toscana entre Oya, Jeanette, Sophie, Andy y Paolo? ¿Estaban todos allí? ¿Y por qué todos, menos Paolo, detenido cuando intentaba huir, habían sido asesinados en pocas semanas? ¿Quién había matado a Andy de una sobredosis? ¡Gallo tampoco había confesado ese crimen! Y había otro personaje misterioso relacionado por partida doble con Richard Gallo: Camilla Castelli. La periodista de Rímini, que según lo que le habían contado Paolo y Luca Rambaldi, era una vieja amiga del fotógrafo y había organizado el reportaje. Pero no sólo eso. Esa mujer le había recomendado a Gallo ni más ni menos que a dos de las modelos que más tarde habían sido asesinadas: Oya y Giulia. ¿Cuál había sido su papel en toda la historia? Y, sobre todo, ¿dónde se había metido ahora Camilla?

Durante toda la tarde el policía había intentado obtener los datos de la cuenta bancaria de la Castelli llamando a la jefatura de Rímini y a la redacción de la revista de Milán en la que colaboraba. Todos le habían contestado que no tenían noticias de ella desde hacía algunos días.

201

–He preparado algunos archivos en *jpg*. Si quiere se los puedo mandar por e-mail.

Alvaro dio su dirección al técnico y se lo agradeció. Pero Bilotta intervino de nuevo.

–Habría algo más… en algunos flash de negro, antes de que aparezcan las chicas, hemos conseguido aislar algunos trozos de audio de un diálogo…

–¡Interesante!

–Son fonemas sucios pero alguna palabra se alcanza a comprender. Creo que es una conversación entre dos hombres que hablan en voz baja. De todas maneras le dejo a usted las interpretaciones. Descargo todo en un archivo de sonido real y se lo mando también por e-mail.

75

–¿Cuántos eran?

–Dos. Ella y un colega suyo.

–¿Y llevaban también el perro?

–Sí, ya te lo he dicho. Lo sacaron de la perrera. Lo llevaron al caserío, le dieron a olfatear algo y después se dirigieron hacia la colina, siguiendo la pista del animal.

–¿Cómo habrán caído en eso?

–Ha sido ella. No debes infravalorarla. Te lo había dicho. Es bastante espabilada.

–¿Hasta dónde los has seguido?

–Hasta que entraron en el bosque. Después di la vuelta para avisarte.

–¿Los has visto volver?

–¡No! Y el coche sigue en la casa.

–¿Te ha visto alguien?

–No me preguntes gilipolleces.

–Vale, yo creo que ha llegado el momento de resolver el problema. ¿Estás de acuerdo?

–Sí, pero...

–Tranquilo, yo me ocuparé. Tú sólo tendrás que esperar y mantener los ojos bien abiertos. Todo saldrá bien.

–Como quieras. Pero ¿y si hay contratiempos?

–Ya sabes lo que hay que hacer. Ya hemos hablado de eso.

Los dos colgaron sin despedirse. La radio siguió graznando.

76

–¿Has oído?

–No, Oscar, no he oído nada. ¿Qué pasa?

–Un ruido, allí abajo, detrás de la casa.

Meri se quedó escuchando casi un minuto.

–Sigo sin oír nada. Seguramente habrá sido un animal del bosque.

El inspector asintió, poco convencido. Oscar y Meri llevaban ya varias horas escondidos en el bosque esperando que alguien diera señales de vida. Pero la casa de madera parecía seguir deshabitada.

Además ésa era una noche especialmente oscura. El comportamiento de Meri contradecía las reglas más elementales de una misión policial. No habían avisado en jefatura de su destino; no se habían preocupado de dar una hora concreta, después de la cual, si no habían dado señales de vida, habría saltado la alarma; se encontraban en una zona sin cobertura para los teléfonos móviles; no llevaban radio; se habían adentrado en un territorio que desconocían, sólo tenían un cargador para sus pistolas y se habían olvidado, antes de que cayera la noche, de marcar el camino para encontrar, en caso de peligro, una vía de escape que les permitiera salir del bosque. Meri se sentía culpable por haber convencido a Oscar de quedarse con ella. Si le hubiera dejado ir a pedir refuerzos, a esa hora, probablemente, ya habría vuelto con un equipo especial.

El único que estaba realmente feliz por pasar la noche en el bosque era el setter de Mammiferi, que no paraba de mover el rabo, ansioso por saltar a la mínima orden.

–Está demasiado oscuro –dijo en voz baja Oscar–. No se ve nada.

–Quizá sea mejor separarnos –susurró Meri–. Yo intentaré llegar al otro lado de la casa. El perro y tú os quedáis aquí. Así podremos vigilar el área desde dos puntos.

–No, debemos tener cuidado. Solos seremos más vulnerables.

–Tranquilo, llevamos horas aquí y no ha pasado nada. Si hubiera algún peligro, Teo lo olería. Y sin embargo mira qué contento está. Intentémoslo. Si en una hora no hemos visto nada empezamos a buscar el camino de vuelta.

–¡Vale! Pero el perro te lo llevas tú, podría serte de ayuda.

–No, es mejor que se quede contigo. Se pondría demasiado nervioso si lo forzamos a cambiar de escondite.

–¡Vale, vale! –resopló Oscar–. Sincronicemos los relojes. Justo dentro de una hora, o sea a las cinco menos cuarto, nos vemos en este punto y nos vamos. Si mientras tanto uno de los dos tiene problemas dispara una vez. Es la señal para que el otro intervenga.

–¡Entendido, jefe! –murmuró Meri sonriendo.

Deprisa, con las rodillas flexionadas y la espalda doblada, la mujer se introdujo en una zona más tupida del bosque.

77

A las cuatro de la madrugada la calle Orfeo estaba oscura y en silencio. Alvaro subió las escaleras, abrió la puerta de su apartamento y tiró las llaves en una bandeja de plata oxidada. Entró en el baño, encendió la luz, se lavó la cara y levantó la mirada hacia el espejo. Tenía grandes cercos violeta alrededor de los ojos. Una barba incipiente más bien cana le cubría las mejillas y la barbilla. Pensó en Meri. Si lo hubiera visto en ese momento, tras noches insomnes, físicamente destruido y la moral por los suelos, no habría sentido ya ningún interés por él. Y quizás ahora, tras la detención de su amigo Gallo, tampoco él tenía tantas ganas de hablar con ella, como si de alguna manera se sintiera culpable. ¿Por qué en su interior rechazaba la idea de que Richard fuera el asesino en serie? Había pasado todo demasiado deprisa: el encuentro con Meri, el accidente de Marino, la detención de Gallo. El paso del tiempo estaba convirtiéndose en una obsesión. No podía descansar todavía. Encendió el ordenador y descargó el mensaje que le había mandado Bilotta con los dos archivos adjuntos.

En la pantalla apareció la foto ampliada y desgranada de una mano masculina, más bien fuerte, apoyada en el respaldo de un sofá blanco. En el dedo corazón llevaba un anillo con montura de plata o de un metal similar. Encima, un escudo de llamativo y con colores. Era una especie de escudito dividido en dos partes, una roja y una azul, dominado por una corona de laurel. En el centro había un símbolo, demasiado pequeño para descifrarlo. Parecía una cuadrícula o una rejilla. Alvaro lo miró con atención. ¿Un círculo? ¿Un blasón? ¿Una logia masónica? Le recordaba algo.

Pinchó el segundo mensaje y descargó el archivo de sonido real. Subió el volumen de los altavoces del ordenador y se puso a escuchar. Tras una serie de crujidos y ruidos de fondo oyó la voz de un hombre.

–… *ccrrr*… las chica… *cfrfrfrc*… me han dich… *cchchrrr*… que *frfrrrc*… la…

Algunos segundos después otra voz masculina respondía.

–… no… *cfffrrrr*… me… *chcrrrr*… fío de él… *frrrfcc*…

Después nada más. Las dos personas hablaban en voz baja y el sonido estaba fragmentado y sucio. Pero aun así Alvaro logró descifrar a quién pertenecían. Eran Paolo y Andy. Y el hombre del que estaban hablando no podía ser otro que el misterioso amigo de Oya. Pero ¿qué significaba todo eso?

En cuanto se desconectó de la red el teléfono sonó. El policía miró el reloj. Las cuatro y veinticinco. A esa hora solo podían ser malas noticias.

–¡Diga!

–Soy Postiglione, ¿te he despertado? –dijo una voz aguda por la línea.

Alvaro resopló.

–No, jefe, no estaba durmiendo. Estaba trabajando. ¿Qué pasa ahora?

–Hay una novedad importante. Sobre Richard Gallo…

Un escalofrío recorrió el cuerpo de Alvaro.

–Hace menos de una hora, ha llegado del laboratorio de análisis encargado de hacer los exámenes de las muestras de sangre de Gallo el resultado de su código genético.

–¿Y bien? –dijo Alvaro.

–Los colegas de la científica lo han comparado con el ADN extraído del fluido seminal hallado en la vagina de la primera víctima, Jeanette Bezier…

Alvaro retuvo el aliento.

–… ¡Es el mismo! –exclamó Postiglione como si pronunciara una sentencia definitiva–. Hemos enviado esta nueva prueba al Ministerio Público el cual, evaluados todos los indicios: el ácido acético, los guantes, el ADN, la falta de coartadas y la confesión, ha pedido el arresto de Richard Gallo por asesinato premeditado múltiple con agravantes.

El estómago de Alvaro se contrajo. La respiración se le cortó en la garganta.

–El juez que hace las investigaciones preliminares –prosiguió el jefe–, ha admitido inmediatamente la petición del magistrado y ha firmado la orden de prisión cautelar, invalidando, de hecho, la orden de libertad provisional.

–¿Dónde está ahora Gallo? –preguntó Alvaro preocupado.

–Está en el hospital Maggiore. Los médicos de urgencias le han diagnosticado traumatismo craneoencefálico leve pero, por precaución, han decidido que pase la noche en observación. Le han suministrado algunos sedantes. Está hospitalizado en la unidad de cirugía porque era la única en la que había disponible una habitación individual. Hay dos agentes vigilándolo. Acabo de llamar para informarme. Duerme tranquilo.

Alvaro no pudo evitar pensar en los delirios y pesadillas que torturaban el sueño de Richard. Confió en que los fármacos pudieran ser un remedio eficaz, por lo menos para esa noche.

–Mañana –concluyó Postiglione– si sus condiciones no empeoran, Gallo será trasladado a la cárcel de Dozza. Mientras tanto le han adjudicado un abogado de oficio. Decidirá el juez de instrucción cómo y cuándo interrogarlo. Permanecerá aislado y vigilado.

–Jeanette era su novia… –murmuró Alvaro para sí.

–¿Qué dices? –preguntó el jefe de la judicial con impaciencia.

–El esperma no es una prueba en contra de Richard. Él estaba liado con la modelo, lo sabe usted también…

–Pero qué te inventas ahora, Alvaro. Gallo no dijo nunca que tuviera una relación sentimental con esa mujer.

–Dijo que la amaba –insistió el inspector–. Escuche de nuevo su grabación.

–¡Ya claro! Pero también la llama puta. ¿O esto lo habías olvidado?

Alvaro se quedó callado.

–De cualquier manera –retomó Postiglione–, Gallo fue el último en mantener relaciones sexuales con la víctima antes de que fuera asesinada.

–El asesino no es un maníaco sexual. Ninguna de las chicas fue violada –precisó Alvaro.

–Bueno, quizás olvides que laceró la vagina de Giulia Montale con un cuchillo. De todas formas todos los crímenes tienen claras referencias sexuales. Tienes que resignarte Alvaro. Sé que se trata de un amigo tuyo y que para ti es duro aceptar esta realidad. Fíate de mí que tengo algunos años más de experiencia y sé reconocer a los asesinos a primera vista. Richard Gallo es el asesino en serie. Tiene todas las características de un loco homicida. Se ha entregado en cuanto se ha dado cuenta de que le estábamos pisando los talones.

–Bueno, si no tiene nada más que decirme…

–Sólo una cosa más Alvaro. Mañana por la mañana, a las once, en la sala de reuniones, vamos a dar una rueda de prensa para comunicar la detención de Gallo. Convocaré a la prensa nacional, periódicos, radio y televisiones. Dedicaremos el éxito de la operación a Marino. Por eso querría que tú también estuvieras. De acuerdo con el jefe de policía, hemos pensado que podrías ser tú quien diera la noticia, dado que Marino era tu compañero en la investigación. ¿Cómo lo ves?

Alvaro sintió náuseas. Hizo un esfuerzo por mantenerse tranquilo.

–Marino todavía no ha muerto. No quiero dedicarle nada y además mañana a esa hora ya tengo un compromiso. Lo siento. Buenas noches.

78

¿Había ladrado Teo?

Meri no estaba segura pero algo la había alertado. Llevaba inmóvil casi cuarenta minutos, en su escondite de la parte de atrás de la casa. Empuñó la calibre nueve y la cargó.

«¡A la mierda si alguien me oye!», maldijo mentalmente.

Arrodillada en la hierba, abrió los ojos todo lo que pudo en la dirección en la cual se encontraba Oscar con el perro, pero sólo vio oscuridad.

De repente oyó un ligero gemido y un crujido entre los arbustos, justo en la zona en la que había dejado a su colega. Meri miró la hora. Las cuatro treinta y cinco. Estuvo tentada de llamar a Oscar, después se contuvo al recordar las instrucciones.

–Oscar no ha disparado, no hay ningún peligro –susurró para sí misma apretando la culata de la pistola. Pero no consiguió calmarse. Decidió entonces adelantar el plan e irlos a buscar.

Reptó silenciosamente por la hierba, atravesó matorrales y arbustos, rodeó un pequeño claro, pasó por encima de una rama tronchada y se arrodilló detrás de un árbol. Esperó algunos segundos y después continuó el camino. Cuando llegó al punto donde debían reunirse, Oscar y el perro habían desaparecido.

Empezó a jadear y a mirar a su alrededor moviendo frenéticamente la cabeza de izquierda a derecha. Dirigió la pistola hacia adelante. Los brazos rígidos en posición de tiro. Dio unos pasos atrás. Su espalda chocó con una rama de un arbusto que empezó a vibrar como un diapasón. Reteniendo un grito, Meri se volvió de golpe cayendo casi al suelo. En el mismo instante un pájaro nocturno revoloteó desde un árbol sobre su cabeza. Meri levantó los hombros y se llevó la mano libre a la cabeza. Cuando la volvió a bajar se dio cuenta de que estaba temblando. Para coger fuerzas respiró hondo y se secó la frente. Entonces empezó a moverse lentamente, girando sobre sí misma y manteniendo la pistola a la altura de los ojos. El cañón oscilaba ante ella. Estuvo tentada de llamar a Oscar varias veces. Pero así hubiera sido fácilmente visible. Silenciosamente, se puso a observar con detenimiento el terreno esperando encontrar rastros de Oscar o del perro. Fue inútil.

De repente se detuvo. Sintió un paso ligero a su espalda, a pocos metros de distancia. Después una respiración suave, casi imperceptible. Hizo como si no se hubiera percatado y como si se marchara. En realidad, cargó el peso en la punta de los pies, dobló las rodillas y se dio la vuelta. Se movió con una rapidez increíble, pero no logró esquivar el tremendo golpe que le dio en la cabeza. La sangre empezó a manarle de una sien. Las piernas cedieron de golpe. Meri cayó al suelo. Otro golpe, esta vez en el hígado y otro más, de nuevo en la cabeza. Vio todo rojo, después negro, y al fin perdió el conocimiento.

79

Cuando volvió a abrir los ojos, lo primero que sintió fue el lento goteo del suero. Respiró profundamente. Un olor intenso de desinfectante le penetró en la nariz. Un dolor desgarrador le atormentaba la cabeza. Volvió a cerrar los párpados con la esperanza de alejar el dolor. Pero así era peor. Con el corazón en la garganta, abrió los ojos de par en par e intentó incorporarse. La aguja de la vía se partió en el brazo haciéndolo sangrar. En el segundo intento consiguió levantarse. Se sentó en la cama. La habitación estaba sumergida casi por completo en la oscuridad. Se llevó una mano a la frente y descubrió que tenía la cabeza totalmente vendada. ¿Qué le había pasado? La última imagen que recordaba era la cara pálida de Alvaro a poca distancia de la suya. Después oscuridad total.

La habitación de la unidad de cirugía del hospital Maggiore, en la que se encontraba Gallo, era la última al final del pasillo. Dos policías, un hombre y una mujer, montaban guardia delante de la puerta. Su turno había empezado a la una de la madrugada y ya llevaban cuatro horas en el hospital. La mujer, sentada en un banco del pasillo, tenía bajo control la habitación en la que estaba Gallo y la entrada de la unidad. El agente, de pie, se apoyaba en el marco. La puerta estaba entornada.

—¡Vaya! —exclamó la mujer volviendo de golpe la cabeza hacia el vestíbulo de la habitación.

El agente se puso en guardia y dejó resbalar la mano por el cinto de la pistola.

—¿Qué pasa?

—No lo sé —respondió ella—. Me había parecido oír un ruido en la habitación del detenido.

—¿Quieres que vaya a echar un vistazo? —preguntó él.

—¡Espera! No te muevas.

Después la mujer suspiró.

—¡Bah! Me he debido de confundir, me parece que está todo tranquilo.

—No me cuesta nada comprobarlo —insistió el agente.

–¡No! Los médicos han dicho que necesita mucho descanso. Lo han inflado a sedantes, no puede ni moverse. Dejémoslo en paz, total en menos de una hora pasará el médico.

–Como quieras, dijo el agente encogiéndose de hombros, y se volvió a apoyar en la pared.

80

Richard por fin se sentía sereno. El dolor de la cabeza parecía haber desaparecido. Las manos ya no le temblaban y los latidos del corazón eran dóciles y rítmicos como en un sueño profundo. Pero lo que lo hacía feliz era toda esa luz que se iba abriendo ante sus ojos. La oscuridad se deshacía dejando paso a largos y luminosos rayos que lo acunaban con dulzura. Empezó a oír una voz suave como un canto. Una oleada de placentero calor penetró en su cuerpo subiendo desde las piernas. Sintió las extremidades ligeras levitando en el aire. Después vio la cara de una joven mujer. Le sonreía cogiéndole las manos. Era bellísima, los ojos de un color azul intenso y el pelo largo y rubio. Y tenía la mirada tranquilizadora de una madre. Richard le devolvió la sonrisa. Cerró los ojos y por primera vez en su vida no tuvo miedo. La oscuridad había desaparecido y con ella los monstruos y los fantasmas que la habitaban.

81

El médico de guardia llegó puntual a las seis menos cinco, junto con la enfermera jefe.

–Soy el doctor Di Palma –dijo a los dos agentes que custodiaban la habitación de Gallo–. ¿Todo Bien?

–Sí. El detenido ha pasado la noche tranquilo, no ha habido ningún problema –dijo la mujer.

–Bien –dijo el médico, y después, dirigiéndose a la enfermera–: Por favor, controle qué se le ha prescrito para esta mañana.

La mujer consultó la carpeta que llevaba en las manos.

–Analgésicos, glucosa y, si fuera necesario, más sedantes. Después hay que repetir una radiografía y el TAC de la cabeza, pero antes hay que avisar a la jefatura. Quieren saber si lo pueden interrogar.

–De acuerdo, procedamos con la visita.

Los policías permanecieron en la puerta mientras el médico y la enfermera jefe entraban en la habitación.

–Buenos días, señor Gallo, ¿ha dormido bien? –dijo en voz alta Di Palma dirigiéndose a encender la luz. La enfermera se acercó a la cama.

Ninguna respuesta.

Tras un primer flash titubeante, la luz de neón que colgaba del techo se encendió iluminando la habitación. La enfermera jefe no pudo contener un grito. El médico corrió hacia ella. Los dos policías aterrizaron en la habitación con las pistolas empuñadas.

Las sábanas bajo las cuales yacía Gallo estaban empapadas de sangre que había goteado hasta el suelo. La botella de suero no estaba en su sitio. El fotógrafo yacía sobre la cama inmóvil. Sólo la cabeza asonaba entre las sábanas. Su cara estaba pálida como la nieve pero, a pesar de los ojos cerrados y la boca apretada, parecía sonreír.

El médico levantó las sábanas echándolas al suelo. Richard se había cortado la arteria femoral con fragmentos de la botella de suero. Un hilo de sangre seguía manando débilmente del gran corte del muslo. Una mano apretaba todavía la rudimentaria lama de cristal mientras la otra descansaba en el pecho.

–Rápido, avisa a reanimación –gritó Di Palma a la enfermera jefe enrollando una sábana alrededor de la pierna de Gallo. Después se arrodilló junto a la cama y, con las manos empapadas de sangre, apoyó los dedos en el cuello del fotógrafo para asegurarse de que su corazón aún latía.

–Rápido, lo estamos perdiendo –gritó aunque la enfermera ya había salido de la habitación.

La mujer policía cogió la radio y llamó a la jefatura.

–Cuatro cinco dos; repito, cuatro cinco dos. Hospital Maggiore, ¡emergencia! Intento de suicidio del detenido. Repito: intento de suicidio. Código uno. Mandar un equipo.

–¿Puedo hacer algo? –preguntó al médico la mujer, que se sentía culpable por no haber permitido a su colega entrar en la habitación cuando le había parecido oír un ruido.

–Presione con las manos en la herida de la pierna mientras le hago un masaje cardíaco –le ordenó Di Palma.

Ella entonces se acercó a la cama y cogió la pierna de Gallo con las dos manos para taponar el corte mientras el médico de guardia empezaba a presionar con la palma de las manos sobre el pecho del fotógrafo. El cuerpo de Gallo saltó sobre la cama. La cabeza rebotó sobre la almohada y volvió a caer de forma extraña. Con cada golpe los párpados se levantaban y descubrían el blanco de los ojos. La puerta se abrió de par en par. En la habitación entraron un médico y dos enfermeros llevando una camilla. Detrás de ellos la enfermera jefe. Di Palma interrumpió el masaje cardíaco y apoyó el estetoscopio sobre el pecho de Richard.

–Ha muerto –sentenció.

82

Algo le mojaba la mano. Meri intentó averiguar qué era sin abrir los ojos. Todavía fingía estar inconsciente. Se encontraba sentada en el suelo o sobre algo muy duro. Tenía la espalda apoyada en la pared y la cabeza caída hacia delante. Las piernas extendidas y abiertas. La rodilla derecha le dolía, ya no sentía ni la izquierda ni los pies. Los brazos caídos a lo largo del cuerpo. Tenía la parte izquierda de la cara recubierta de una sustancia densa y pegajosa que le sellaba un ojo. «Sangre», pensó identificando el olor. Tenía frío pero no conseguía discernir si era por la humedad del lugar en el que se encontraba o por la posibilidad de que la hubieran desnudado. Rotó las pupilas por detrás de los párpados cerrados para captar eventuales fuentes de luz y aspiró lentamente con la esperanza de reconocer los humores.

La sensación de mojado volvió. Parecía como si alguien le estuviese pasando una esponja templada por el dorso de la mano.

–Veo que os habéis hecho amigos –dijo una voz a algunos metros de Meri. El tono era tranquilo y aparentemente amistoso, pero tenía algo terrorífico. La mujer sintió un escalofrío. La «esponja» se apartó de su mano. Meri comprendió: era la lengua del perro de Mammiferi.

–Ven aquí, Fosco. Nuestra amiga se está despertando.

«¡Fosco! ¡Así es como se llama el perro!», pensó Meri. Pero si ese

hombre conocía el verdadero nombre del setter sólo podía ser...
Teodoro Mammiferi.

Una mano pesada y áspera le levantó la barbilla. Meri sintió el aliento del hombre en su cara. No movió ni un músculo.

–¿Cuánto rato más quieres seguir haciéndote la dormida? –preguntó el hombre subiendo con la otra mano por el interior del muslo de la policía. Meri no reaccionó. La mano llegó hasta la ingle y se paró en el pubis. Notó los dedos grandes de Mammiferi que presionaban su sexo. A pesar del malestar, se sentía feliz porque se daba cuenta de que aún llevaba los pantalones puestos. La respiración del hombre se hizo más pesada. Meri intentó reunir fuerzas. Él estaba cerquísima y se estaba excitando. Probablemente sus reflejos serían más lentos. Era una ocasión que no podía dejar escapar.

Contrajo los músculos, abrió los ojos y, gritando lo más fuerte que pudo, se lanzó sobre él dándole una gran patada donde supuso que estaría su cara. La pierna se bloqueó en el aire. Los tendones se tensaron casi hasta partirse. La rodilla se contorsionó obligándola a gritar de dolor y el pie reculó hacia atrás haciéndola caer al suelo. En la caída Meri se golpeó fuertemente la cabeza. La herida de la sien volvió a sangrar. El perro se puso a ladrar con furia mientras el hombre estallaba en una serie de vulgares carcajadas.

–¿Qué coño querías hacer? ¿Crees que soy tan tonto? Antes de hacer de hermana de Bruce Lee tendrás que partir esas argollas –y otra escandalosa risotada.

Gimiendo por el dolor de la rodilla, Meri levantó la cabeza y vio que de un gran aro de hierro que le rodeaba el tobillo pendía una cadena que acababa en una placa fijada al muro de piedra. La habitación estaba oscura, era pequeña y no tenía ventanas. En el techo bajo se abría una trampilla. Era una celda subterránea. El aire, húmedo e irrespirable, olía a orina, sangre y moho. Sólo veía las botas del hombre que estaba a su lado. Eran de tipo militar con el empeine de piel y la suela de goma. El dibujo de la suela parecía muy similar al de las huellas que había visto en el fango del bosque.

No quería mirarlo a la cara, es más, esperaba que él no se la mostrase. Pero se agachó junto a ella, plantándose de manera que pudiera mirarlo a los ojos.

–No te preocupes querida, no es tan grave que veas mi cara. Total, será la ultima vez que la mires –después se echó a reír otra vez.

–¿Quién eres? –dijo Meri con un hilo de voz–. ¿Mammiferi?

–Sí, pequeña puta, soy Teodoro Mammiferi. Tú en cambio eres carne muerta.

83

–… Y a pesar del trágico final, queda en todos nosotros la satisfacción de haber resuelto el caso antes de que otras víctimas inocentes pudieran padecer las consecuencias. El suicidio de Richard Gallo ha puesto punto final a la estela de sangre que ha aterrorizado a nuestra región en las últimas semanas… –Las palabras del jefe de la judicial, Gabriele Postiglione, resonaban en la sala de reuniones de la jefatura de Bolonia. En la rueda de prensa, abarrotada de periodistas, cámaras y fotógrafos, estaba presente también el jefe de la policía, Alvino Pinzauti, y casi todos los detectives de homicidios. Sólo faltaba Alvaro Gerace.

Antes que el jefe de la brigada había hablado el jefe de la policía. Felicitó a todos sus hombres por la brillante resolución del caso. Pocas frases empleadas para el final de Gallo, suicidio que colocaba en una situación palpablemente embarazosa a la policía.

–… además tenemos argumentos sólidos para creer que Gallo es culpable también del homicidio de una chica turca, Oya Deborah Erdogan, llevado a cabo en Toscana pocos días antes del crimen Bezier. En esta investigación están trabajando todavía, en estrecha relación con nosotros, los colegas de la jefatura de Arezzo… –prosiguió Postiglione.

Un reportero de un periódico local levantó la mano.

–Luca Rambaldi de la *Gazzetta di Forlì*. ¿Han establecido el móvil de los homicidios? –preguntó.

Un murmullo se extendió por la sala. El jefe de policía agachó la mirada mientras Postiglione, disgustado, intentó en vano escabullirse.

–En las actas de la investigación hay una confesión, grabada en un interrogatorio, en la que Gallo admitió haber asesinado a las modelos.

–Sí –insistió Rambaldi– pero aparte de las declaraciones del presunto asesino, que no creo que haya tenido tiempo de firmar ninguna confesión, ¿han conseguido entender el motivo que le habría impulsado a cometer esos brutales homicidios?

El rumor en la habitación se hizo más intenso.

Fue el jefe de policía quien zanjó el asunto.

–¡Señores! –dijo con voz estentórea–. Por respeto a las víctimas no creo que sea el momento de profundizar, en esta sede, en los macabros detalles de una historia que, con gran alivio, podemos considerar definitivamente cerrada. La policía del Estado apoya a las familias afectadas por la grave pérdida de sus parientes y manifiesta su sincero pésame también a los familiares de Richard Gallo, del que espero Dios se apiade. Con la muerte del homicida las investigaciones se cierran pero, antes de que el informe sea archivado, la brigada de la policía judicial continuará profundizando en cada aspecto de los hechos en cuestión, incluido el móvil. A su debido tiempo se les darán todas las explicaciones. Por ahora les agradezco su calurosa participación. Buenos días.

El agujero

84

Volvía a estar sola. Mammiferi se había ido llevándose consigo al perro. Había vuelto a cerrar la trampilla dejándola encadenada y a oscuras. Meri tenía sacudidas de escalofríos y se había orinado encima. El dolor de la cabeza había aumentado y la rodilla se le había hinchado tremendamente. Sólo la sangre había dejado de gotear de la herida de la cabeza.

¿Como podría salir de esa prisión? Quizás Oscar había conseguido huir de Mammiferi y estaba organizando un equipo de rescate. Estaba prácticamente segura de encontrarse en una celda subterránea, excavada en el interior de esa especie de refugio blindado en medio del bosque. Tenía que haber sido ése el escondite de Mammiferi.

De repente sintió una especie de cosquilleo en la pierna. Algo, tras meterse en los pantalones, estaba subiendo rápidamente del tobillo al muslo. Llena de angustia, Meri empezó a golpearse la pierna. Pero esa desagradable sensación prosiguió hasta la ingle y se multiplicó por los pies y las pantorrillas. Sintió como si le invadiera el todo cuerpo. Empezó a patalear. Pero la rodilla le dolía demasiado. Con un gesto brusco se desabrochó los pantalones y se metió una mano en las bragas, en el pubis. Sacó un insecto húmedo y del tamaño de un dátil que se estaba abriendo camino entre el vello púbico. Sintió las cosquillas de las antenas y de las patas en la palma. Lo aplastó con un *crack*. Un líquido apestoso se esparció entre sus dedos. Mientras tanto otros insectos la estaban atacando. Intentó quitarse los pantalones pero la tela no pasó por la argolla de la cadena que tenía en el tobillo. Con las piernas desnudas y atadas, Meri empezó a espantar a los escarabajos restregándose la piel y golpeando a tientas el espacio que la rodeaba. Pero la oscuridad le impedía determinar su posición. Consiguió aplastar por lo menos una docena pero al final tuvo que rendirse. Exhausta, asqueada y dolorida, se desplomó en el suelo. En menos de un minuto un río de escarabajos le cubrió las piernas, trepando hasta el pecho y los brazos. Por primera vez Meri estalló en un llanto desesperado.

85

Se había enterado del suicidio de Gallo por una llamada de un subinspector. Ahora estaba en casa, pero una vez más, había pasado la noche en blanco. No se había despegado del teléfono. De manera obsesiva había marcado el número del móvil de Meri, escuchando docenas de veces el contestador automático. Los colegas de la jefatura de Arezzo llevaban horas sin saber nada de ella, ni del inspector Latini, la situación era tal, que Alvaro había sentido la obligación de pedirles una búsqueda por radio, indicando la zona del Alto Valle Tiberino. Después había llamado a la unidad de reanimación del hospital Maggiore para preguntar por el estado de Marino. La situación era estable, Marino seguía en coma y, desgraciadamente, había sufrido más ataques de corazón.

Tampoco el corazón de Alvaro bromeaba en ese momento.

Marino, Gallo y ahora también Meri. Todas las personas a las que se sentía unido parecía que decidían dejarle plantado. Entró en la cocina, cogió una botella de vodka, llenó un vaso y lo bebió de un trago. Repitió la operación otras cuatro veces hasta que sintió la cabeza pesada como si llevase un casco integral. Entonces se tiró en el sofá y cerró los ojos.

86

Cuando Meri volvió a abrir los ojos los escarabajos habían desaparecido. Sentado frente a ella estaba Mammiferi con un gran cuchillo de sierra para pescar en la mano.

Meri se sobresaltó y se arrastró medio metro hacia atrás. Se dio cuenta de que ya no llevaba los pantalones.

–¡Te los he quitado yo! –dijo Mammiferi con un guiño–. ¡Estaban infestados de escarabajos y apestaban a pis! Para sacártelos por los tobillos he tenido que usar este cuchillo.

Meri se preguntó si, además de quitarle los pantalones, ese hombre habría hecho algo más y se estremeció ante la idea de que la hubiera siquiera rozado con el cuchillo.

–Bueno, ¿te gusta mi casa? –El tono de Mammiferi se había vuelto repentinamente tranquilo, casi cordial–. La construí con mis manos hace más de cuarenta años y desde entonces nadie la había descubierto. Rinaldo y yo incluso vivimos un tiempo. Él vivía aquí abajo. Estaba bien. Excepto por la oscuridad…

«¿Quién será Rinaldo? ¿Otro de los perros de Mammiferi?», pensó Meri.

–En los últimos años –prosiguió Teodoro–, no he tenido mucho tiempo de venir aquí, pero, afortunadamente, nunca pensé en deshacerme de ella. Un refugio es utilísimo, sobre todo si te quieres esconder. Volví a esta casa cuando ese policía de Bolonia encontró el cadáver de aquella puta en mi torre de Falsano. Te diste buena manña para descubrirlo. Excelente idea la de hacerte guiar por Fosco. Sólo mis perros, de hecho, saben reconocer el camino para llegar hasta aquí. Desgraciadamente, justo por eso, tuve que sacrificar a uno. Se llamaba Valentino, era uno de mis preferidos. Pero un día estuvo a punto de traer a ese policía al refugio secreto…

Meri tragó saliva y se aclaró la garganta.

–La chica de la torre… ¿fuiste tú quién la mató?

Los ojos de Mammiferi cambiaron de expresión. Se volvieron oscuros y amenazadores. Se acercó a Meri empujándole el cuchillo contra el seno izquierdo, a la altura del pezón. La punta perforó la camisa. Un hilo de sangre le resbaló hasta la cintura. Con la mirada llena de odio, Mammiferi volvió a hablar. Su voz era más aguda.

–Podría hacerte que acabaras igual –susurró–. Primero podría amputarte un pie y después las manos, los labios, las tetas… tengo también una sierra eléctrica. Me gustaría metértela en el coño y subir hasta la garganta.

Meri ya no podía tragar la saliva, pero se esforzaba por mantenerse serena.

–¿Por qué no hiciste desaparecer el cadáver? Si ese policía no lo hubiera descubierto, nadie habría sospechado nunca de ti y el homicidio probablemente no hubiera salido nunca a la luz. A menos que lo hayas hecho a propósito. Buscaste a ese policía de Bolonia fingiendo que se trataba de un encuentro casual, lo hospedaste en tu casa y lograste que encontrase el cadáver en la torre. Querías que la policía investigara.

Mammiferi sonrió, se levantó y empezó a aplaudir.

–Enhorabuena, señora esbirra –exclamó–. Eres realmente buena. Antes de matarte te contaré toda la historia, te lo has ganado a pulso.

87

Le traspasaba los tímpanos, el estruendo vibraba tan fuerte que Alvaro tuvo la sensación de que el cráneo se le partía. Abrió los ojos. Era el teléfono. Al levantarse con dificultad del sofá, Alvaro tiró la botella y la hizo rodar por el suelo.

–¡Diga! –gruñó en el micrófono con una voz tan ronca que él mismo tardó en reconocerla.

–Alvaro, ¿eres tú? Soy Federico, Federico Sciacca.

–Ah, hola Federico, ¿cómo estás?

–Yo bien. Tú en cambio… ¿te pillo en mal momento?

–No, no. No te preocupes, me había quedado dormido y no oía el teléfono. ¿Hay novedades?

–Bueno… creo que sí. Es sobre las investigaciones en la escena del crimen de Sophie Carbonne. Te dije que no había encontrado ningún rastro en la calle.

–¿Y no es así? –preguntó Alvaro.

–No exactamente –retomó Federico–. Esa noche, si recuerdas, llovía con fuerza. Al no saber exactamente lo que buscaba, hice un examen más bien somero de la zona. Además la lluvia había inundado el adoquinado y me pareció superfluo buscar alguna clase de huella con diferentes instrumentales. Pero, en un segundo momento, cuando tú me confirmaste que habías disparado y comentamos la hipótesis de que alguien podía haber resultado herido, volví a esa calle y rehice todos los exámenes.

–¿Y bien? –dijo Alvaro con curiosidad.

–Encontré dos minúsculas manchas de sangre junto a la pared de la casa que hace esquina –respondió Sciacca.

–¡Joder! ¿Y qué probabilidades hay de que pertenezcan a la persona que vi escapar?

–Probablemente no es sangre de un animal –dijo el técnico del Ris.

–¿La has analizado ya?

–Algo he hecho.

–¿Has podido establecer si son restos recientes?

–Sí, he conseguido calcular la edad química de esas huellas. Se trata de sangre fresca, que podría ser del día del homicidio.

–¡Mierda! –exclamó Alvaro–. Así que el asesino está herido.

–Sí –añadió Federico–, pero no creo que de gravedad. A estas alturas ya se habrá recuperado.

–Escucha, has dicho que ya has analizado la sangre. ¿Sabes de qué grupo es?

–Es cero positivo.

Alvaro permaneció en silencio. Las piernas casi se le doblaron.

–¿Alvaro? ¿Me escuchas?

–Desgraciadamente mi instinto no me mentía.

–¿Qué quieres decir, Alvaro?

El policía prosiguió con la voz rota por la emoción.

–Richard no era el asesino. Esa noche no era él quien huía del apartamento de Sophie. Me he informado. Su grupo sanguíneo es A positivo.

–Bueno, por lo menos así puedes excluirlo con seguridad de los sospechosos –subrayó Sciacca.

–Richard ya se ha excluido él solo. Se suicidó anoche.

–¡Joder! –exclamó el *carabiniere*–. Lo siento, no lo sabía. Estos días no he tenido tiempo de ver las noticias y…

–No tienes por qué disculparte Federico, es más, te agradezco lo que has hecho. Les pasaré la prueba a los magistrados. El examen del ADN confirmará la inocencia de Ric.

–Aunque demasiado tarde…

–Quizá lo habría hecho igual. No había visto nunca a un hombre tan sumamente destruido. La droga ya lo había dominado. El día que tú y yo nos vimos en Bolonia, yo estaba siguiendo a Gallo en el parque de la Montagnola. Caminaba llevándose una mano al costado, como si le doliera. Podía ser a consecuencia de la herida sufrida en la calle de Mattuiani. Por un momento pensé incluso que se había citado con un cómplice. Sólo cuando lo volví a ver en jefatura, cuando se entregó, comprendí que aquella vez Richard estaba buscando un camello y que los dolores eran por la droga. Ya sólo vivía para ponerse.

–Sí, es un historia muy complicada –suspiró Federico.

–Y no ha acabado. Ahora tenemos la certeza de que el asesino sigue vivo… ¡y en libertad!

88

–… y así me alcanzó de refilón mientras huía. Menos mal que me dio tiempo a dar la vuelta a la esquina y alejarme.

Mammiferi llevaba hablando casi dos horas. Se había sentado en el suelo a poca distancia de Meri como si estuviera haciéndole confidencias. Más de una vez, durante su largo monólogo, había cambiado de humor. Ahora ella sabía la verdad sobre los homicidios de las modelos y del asesino en serie. Estaba exhausta. Había perdido la noción del tiempo. No podía saber si era de día o de noche, ni cuanto tiempo llevaba encerrada en ese agujero subterráneo. Estaba encogida en una esquina, semidesnuda, sucia y helada. El dolor de la cabeza había vuelto y se hacía cada vez más insoportable. No conseguía doblar una pierna. La rodilla ya estaba tan hinchada como un melón.

Mammiferi paró de hablar. Agachó la cabeza. De la garganta le salió un leve estertor. Las manos le temblaban. Parecía a punto de perder el control. Empezó a emitir un lamento agudo y penetrante, como el de un niño.

Meri miró a su alrededor. ¿Cómo habría podido defenderse de Mammiferi si intentaba agredirla? Dada su envergadura, habría tenido todas las de perder.

Después lo vio. Estaba allí, en el suelo, junto a una pierna del hombre. La hoja reflejaba el único rayo de luz que se filtraba. Era el gran cuchillo de pesca de Mammiferi. Una ocasión irrepetible.

Movió la mano unos centímetros, arrastrándola lentamente por el suelo. Se paró. Mammiferi no se había dado cuenta de nada. Estaba allí, inmóvil, cabizbajo. Meri estiró la mano un poco más. El cuchillo ya estaba a su alcance. Un salto y lo habría conseguido.

Pero unos rápidos pasos retumbaron en el techo. Mammiferi levantó la cabeza de golpe. Por la trampilla asomó el hocico del setter. En cuanto vio al hombre y a la mujer sentados en el suelo, el perro brincó hacia abajo corriendo por la escalerilla para reunirse con ellos. El hombre miró en dirección a Meri. Ella no había tenido tiempo de moverse. Su mano estaba a pocos centímetros del cuchillo. Con un salto desesperado la mujer intentó agarrar el arma, pero Mammiferi no se dejó sorprender. Cogió el cuchillo. Lo levantó a medio metro del suelo y lo hincó con todas sus fuerzas en el dorso de la mano de la policía, clavándola al suelo. Fosco empezó a ladrar furiosamente. Con gesto diabólico, Mammiferi extrajo la hoja de la mano. El profundo corte entre los tendones descubiertos se abrió. Empezó a rebosar sangre. La hoja volvió a levantarse desde el suelo. Meri comprendió, pero no le dio tiempo de mover la mano. El cuchillo cayó sobre los dedos, y cortó de cuajo las últimas falanges del corazón y del anular. De los muñones empezó a manar sangre que en poco tiempo formó un charco en el suelo junto a los trocitos de uñas y de las yemas amputadas. Meri no pudo ni gritar. Una sensación de sofoco la invadió por completo.

Mammiferi retiró el cuchillo y pasó la punta ensangrentada por el cuello de la mujer.

–Podría trocearte poco a poco y darte como pasto a los lobos –le susurró con los ojos inyectados en sangre. Se acercó a ella y con la lengua empezó a acariciarle el lóbulo, se insinuó dentro de la oreja y bajó hasta el cuello. Meri intentó apartar la cabeza, pero la punta del cuchillo la hirió a la altura de la tráquea.

–Me gusta el sabor salado de tu piel –dijo Mammiferi jadeando–, quizá la pruebe –con un ruido sordo de incisivos, el hombre cerró la mandíbula y mordió el lóbulo de la oreja de Meri. Después volvió a abrir la boca y la cerró de nuevo sobre la piel del cuello y luego en la mejilla hasta acabar en los labios. Meri se abandonó.

Mientras él estaba sobre ella, recordó los días y las noches pasados en jefatura, los primeros años con Oliviero, su marido, sus proyectos y los sueños rotos. Después el odio, la violencia sufrida, la huida, y de nuevo la soledad. Hasta que había aparecido Alvaro. El hombre que desde el primer encuentro le había devuelto las ganas de luchar. Quizá no lo volvería a ver.

Irritado por la falta de reacción de Meri, Mammiferi se bloqueó, alejando con gesto brusco su boca de la cara de la mujer.

–¡Qué coño haces, puta! –gritó, golpeándola con fuerza en los hombros–. ¿Crees que así conseguirás salvar el pellejo? No te sirve de nada fingir; ya estás muerta. Dejaré que te pudras aquí adentro. Harás felices a los escarabajos. Mira bien a tu alrededor, ésta es tu tumba.

Con el cuchillo asido fuertemente, el hombre se puso en pie y se dirigió hacia la trampilla. El perro lo imitó, pero dudaba si seguir a su dueño o quedarse allí con Meri. Mammiferi se percató de la indecisión del animal.

–Será mejor que tú te quedes aquí –dijo acariciándole la cabeza–, no quiero llamar la atención en el bosque. No tardaré. Vigila bien a nuestra presa –después subió las escaleras y cerró la trampilla a su espalda con un gran estruendo.

89

–Hola, doctora Tondelli, ¿cómo está? ¿Se acuerda de mí?

–Claro, pero por favor, inspector, llámeme Elisabetta.

–Lo haré con mucho gusto, pero usted también llámeme Alvaro.

–De acuerdo. ¿Quiere que lo acompañe a ver a su amigo Marino?

–¿Cómo está?

–Le engañaría si le dijera que las cosas van bien –respondió la doctora con aire serio.

–¿Ha tenido más ataques? –preguntó Alvaro.

–Hemos llegado a quince. El último, hace seis horas. Podría morir en cada uno de ellos, pero después se recupera.

–¿Ha salido del coma? –preguntó ansioso el policía.

–Es algo extraño. Durante las crisis cardíacas, Marino parece reaccionar de modo consciente, pero, en cuanto el ataque termina, pierde el control de sus facultades mentales.

–O sea que se da cuenta…

–Desgraciadamente sí, y le confieso que me apena verlo sufrir de esa manera. Incluso ha intentado arrancarse el tubo del oxígeno.

–Significa que… –preguntó el policía, pero la mujer lo interrumpió.

–No, Alvaro. Sé lo que iba a decir. No podemos saber cuál es su voluntad y en cualquier caso no podemos decidir nosotros.

Llegaron en silencio a la unidad de reanimación. La puerta de la habitación de Marino estaba entornada. Se filtraba luz desde la habitación iluminada por un débil fluorescente colgado de la pared sobre de la cama.

Marino yacía inmóvil bajo las sábanas. Estaba palidísimo. Tras haber comprobado el nivel del suero y el monitor cardíaco, Elisabetta puso sus dedos sobre la muñeca de Marino para tomarle el pulso. Le levantó delicadamente los párpados. Por último, comprobó que el tubo del respirador estuviera bien conectado y que la máquina funcionara correctamente.

–Está todo bien –dijo mirando a Alvaro–, en este momento su colega está tranquilo. Con el fármaco que le hemos suministrado no tendría que tener problemas. Ya sabe dónde está el timbre. Cuando acabe, llámeme –la mujer hizo una anotación en la carpeta colgada a los pies–. Ahora los dejo solos –y salió de la habitación con una amplia sonrisa que Alvaro no pudo devolver.

90

La hemorragia se había detenido. Con una tira de tela arrancada de la camisa, Meri se había vendado la mano apretando fuerte sobre los dedos amputados. Los muñones latían. Con la mano sana, había recogido del suelo las falanges cortadas y llenas de sangre reseca y se las había guardado con cuidado en el bolsillo de la camisa. Esperaba que pudieran reimplantárselas, pero sabía bien que cuanto más tiempo pasara allí abajo, menos posibilidades habría de llevar a cabo la operación.

La herida de la cabeza había dejado de sangrar aunque todavía le provocaba pinchazos lacerantes. La rodilla estaba hinchada y dolorida. La distensión de los tendones no le habría permitido fácilmente ponerse en pie. Una de las manos tenía un corte que la atravesaba desde el dorso hasta la palma, además de las dos falanges amputadas. Sólo llevaba encima una camisa rasgada, el sujetador y las bragas. Tenía frío.

Aquel asqueroso agujero subterráneo podía convertirse realmente en su tumba. Suplicó a Dios que le diera una muerte sin más sufrimiento.

Un traqueteo llamó su atención.

En la penumbra, se dio cuenta de que Fosco hacía extraños movimientos contra el muro. Trató de acercarse. El setter estaba intentando arrancar de la pared la placa de hierro que sujetaba la cadena que le tenía aprisionado el tobillo. Los molares del perro habían hecho presa en un perno que sobresalía de la pared y parecía que estaba a punto de ceder. Fosco tenía la boca herida y ensangrentada pero seguía tirando con todas sus fuerzas del gran tornillo. Tras una serie de sobrecogedores crujidos, el perno cedió. El setter cayó hacia atrás emitiendo un gemido.

–¡Vamos, Fosco! No abandones ahora. Tienes que conseguir sacar también el otro.

El perro se volvió a levantar y tambaleándose fue a olisquear sus propios dientes en el suelo.

–Vamos, bonito, arranquemos también el otro –lo incitó la mujer.

Después se sentó, cogió con la mano la cadena a la altura del tobillo y empezó a tirar con fuerza. La placa fijada en la pared sólo con un tornillo y ya separada de ésta varios centímetros, giró ciento ochenta grados.

–Ayúdame, Fosco, por favor, te lo ruego.

El setter se volvió a acercar al muro, metió el hocico por un lado y mordió el borde de la placa colocando las fauces entre la pared y el hierro. Empezó a tirar con toda la energía que le quedaba gruñendo y jadeando. El pico de la placa atravesó el paladar del perro como la hoja de un cuchillo. Pero el setter no soltó la presa. Cuando la placa de hierro se soltó del muro Meri tuvo la sensación de que Fosco estaba gritando. La mujer salió despedida hacia atrás y se golpeó la cabeza fuertemente. Gritó de dolor mientras la cadena le rebotaba en el pecho. El setter se derrumbó en el suelo. Un profundo corte en un lado del hocico dejaba ver los restos del arco superior de los dientes, fracturado en dos puntos.

Se tumbó y apoyó la cabeza en el suelo. La columna vertebral estaba irremediablemente dañada. A cada espiración, expulsaba un chorro de sangre. Las patas traseras se estremecían con temblores. Ya no gemía y había dejado de jadear. Un velo se deslizó por sus ojos. Buscó la mirada de Meri. Ella se arrastró hasta el animal, le puso una mano en la cabeza y lo acarició. Un último borbotón de sangre salió de la boca del perro. Después el pecho dejó de moverse y las patas se bloquearon. El corazón también se paró. Meri le cerró delicadamente los ojos y apoyó la cabeza sobre su pecho.

91

El soplido sordo y rítmico del respirador parecía una cuenta atrás. Marino no mostraba ningún signo de vida. Su cara se veía cansada, marcada por el dolor, incluso tensa. Tenía los músculos contraídos y la mandíbula aprisionaba el tubo del oxígeno. Sus manos, violáceas ya, habían tomado la forma de una garra. Marino ya no estaba en coma profundo. Aunque no consiguiera coordinar movimientos, su cabeza estaba allí.

Alvaro se le acercó. Puso una mano sobre la de Marino. Estaba caliente, hirviendo casi. Tras tomar aliento, empezó a hablarle en voz baja.

–Hola Marino, soy Alvaro. Querría poder ayudarte de alguna manera. Haría lo que fuera por ti… si sólo supiera el qué.

Se sentó en la cama.

–Primero tú, luego Richard. Las personas cercanas a mí se están yendo todas. Es como si estuvieran huyendo y yo no fuera capaz de detenerlas, de protegerlas. Se van sin decir nada, sin darme explicaciones, sin esperanza. Todo lo que ha pasado ha aumentado mis ansiedades, mis inseguridades. He desafiado a la muerte y he perdido siempre. He creado un vacío a mi alrededor. Hoy también yo estoy muerto, pero estoy cumpliendo una condena…

Alvaro cerró los ojos y sintió las lágrimas caerle por las comisuras de la boca. Fue entonces cuando la mano de Marino se movió.

Un movimiento casi imperceptible. Los dedos se levantaron unos milímetros y volvieron a caer.

Alvaro se quedó sin respiración. No estaba seguro de que hubiera sucedido realmente.

El dedo corazón y el índice de su amigo se levantaron de nuevo. Abrió los ojos de par en par. Y su mirada se cruzó con la de Marino.

Tenía los ojos abiertos.

–¡Marino! ¡Marino! ¿Me oyes? ¿Puedes verme? ¡Oh Dios, te lo ruego! Estoy aquí, estoy aquí, a tu lado…

Las piernas de Marino empezaron a temblar. Primero suavemente y después cada vez más fuerte. El temblor se extendió hasta las manos aumentando de intensidad.

Alvaro comprendió que estaba a punto de sufrir otro ataque al corazón. Pero esta vez era distinto: Marino estaba consciente.

Le tomó las manos, se las apretó contra el pecho.

–Por favor, Marino, dime qué tengo que hacer, házmelo entender.

Marino movió ligeramente los ojos hacia él. A Alvaro le dio un vuelco el corazón. Después la mirada del amigo se desplazó. Un movimiento casi imperceptible hacia el tubo del respirador.

Alvaro miró de nuevo a su amigo.

Los párpados de Marino se cerraron lentamente y con gran esfuerzo se reabrieron.

Alvaro entendió.

Con los ojos llenos de lágrimas le acarició la frente. Después se acercó al respirador y desconectó los cables de alimentación. El respirador mecánico se detuvo inmediatamente y un pitido se propagó por la habitación. Antes de que Marino empezara a tener espasmos, le sacó el tubo de la boca, cogió una almohada y se la puso sobre la cara. Acto seguido apoyó encima las dos manos y apretó con todas sus fuerzas. El cuerpo de Marino se contrajo un par de veces. Después se quedó inmóvil. En el monitor apareció una línea verde continua. Se disparó otra señal acústica.

Alvaro levantó la almohada. Los ojos de Marino todavía estaban abiertos, pero en su mirada por fin había paz. El policía le pasó una mano por la cara. Le cerró la boca y los ojos. Cogió sus manos y las cruzó sobre el pecho. Se arrodilló junto a la cama y apoyó la cabeza sobre la almohada al lado de la del amigo.

A los pocos instantes la doctora Tondelli entró jadeando en la habitación junto con la enfermera jefe y dos enfermeros. Encontró a Alvaro aún en esa posición, abrazado a Marino.

92

Era de noche.

Ya no se filtraba luz por las tablas del techo. El viento azotaba las copas de los árboles.

Meri, arrastrando la pesada cadena atada al tobillo, había conseguido llegar a las escaleras. Había intentado abrir la trampilla de varias maneras, empujándola hacia arriba primero con los hombros, después con la espalda y finalmente con los pies. El panel de madera no se había movido ni un centímetro. Evidentemente Mammiferi había colocado un peso encima de la trampilla, quizás un mueble. Durante horas la mujer había inspeccionado cada rincón de ese angosto zulo buscando una salida. La única solución posible era esperar a Mammiferi y cogerlo por sorpresa. El hombre no habría podido imaginar de ninguna manera que ella hubiese podido soltarse, pero en una lucha cuerpo a cuerpo habría tenido las de ganar. Tenía que golpearle ella primero sin darle tiempo a reaccionar.

Recogió la cadena junto a ella y se agachó debajo de la trampilla escondiéndose bajo la escalera.

Oyó a Mammiferi cuando entraba en la cabaña. Cogió lentamente la cadena apretando los eslabones como si empuñase un bate de béisbol. Después oyó un ruido de pasos y el chirriar de un mueble contra el suelo. Un perímetro cuadrado de luz se filtró por la trampilla. El crujido del cerrojo la sobresaltó. Mammiferi levantó la puerta de la trampilla haciendo rechinar las bisagras. Entonces la apoyó en el suelo. El haz de luz de una linterna cortó la oscuridad del subterráneo. En los escalones más altos aparecieron los pies del hombre. Meri permaneció inmóvil, detrás de la escalera, aguantando la respiración. Vio pasar primero las botas, después los pantalones verdes, finalmente la espalda. Mammiferi bajó despacio los escalones abriéndose camino con la linterna. En la otra mano llevaba un hacha.

Meri se puso de pie, levantó la cadena, cogió impulso con los brazos desde atrás y golpeó a Mammiferi por detrás con todas sus fuerzas. El final de la cadena se abatió sobre la cabeza del hombre. Los huesos del cráneo crujieron. La placa de hierro se clavó en la bóveda craneal, un poco por encima de la nuca, haciendo estallar una nube de sangre. Mammiferi gritó de un modo inhumano y cayó golpeándose la cara contra el suelo. Meri cayó a su vez siguiendo la inercia de la cadena, todavía atada a su tobillo. La linterna que el hombre tenía en la mano saltó unos metros y fue a caer frente a él, iluminándolo. Meri tumbada a su lado, vio que estaba agitándose con furia, intentando sacarse de la cabeza la placa de hierro. Maldecía y repetía frases incomprensibles. El hacha estaba a pocos centímetros de él. Meri se tiró sobre la espalda del hombre para alcanzarla. En el mismo instante él también intentó coger el arma estirando un brazo. Fue la mujer quien la aferró primero, pero con la mano herida. Cuando empuñó el hacha Meri lanzó un grito de dolor. Fue como si una fiera estuviera hundiendo las fauces en su mano. Cerró los ojos, apretó los dedos sanguinolentos alrededor de la presa y asestó un golpe a la cara del hombre. La hoja le cortó de lleno la nariz y parte de la mejilla, abriendo una brecha hasta la oreja. Mammiferi se llevó una mano a la cara y los dedos se hundieron en la carne viva. Meri no le dio tiempo a recuperarse. Levantó una vez más el hacha y asestó una serie de golpes en el hombro, el pecho y el cuello del hombre. Por último, con un grito inhumano, le clavó el hacha en la frente.

Luego, el silencio.

Mammiferi se desplomó en el suelo con el hacha plantada entre los ojos y las pupilas completamente dilatadas. Su cuerpo, cubierto de sangre, vibraba. Después paró.

Dejó de respirar.

Meri se arrastró unos metros más allá. Tenía sangre por todo el cuerpo. Durante la pelea, el sujetador se le había roto y la camisa, hecha trizas, sólo llegaba a cubrirle el lado izquierdo del pecho. Se palpó el bolsillo y descubrió que había perdido las falanges amputadas. Después se pasó una mano por el pelo y tocó un trozo de carne blanda. Era la nariz de Mammiferi. Quería salir de ese infierno lo antes posible, pero todavía tenía un pie encadenado. La placa de hierro estaba incrustada en el cráneo de Mammiferi. Gimiendo de dolor, levantó en el aire la pierna y empezó a tirar con fuerza. Después de algunos tirones, el hacha cayó al suelo y la placa se soltó del cráneo con un ruido metálico. Meri la recuperó recogiendo hasta ella la cadena e intentó ponerse de pie. Al tercer intento consiguió hacer palanca con la pierna libre y se levantó. Se tambaleó hasta llegar a la escalera. Se agarró a los escalones y empezó a subir lentamente.

Un olor nauseabundo penetró en la nariz de Meri cuando llegó al piso de arriba. Se tapó la boca con una mano. La oscuridad casi total le impedía orientarse. Sólo gracias a un hilo de luz en el suelo encontró la puerta de salida. Con pequeños pasos, sosteniendo con dificultad los eslabones de la cadena, se dirigió hacia la puerta. Algunas moscas revoloteaban sobre su cabeza. El hedor era insoportable. Parecía proceder de la descomposición de un cadáver. Meri intentó no prestar atención. Su único objetivo era marcharse lo antes posible. La puerta era de hierro, de muchas láminas, con la superficie lisa. Encontró la cerradura. Ni rastro de las llaves. Intentó en vano abrirla. Entonces empezó a tirar del picaporte hacia sí y después a empujarla con fuerza. No había nada que hacer. La puerta era blindada y estaba sellada. Meri dio un puñetazo contra la lámina de hierro haciendo retumbar un gong siniestro.

–¡Socorro! ¡Socorro! Estoy encerrada aquí adentro. Por favor ayúdenme –empezó a gritar. Pero nadie respondió. Se apoyó en la pared y se dejó caer hasta el suelo. Sollozando, se cogió la cabeza entre las manos.

Sólo había un modo de abrir esa puerta: encontrar las llaves. Y sólo podía tenerlas Mammiferi. Meri sintió un escalofrío sólo de pensar que tenía que volver al subterráneo a hurgar en los bolsillos del hombre. No tenía elección. Recogió de nuevo la cadena y se encaminó hacia la trampilla. A pesar de la rodilla lesionada apretó el paso pero, en la oscuridad, perdió las referencias. Su pie fue a chocar con un obstáculo. La cadena se le resbaló de las manos y cayó hacia delante. La peste a cadáver era insoportable. Meri se dobló hacia delante apretando los dientes por el dolor de las articulaciones, contuvo la respiración y estiró la mano. Sus dedos tocaron el contorno de una cara humana. La mujer gritó y apartó el brazo. Un enjambre de moscardones revoloteó por encima de ella, rozándole el pelo. En otro momento Meri habría tratado de identificar el cadáver. Pero ahora sólo quería escapar. Expulsó una gran bocanada de aire y se alejó rápidamente. Volvió atrás. Arrastrando la cadena, se puso a gatas para evitar caerse al agujero de la trampilla. Avanzando a cuatro patas llegó al borde de la abertura y encontró las escaleras.

Algo raro ocurría.

El subterráneo estaba completamente a oscuras mientras que Meri recordaba bien que, cuando había subido, la linterna de Mammiferi estaba todavía en el suelo, encendida. Justamente gracias a ese débil haz de luz ella había encontrado la salida. El tiempo que había pasado intentando abrir la puerta de la cabaña había sido demasiado breve como para que las pilas de la linterna se hubieran podido gastar. En ese momento Meri recordó haber oído un ruido mientras pedía ayuda.

Ni siquiera tuvo tiempo de moverse. La luz de la linterna se encendió de repente a su espalda. Antes de que Meri pudiera volver la cabeza, una patada le golpeó un costado. Después otra, fortísima, entre las piernas. Una tercera patada le alcanzó la cara. Lanzada hacia atrás, cayó en el agujero con un grito sobrecogedor. En la caída la cadena se enganchó en los escalones y le fracturó un tobillo.

–¡Vuelve a tu cloaca, puta! Ése es tu sitio –gritó desde arriba de la escalera con voz ronca y rabiosa. A pesar de los cortes en la cabeza y el cuello y los tajos de la cara, estaba vivo y había vuelto en sí. Tenía la cara desfigurada y descarnada con huesos, nervios y músculos a la vista.

En las manos, cubiertas de sangre, además de la linterna, empuñaba de nuevo el hacha.

Bajó las escaleras y se detuvo al lado de la mujer, apuntándole con la luz a los ojos.

–No creas que vas a lograr una muerte rápida –graznó–, te dejaré pudrirte poco a poco… como tu amigo de ahí arriba. Ese gilipollas se dejó cazar como un conejo en la madriguera. Pensaba que se había escondido en los matorrales y yo estaba detrás. Lo degollé como a un cerdo y después lo arrastré hasta aquí dentro. Le arranqué la lengua y los ojos y después dejé que se desangrara en el suelo.

–Es… estás loco, u… un loco maníac… –dijo Meri sollozando.

–¿Loco yo? –rebatió Mammiferi–, si yo estoy mal de la cabeza seguro que alguien lo está más que yo…

–Q… que di… –tartamudeó ella.

–Por ejemplo, el dueño de esto –dijo el hombre sacando del bolsillo de los pantalones una pequeña bolsita de plástico cerrada con papel adhesivo–. Es la parte de la historia que no te he desvelado todavía.

Meri volvió la cabeza para observar el paquete. Ese sencillo movimiento desencadenó la furia de Mammiferi. Levantó el hacha y la clavó en un costado de la mujer a la altura de un riñón. Después la desclavó y se puso a mirar complacido la herida.

–Te contaré el misterio de este saquito y de su propietario. Si consigues aguantar, antes de morir conocerás los secretos del asesino, pero si te vienes abajo o pierdes la consciencia no sabrás nunca la verdad.

–¡Aquí está! –empezó Mammiferi desechando el envoltorio–, mira bien. Este pequeño objeto es la prueba de que en esta historia hay muchos maníacos asesinos...

Meri sentía que se desmayaba. Intentó concentrarse en las palabras y los gestos de Mammiferi. Quería conocer a toda costa su secreto.

El hombre metió una mano empapada de sangre en la bolsita y sacó un anillo. Tenía la montura de plata. Engastado había un blasón de color, una especie de escudo dividido en dos partes, una roja y otra azul, rematadas por una corona de laurel. En el centro había un símbolo.

–¿Lo ves? –dijo Mammiferi acercándolo a la cara de la mujer mientras lo iluminaba con la linterna.

93

Alvaro seguía con la mirada las estelas tortuosas que las gotas de lluvia dibujaban en el cristal.

No se había sentado nunca en el asiento trasero de una patrulla móvil de la policía. Ése era el sitio de los criminales y de los drogadictos. Pero en ese momento Alvaro no se sentía sucio. Había hecho lo que Marino le había pedido. Lo había liberado de un futuro de sufrimientos, humillaciones, soledad y miradas piadosas. Una vida de prisionero, demasiado parecida a la que él mismo sentía que vivía. No sentía remordimientos. Esperaba que mañana alguien desconectara también «su enchufe».

La doctora Tondelli había sido comprensiva. Le había dado a entender que estaba dispuesta a encubrir su gesto. Pero la suya había sido una elección, una especie de obligación moral para con su amigo. Y no se avergonzaba. Por eso le había pedido que avisara a la jefatura.

La patrulla avanzaba rápidamente hacia el centro de Bolonia. Los dos agentes que vigilaban a Alvaro evitaron hacerle preguntas y mantuvieron un respetuoso silencio durante todo el trayecto. No encendieron las luces ni la sirena. Por la ventanilla, Alvaro vio pasar las farolas del puente de la estación ferroviaria, las sombras de los árboles desnudos del parque de la Montagnola, los arcos de los soportales de la calle de la Indipendenza. Miró a los vagabundos y emigrantes intentando encontrar un rincón seco para pasar la noche.

Calle Agresti, la entrada nocturna de la jefatura. El coche llegó en pocos minutos. Antes de bajar, Alvaro se quedó algunos segundos mirando la entrada a través del cristal. El rótulo luminoso blanco y azul con la inscripción –Policía– se iba deshaciendo, arrastrado por la lluvia, por los ríos del cristal. Parte de su vida se estaba escurriendo junto con esas gotas que marcaban su cara como lágrimas.

94

Se despertó sobresaltada. ¿Qué había pasado? ¿Dónde estaba? Temblando, Meri se llevó una mano atrás, a la espalda, y rozó la profunda herida. La hemorragia había parado pero había perdido mucha sangre. La cabeza le daba vueltas. No tenía fuerzas, incapaz de moverse. Se esforzó por recordar lo que Mammiferi le había revelado. Volvió a pensar en Alvaro y en cómo habría recibido esas noticias. Después una idea la llenó de pánico: ¿dónde estaba el asesino?

Un débil haz de luz iluminaba un gajo de suelo a algunos metros de sus pies. Las pilas se estaban acabando.

Estiró la pierna para cogerla, pero el dolor le cortó la respiración. El tobillo todavía estaba atado a la cadena, encajada en los últimos peldaños de la escalera y le impedía todo movimiento. Tras diversos intentos, con el otro pie, consiguió rozar la linterna y orientarla hacia ella. Meri volvió la mirada y no pudo contener un grito.

El círculo luminoso estaba apuntando a la cara desfigurada de Mammiferi. El hombre estaba en el suelo, muy cerca de ella, la cabeza apoyada en el suelo y la boca de par en par. No daba señales de vida.

El hacha seguía allí.

Casi en apnea, Meri extendió la mano hasta alcanzar el cuello del hombre. Apoyó con delicadeza las yemas del índice y del corazón bajo la barbilla presionando la yugular. No había pulso. Puso la mano sobre la cara, la apretó sobre la boca y sobre la nariz hundiéndola en los tejidos de carne desgarrada. Permaneció algunos minutos en esa posición. El hombre ya no respiraba.

Mammiferi había muerto. Las graves heridas de la cabeza, los pulmones y el cuello habían sido fatales, a pesar de haber logrado recuperar momentáneamente las fuerzas. Había muerto agonizando mientras ella estaba inconsciente. El monstruo había acabado, pero la trágica historia de la que había sido protagonista, no. Meri sabía que habría continuado. Sólo tenía que encontrar la manera de salir viva de aquel bosque.

De repente la linterna cedió y la oscuridad se cernió sobre la habitación. Meri intentó alejarse del cadáver de Mammiferi, arrastrándose por el suelo. La cadena le pegó un tirón en la pierna. Se dio cuenta de que no sería capaz de levantarse. Además la herida de la espalda volvía a sangrar.

Meri se sentía cada vez más débil. Tenía ganas de rendirse.

Cerró los ojos.

Después, oyó una voz.

–¡Atención! *India cuarenta y cuatro, repito, India cuarenta y cuatro. Los del helicóptero han avistado algo. Cambio.*

–*Aquí Creta veintiuno. ¿De qué se trata, India cuarenta y cuatro? Cambio.*

–*Aquí India cuarenta y cuatro. Una superficie de metal o algo que refleja los rayos del sol. Está en medio de la vegetación, setenta y uno al sur y dieciocho al oeste. Están buscando un sitio para descender. Pido autorización para una inspección. Cambio.*

–*Aquí Creta veintiuno. De acuerdo India cuarenta y cuatro, hazlos bajar pero tenme informado. Cambio.*

–*Recibido Creta veintiuno. Procedemos. Aquí India cuarenta y cuatro, cambio y corto.*

Meri

95

–¿Puede hablar? –preguntó Postiglione.

–Hasta esta mañana no la hemos podido trasladar de la unidad de reanimación –precisó la doctora Tondelli–. Sería mejor dejarla descansar un poco más.

–Tengo que pedirle un esfuerzo –dijo el jefe de la móvil–. Hemos perdido una semana y corremos el riesgo de comprometer la investigación.

–Está bien –suspiró la doctora–, pero sólo media hora, ¿entendido?

Meri había sobrevivido. El equipo especial de la policía había conseguido entrever, desde el helicóptero, la cabaña en medio del bosque. Fue ella quien les dio a los agentes las coordenadas para encontrarla. En un bolsillo de los pantalones de Mammiferi había encontrado un transmisor, tras oír las comunicaciones de radio del helicóptero con la base.

En coma, la habían trasladado en helicóptero al Hospital Maggiore de Bolonia, el único disponible en ese momento para operaciones de urgencia. Allí había sido sometida a distintas intervenciones quirúrgicas y a numerosas transfusiones de sangre.

En la cabaña la policía había encontrado los cadáveres de Mammiferi y del inspector Oscar Latini, además del cuerpo del perro.

245

Los análisis científicos del hacha encontrada en ese subterráneo revelaron numerosos rastros de sangre. Además de la de Meri los expertos habían conseguido aislar restos de sangre de Oya, Jeanette y Sophie. El ADN de Mammiferi resultó ser el mismo que el hallado en los rastros hemáticos del callejón de los Mattuiani en la noche del homicidio de Sophie. En el refugio encontraron también varios tipos de cuchillos, bastones, cuerdas, un tanque de ácido acético y guantes de goma. Pero lo que más llamó la atención de los investigadores fueron algunas viejas fotos en blanco y negro de un niño rubio, halladas en una caja. Estaba pálido, delgadísimo y con la mirada aterrorizada. Se encontraba en un lugar oscuro muy parecido al subterráneo de esa cabaña.

96

Gabriele Postiglione entró en la habitación. Iba acompañado por Enrico Peragine, el jefe del gabinete de la jefatura de Arezzo.

–Buenos días, Meri, ¿cómo se encuentra? –preguntó este último acercándose a la cama de la mujer.

Meri sonrió levemente. A pesar de la pierna escayolada y de los vendajes en la cabeza y en una mano, su estado general era bueno. Los médicos no habían disimulado su asombro ante su capacidad de recuperación.

–¡Bueno… jefe! –dijo Meri con un hilo de voz–, no estoy mal…

–Me alegro mucho –respondió Peragine–. Recupérese pronto. En la jefatura la echamos todos de menos. Necesitamos gente como usted. Estamos todos orgullosos de lo que ha hecho. La dejo en compañía del colega Postiglione, jefe de la brigada de Bolonia. Tiene que hacerle algunas preguntas. La investigación de los homicidios es conjunta y se llevará a cabo en primera instancia desde Bolonia. Así lo han decidido los jueces.

–Pero… –dijo Meri–, Oscar ha…

–Sí, desgraciadamente no se pudo hacer nada. Los agentes lo encontraron ya muerto. Los funerales se realizaron hace algunos días. La familia de Oscar me pidió que la felicitara.

Los ojos de Meri se llenaron de lágrimas. Peragine le tomó la mano.

–Meri, usted no tiene nada que reprocharse. Éste es nuestro trabajo.

El funcionario de policía sonrió forzadamente, retiró la mano y se alejó de la cama. Antes de abandonar la habitación se volvió.

–Casi se me olvida. Su ex marido, Pederzoli, estaba muy preocupado por usted. Me pidió también que le dijera que le gustaría mucho verla cuando se haya recuperado.

Postiglione cogió una silla y se sentó junto a la cama de Meri.

–Lamento muchísimo tener que molestarte en un momento como éste, pero tus declaraciones son fundamentales para la investigación. Tú eres la única que ha podido hablar con el asesino. Intentaré no cansarte. Por cierto, yo me llamo Gabriele, ¿te importa que nos tuteemos?

Meri suspiró.

–Como quieras…

–Bien. Por los exámenes hechos por la científica en los objetos pertenecientes a Mammiferi, hay muchas probabilidades que el sujeto en cuestión sea el homicida de las modelos asesinadas en Bolonia, e incluso el de Latini. En su contra existirían graves pruebas recogidas…

–Escucha… –lo interrumpió Meri–. ¡Mammiferi es el asesino! Yo… yo no creo que tenga fuerzas para seguir tus… razonamientos. Puedo intentar… y recordar lo que Mammi… feri me dijo y contártelo.

–¡Muy bien! –dijo Postiglione sacando de la chaqueta una pequeña grabadora–. ¿Te importa si lo grabo?

Meri no respondió. Permaneció en silencio con los ojos cerrados. Después cogió aire y empezó:

–… Mammiferi era el hermano mayor de Richard Gallo. Su madre, Nicole-Marie Laval, dio a luz a Rinaldo cuando tenía treinta y dos años. Éste era el verdadero nombre de Gallo, ¡Rinaldo Mammiferi! Pero el pequeño no era hijo de Ercole, marido de la mujer y padre de Teodoro, sino del abuelo Amleto. El viejo Mammiferi empezó a violar y a abusar de la joven Nicole pocos años después del nacimiento de Teodoro. La pegaba y la amenazaba con matarla si le contaba algo al hijo. Su esposa Isidora, una mujer dulce, pero débil y enferma, a pesar de saberlo todo, no tuvo jamás la fuerza de rebelarse. La tragedia se consumó el día del parto. Nicole-Marie murió al dar a luz a Rinaldo. En el momento de la muerte le confesó a Ercole las violaciones sufridas por Amleto. Ercole, desolado, reveló al hijo Teodoro, que entonces tenía trece años, que el pequeño no era su hermano sino un bastardo y que su madre había muerto por culpa de su abuelo. Por eso tenían que vengarse.

Mientras tanto escondieron al bebé diciendo que había muerto. Ercole enterró a Nicole-Marie en el cementerio de Cortona y grabó el epitafio en su lápida. En esas pocas líneas concentró toda su rabia y su locura.

Una noche Ercole salió de casa. Se coló en la casa de sus padres, cogió una vieja escopeta del padre y entró en su dormitorio. Amleto estaba durmiendo. A su lado la mujer Isidora. Ercole metió el cañón de la escopeta entre los dientes del viejo y disparó, destrozándole el cráneo. Después volvió a cargar el arma y disparó a la madre en el pecho. Entonces volvió a casa, despertó a Teodoro y lo llevó a casa de los abuelos para mostrarle lo que había pasado.

«–Ahora mamá resucitará y nadie podrá hacerle daño –le dijo al hijo–. Yo me tengo que ir. Mañana, cuando te despiertes, serás un hombre. Ocuparás mi lugar y tendrás que defender el honor de tu madre. Ella te quiso mucho... no permitas a nadie ni a nada oscurecer su recuerdo. Ni siquiera a Rinaldo...»

Fue la última vez que Teodoro vio vivo a su padre. Al día siguiente lo encontró ahorcado en la escalera de caracol del caserío de los abuelos.

–¡Joder! Ese chico se quedó solo... –intervino Postiglione.

Meri suspiró.

–Teodoro desahogó todo el odio que tenía dentro contra su hermano Rinaldo. Lo tenía escondido en casa, se divertía humillándolo y lo aterrorizaba con historias de monstruos y fantasmas nocturnos. Le hizo creer que quien mató a los abuelos y al padre fueron unos muertos vivientes que se habían escapado del cementerio de Cortona y que esos demonios habrían vuelto también a por él. Que esperarían a que se hiciera de noche. El pequeño Rinaldo creció con fobia a la oscuridad. Teodoro lo obligaba a dormir en la oscuridad total, apagando todas las luces. Cuando el niño cumplió ocho años, su hermano construyó esta cabaña en medio del bosque. Excavó el agujero subterráneo, encerró a Rinaldo y lo encadenó a la pared –prosiguió Meri.

–¡Mierda! –imprecó Postiglione–. Quieres decir que esa especie de caverna...

–S... sí –retomó Meri–. Fue la prisión de Gallo durante más de cuatro años. Vivió meses y meses a oscuras, atado como un perro. La reclusión alteró gravemente su desarrollo mental. Teodoro había adquirido la costumbre de fotografiar a su hermano dentro del agujero y llevar las fotos al cementerio, a la tumba de la madre. Le mostraba cómo trataba a ese hijo bastardo para hacerle justicia. Estaba defendiendo su honor. Como le había encargado el padre.

–Ya. Está claro de quién son las fotos que hemos encontrado en el agujero.

–Encontraréis más en un nicho de la pared junto a la lápida de Nicole-Marie Laval en el cementerio de Cortona –añadió Meri–. Si revisáis el aparcamiento deberíais encontrar también el Ford Transit rojo de Mammiferi. Me dijo que lo había dejado allí.

Entonces se estremeció.

–Si estás cansada podemos seguir mañana.

–¡No, no! quiero contarlo todo... Tanto Teodoro como Rinaldo habían cruzado la línea de la locura. Teodoro se había vuelto cínico, violento, despiadado. Rinaldo, por el contrario, fóbico, ausente, alienado. Su relación era de verdugo-víctima. Teodoro había acabado identificándose incluso con el abuelo Amleto. Rinaldo no conseguía escapar a la autoridad del hermano y hacía todo lo que le pedía. Para él era como un padre. Lo amaba y no lo habría traicionado jamás.

Cuando Rinaldo tenía doce años sucedió lo irreparable.

Teodoro apareció en el subterráneo con una chica desnuda, atada de pies y manos, amordazada con cinta, con heridas y hematomas por todo el cuerpo. La chica lloraba y se debatía. Mammiferi la golpeaba con una barra de hierro mientras Rinaldo observaba la escena petrificado.

«–Ves cómo son las mujeres –gritaba Teodoro–. No respetan las reglas. Intentan jugártela, siempre.»

Después de darle una paliza de muerte, la violó ante los ojos desorbitados del hermano. Después le obligó a hacer lo mismo.

«–¡Ahora te toca a ti!» –le ordenó abriéndole las piernas a la víctima. Y él lo hizo. Gritando, llorando, entre los gritos de aprobación de Teodoro.

La chica murió en los brazos de Rinaldo. Él no reaccionó. Las piernas recogidas en el pecho, la cabeza entre los brazos, se quedó encogido en un rincón, gimiendo.

Fue entonces cuando Teodoro le dijo:

«–Así murió tu madre. La violó el abuelo. Amleto Mammiferi es tu verdadero padre. Tú eres hijo de la violencia, de la furia humana, del deshonor. Ahora conoces la verdad. ¡No ofendas nunca la memoria de mamá!»

Postiglione tenía sudores fríos. La narración de Meri cortaba la respiración. Se avergonzó de la superficialidad con la que había cerrado el caso y de cómo se había comportado con Alvaro.

–Pero Rinaldo, ¿cómo llegó a transformarse en Richard Gallo?

–Ha... hay un período de la vida de Rinaldo del cual nadie sabe nada. Tras el homicidio de la chica, Teodoro decidió liberar a su hermano. No se sabe lo que hizo éste entonces. La única que, quizás, habría podido desvelar el misterio, era Camilla Castelli, una periodista de Rímini que conoció a ambos. Pero fue asesinada hace unos días en el lago Trasimeno. Mammiferi me confesó que la había estrangulado y después había tirado su cuerpo al lago.

–¿Por qué? –la interrumpió Postiglione–. ¿Quién es esta Camilla? ¿Qué tenía que ver con el asesino?

–Camilla –siguió Meri–, podría haber sido la primera persona que Rinaldo conoció tras la puesta en libertad. Ella por entonces llevaba una vida algo ambigua. En Rímini parece que frecuentaba un círculo de sexo, droga y prostitución de lujo. Estaba en contacto con políticos, empresarios, camellos, dueños de locales nocturnos, gente del espectáculo, policías corruptos. No sólo en Romaña sino también en Bolonia y en otras zonas de Emilia.

–¿Has dicho Bolonia?, ¿Te suena también un tal Widmer Zamagni?

–Sí, ya llegaremos. Camilla era homosexual pero, para obtener lo que quería, también iba con hombres. Al convertirse en una periodista del mundo de la moda, gracias a sus influencias, consiguió transformar a Rinaldo en un fotógrafo, primero de sucesos y después de moda. Fue ella quien lo introdujo en la heroína.

En el papel de Richard Gallo, aunque esclavo de la heroína, Rinaldo vivió una larga temporada de aparente tranquilidad. Trabajaba mucho como fotógrafo de sucesos y se había ganado el cariño y el respeto de muchos colegas y policías. Mientras tanto, su relación con Camilla cada vez se volvía más enfermiza, sobre todo cuando ella lo convenció para dedicarse a la moda. Para controlar sus movimientos, lo obligó a contratar como ayudante a un tal Paolo Giardini, un joven camello que trabajaba, como tapadera, en un gimnasio. Empezó a recomendarle modelos, chicas ingenuas con las cuales, a menudo tenía relaciones sexuales. Así Richard cayó en una grave crisis. Empezó a pincharse cada vez más para mantener alejados a los fantasmas de la oscuridad. Además, el continuo roce con chicas guapísimas reabrió viejas heridas. Hasta que reapareció el espectro más feroz: su hermano Teodoro.

La puerta se abrió de golpe. La doctora Tondelli entró con paso firme en la habitación de Meri.

–¡Ya basta! La señora D'Angelo necesita reposo y tranquilidad. Había dicho media hora. Señor, le ruego que salga.

–He... he sido yo quien le ha pedido al colega Postiglione que se quedase –dijo Meri.

–Ni hablar, lo siento –sentenció la doctora.

–¡Espere! –dijo Meri agarrándola por un brazo–. Si me impide sacar a la luz toda esta historia ahora, las heridas no cicatrizarán jamás.

La mujer permaneció unos segundos en silencio.

–Le concederé un poco más de tiempo. Espero no arrepentirme –cuando la puerta se cerró, el policía se acercó a la cama.

–Gracias Meri –dijo–. Eres una mujer valiente.

—Lo estoy haciendo por mí misma —rebatió ella molesta—. ¿Puedo continuar?

—Claro —murmuró Postiglione.

—Fue Richard quien presentó Camilla a Teodoro —siguió Meri—. Los dos hermanos no se habían vuelto a ver ni a hablar desde que se habían separado, en el bosque. En esos años Teodoro había violado y matado a otras mujeres. Prostitutas, perdidas o turistas extranjeras de las cuales nadie denunció nunca la desaparición. Richard se dejó convencer por Camilla para la llevara a Falsano. Ella quería conocer la casa en la que él había nacido y saber algo más de su pasado. Para Richard volver a ver al hermano mayor fue un golpe duro, un shock. Todos los miedos y fobias que había vivido de niño se volvieron a apoderar de él. Teodoro volvió a ser su verdugo. Además esta vez estaba Camilla, una figura femenina demasiado fuerte y demasiado ambigua para ambos. El encuentro entre ella y Teodoro fue un presagio de muerte. Ella entendió enseguida qué tipo de persona era Mammiferi dado que, por otra parte, él nunca le escondió la historia de su familia. Entre ellos dos se estableció una peligrosa complicidad mientras Rinaldo buscaba inútilmente refugio en la heroína. Durante dos semanas vivieron todos juntos en la villa de Falsano. Camilla y Teodoro se abandonaron a la droga y al sexo descontrolado. Después empezaron a llevar a la casa prostitutas, sobre todo extranjeras. Las drogaban y las pegaban para forzarlas a sus jueguecitos sádicos. Pero ninguna de ellas fue asesinada. Cuando volvieron a Bolonia, Teodoro hizo un pacto con Camilla. Ella le proporcionaría «chicas», y él le devolvería el favor con partidas de droga. De hecho, Mammiferi, en ese tiempo, había entrado en contacto con un gran traficante de la zona.

Volver a Emilia y volver a ser Richard Gallo fue para Rinaldo un balón de oxígeno. Pero el oxígeno se acabó pronto.

Al oír esa palabra Postiglione miró instintivamente la bombona que había junto a la cama de Meri.

—¿Va todo bien?

Meri hizo un gesto afirmativo con la cabeza y prosiguió.

—Al principio del verano llegó a Milán una chica turca de veintiún años. Se llamaba Oya Deborah Erdogan. Quería convertirse a toda costa en una modelo. En una revista femenina había leído un artículo de Camilla sobre los secretos del *backstage* durante los desfiles de moda. Así había decidido contactar con ella. Camilla la invitó a Rímini para conocerla. Envió a recogerla al aeropuerto de Bolonia a Paolo y a un tal Andy, un tipo que trabajaba en una discoteca de Bolonia propiedad de Zamagni. Mammiferi me lo describió como de los importantes en el mundo de la prostitución y de la droga, protegido por alguien de muy arriba...

Postiglione la interrumpió:

—Evidentemente sus protecciones se han ido al garete. Hemos metido a Zamagni en el trullo por intento de homicidio de un policía y por el asesinato de Andy, cuyo verdadero nombre era Andrea Corelli. Lo mataron con una sobredosis de heroína. Se divertía haciendo peliculitas con nuestro querido Paolo. También éste ha acabado entre rejas. Lo pillamos cuando intentaba largarse después del asesinato de Andy.

—Paolo y Andy —retomó Meri— presentaron a Oya a dos amigas suyas, Sophie y Jeanette, dos modelos francesas del estudio de Gallo.

—¡Sí, sí! Sophie Carbonne y Jeanette Bezier, ¡Las otras víctimas del asesino! —dijo Postiglione nervioso.

Meri elevó los ojos al cielo.

—Una noche Paolo, Andy, Oya, Sophie y Jeanette fueron a Rímini y pasaron la noche con Camilla en una discoteca. Una velada a base de coca, éxtasis y alcohol. Camilla lo había organizado todo. A la salida del local, según su plan, apareció un coche de los *carabinieri*. La única denunciada y fichada por posesión de droga fue Oya. Los nombres de los otros no quedaron ni siquiera registrados en el informe. Camilla tenía amigos también el en cuerpo... El arresto de los *carabinieri* dio su fruto. Como temía ser deportada a Alemania, Oya pidió ayuda a Camilla. La periodista la convenció de que la única salida para evitar la expulsión de Italia era la de desaparecer de la circulación por un tiempo. Alquiló a su nombre un coche en el aeropuerto de Rímini, se lo dio y le dijo que fuera a buscar a un amigo que vivía en Toscana: Teodoro Mammiferi. Él le daría alojamiento y... la mantedría escondida. Pero Oya era una chica espabilada e independiente. Cuando llegó a Falsano se olió algo raro. La casa de Mammiferi, que vio de lejos, estaba demasiado aislada y era siniestra. Así que volvió a coger el coche y continuó sin una meta concreta. Cuando llegó a Trestina, a pocos kilómetros de Città di Castello, se detuvo en la casa rural «Amigos y Vacaciones». Se quedó seis días en los cuales conoció y trató a más de una persona. Una de éstas era justamente Teodoro Mammiferi, pero ella no lo sabía.

»Preocupado porque no la había visto llegar, de hecho el hombre fue tras la pista de Oya y descubrió fácilmente dónde se había hospedado. Como sabía que la chica era desconfiada se había hecho pasar por un guarda forestal. Con una excusa, la paró en el pueblo y se ofreció para hacerle de guía en los bosques del valle. Oya siempre había encontrado un pretexto para evitar la invitación. Mammiferi no estaba dispuesto a aceptar el rechazo. Quería a toda costa a esa mujer. Ella, además, se veía con otros hombres y esto literalmente lo hacía delirar. Por eso decidió pedirle ayuda a Camilla que puso en marcha un proyecto diabólico y planeó un reportaje fotográfico en Cortona. Así puso en marcha a Richard, de cuya vida tenía ya el control absoluto, y a su ayudante. El equipo estaba compuesto por Gallo, Paolo, Andy, Sophie y Jeanette. Al grupo se uniría Oya, que Camilla había contratado para ese trabajo explicándole que sería su gran oportunidad para entrar en el mundo de la moda. Durante dos días trabajaron en un convento desacralizado en las colinas de Cortona. Mammiferi, que para Oya era aún un guardia forestal, asumió el rol de guía logístico y colaborador de la empresa turística.

»La última noche ocurrió lo irreparable.

»Richard y Camilla se instalaron en la villa de Mammiferi mientras Paolo, Andy, Oya, Sophie y Jeanette se alojaron en la suite del hotel cercano a Cortona. La coca y los gintonic subieron de tono a las modelos, pero en los hombres hicieron otro efecto. Paolo y Andy abusaron de las chicas aprovechándose de su momentánea torpeza y filmaron por turnos las escenas de violencia. Oya, que en comparación con las otras estaba más lúcida, intentó resistirse y pagó las consecuencias. Fue torturada y violada por ambos. Gritando y llorando, juró que los denunciaría. Paolo se asustó y pidió ayuda a Camilla. La periodista y Mammiferi se presentaron en el hotel y arrastraron a todos a la villa de Falsano. Encerraron a Sophie y a Jeanette, que mientras tanto se había dormido, en una habitación, y dejaron a Andy y a Paolo de guardia. Entonces llevaron a Oya a la torre. Todavía no sabían qué iban a hacer. Fue la chica, desgraciadamente, quien les sugirió a esos monstruos la solución. Fingió estar aún dormida, aprovechó el instante en el que tanto Teodoro como Camilla se estaban bajando del coche y echó a correr en dirección a los campos. Estaba segura de que no la alcanzarían. No había tenido en cuenta la presencia de los perros de Mammiferi. El pitbull, incitado por el dueño, se lanzó a su captura, la atrapó y la tiró al suelo. Mammiferi cogió un hacha y, mientras Oya todavía estaba en el suelo, le dio un brutal golpe en el tobillo cortándole un pie de cuajo. El perro agarró el miembro como un trofeo y se lo llevó a la caseta. Oya se desmayó.

»Cuando volvió en sí, estaba desnuda, encadenada a la pared del desván de la torre. La hemorragia del muñón del tobillo no había parado. Mammiferi y Camilla estaban frente a ella, de pie. La miraban con ojos diabólicos. Con gran valor, la chica primero les suplicó que llamasen a una ambulancia. Después, cuando por fin comprendió que no saldría viva de esa prisión, empezó a gritar y a maldecir. Los gritos desataron la ira de Mammiferi. La golpeó con pies y puños ensañándose con el pecho y los genitales. Finalmente la estranguló. Todo bajo la mirada de Camilla.

»Justo en ese momento llego también Richard. La visión de Oya atada al muro y agonizante lo dejó descompuesto. Se arrodilló ante el cuerpo de la chica y empezó a chillar. Después, gritando frases incomprensibles, se lanzó contra Camilla. Para la mujer no habría habido salida si Mammiferi no hubiera estado preparado para golpear en la cabeza a Richard y dejarlo sin sentido.

»A la mañana siguiente, Camilla, Richard, Paolo, Andy y las dos modelos salieron hacia Bolonia. Menos las chicas, todos lo sabían. Pero nadie abrió la boca. La matanza acababa de empezar.

Meri se detuvo un instante. Cogió el vaso de la mesilla y dio unos sorbos de agua lentamente. Postiglione seguía sin aliento.

–Por pura casualidad –prosiguió Meri–, justamente ese día, recién llegado a Bolonia, Richard se encontró con un viejo amigo policía: Alvaro Gerace. Estaba a punto de contarle todo. Pero, cuando el policía le confesó que estaba buscando un sitio tranquilo para unas vacaciones, cambió de idea. Le aconsejó el Valle Tiberino, y le dijo que fuera de su parte a la oficina de turismo de Cortona donde pensaba que habría podido incluso toparse con Mammiferi. Richard esperaba inconscientemente que, una vez allí, el policía pudiera parar definitivamente la furia homicida del hermano. Cosa de la que él jamás habría sido capaz.

»Así fue como Alvaro fue a Cortona.

»En la oficina de turismo ese día estaba precisamente Mammiferi. Pretendía persuadir al director de que se deshiciera de todo rastro de la presencia del equipo de Gallo en Cortona. Cuando oyó a Alvaro nombrar a Richard, sospechó. Mientras el policía estaba en la oficina, fue al aparcamiento y vio dentro del coche el pase que permitía aparcar en el patio de la jefatura de Bolonia. Dedujo que se trataba de un policía. Y decidió jugar con ventaja. Comenzó a seguirlo y se dejó descubrir. Entonces le propuso alojarlo en la villa que había sido de sus abuelos. Su intención era enterarse de qué sabía ese policía y si había ido allí por él. Además en su casa le sería más fácil controlar sus movimientos. Gerace aceptó.

»Esa noche Mammiferi y Camilla hablaron por teléfono. La mujer lo previno. Le dijo que Gerace gozaba de una excelente reputación y que en el pasado había trabajado también en Rímini. Decidieron que la situación se estaba volviendo peligrosa. Aunque ese policía no supiera nada, habría podido descubrir algo. Así que decidieron poner fin a toda la historia. Y lo hicieron a su manera, esparciendo sangre y dolor con un plan diabólico.

»Mammiferi dejó el cadáver de Oya en la torre, le dio a Gerace la dirección y desapareció de la circulación imaginándose que antes o después, el policía, al no volver a verlo, iría en su búsqueda. Mientras tanto tuvo bajo control casi todo el tiempo a Gerace. Pero una vez más hubo un imprevisto. Una mañana, uno de los perros de Mammiferi, que vivía en la villa de los abuelos, arrastró a Gerace hasta el bosque. El asesino comprendió enseguida que lo habría conducido a la cabaña escondida entre los árboles. Para que no lo descubrieran, llamó la atención del animal en el bosque y lo mató, dejando su cuerpo entre los matorrales. El sacrificio del perro aceleró sus planes. Gerace empezó a buscarlo para informarle de la muerte del perro. Cuando llegó a la torre, descubrió el cadáver de Oya. La primera parte del plan se había cumplido. Ahora se trataba de hacer recaer sobre Richard la responsabilidad del homicidio. Empresa nada sencilla. Primero, porque a ese policía le habría resultado algo más que extraño que su amigo Gallo le hubiera enviado justamente a la escena de un delito perpetrado por él mismo uno o dos días antes. Segundo, porque el crimen se había llevado a cabo en la propiedad de Mammiferi y era lógico que las investigaciones se centraran en el campesino. Pero nadie sabía que ambos eran hermanos y además Richard había participado unos días antes en aquel reportaje fotográfico y lo habían visto numerosas personas en esa zona. Además se sabía que Teodoro, como responsable de la logística, había puesto a disposición del equipo sus propiedades. Gallo, por lo tanto, habría tenido el tiempo, el lugar y los medios para matar a la modelo. Y la desaparición de Mammiferi habría podido significar dos cosas: o que también a él lo habían asesinado y destruido u ocultado su cuerpo para desviar las investigaciones, o bien que había huido por temor a ser incriminado. Arrestado Richard, el hermano podía elegir entre salir a la luz o no. Sólo quedaban dos problemas sustanciales: el móvil y los testigos. Richard tenía que convertirse en un asesino en serie y sus víctimas, Sophie y Jeanette, en los testigos de aquel terrible viaje de trabajo a Toscana. Sicótico, esquizofrénico, con serios problemas de drogas y emocionales por una grave forma de desdoblamiento de la personalidad, Richard, empujado por el odio hacia las mujeres, habría matado a Oya en la torre de Falsano. Inmediatamente después habría intentado entregarse al enviar a Gerace a Toscana. Pero su sed de sangre no le habría dado tregua. Así el fotógrafo habría vuelto a matar, primero a Jeanette, después a Sophie. Antes o después las investigaciones habrían llevado a establecer un nexo entre el crimen de Falsano y los de Bolonia y en ese momento, gracias a indicios y pruebas como el ácido acético, dejados adrede en los escenarios de los crímenes, saltaría a la luz la culpabilidad de Gallo. Éste era el plan estudiado por Camilla.

»Sólo que quien cometió los asesinatos no fue Richard sino el verdadero asesino en serie, su hermano mayor Teodoro Mammiferi.

Mientras el inspector Gerace y yo intentábamos descubrir la identidad de Oya, Mammiferi estaba en Bolonia, y asesinaba a Jeanette. Una noche la secuestró cuando volvía a casa y se la llevó en su furgoneta. Aparcó en una obra que había en los alrededores del estadio, pero alejada de la carretera. Con toda tranquilidad, la torturó cruelmente y la mató en la parte posterior de la furgoneta. Tras descuartizarla tiró los restos dentro de un contenedor cercano.

»La muerte de la modelo obligó a Gerace a regresar a Emilia y despertó en la mente del asesino el gusto del desafío. Pero también le hizo cometer un error fatal. A pesar de que el segundo nombre de la lista fuese el de Sophie, Mammiferi añadió otra víctima a los crímenes atribuibles a Gallo: Giulia Montale, una aspirante a modelo. Esa tarde había ido al estudio fotográfico para una prueba. Mammiferi la siguió a la salida del estudio y la mató en la estación. Pero en realidad Giulia era la amante de Camilla y ese «extra no programado» de Mammiferi marcó el fin del acuerdo entre éste y la periodista. Una Camilla descompuesta y furiosa por la muerte de su compañera y Teodoro se dieron cita en el lago Trasimeno. Ella lo amenazó con ir a la policía y revelarlo todo. Él intentó justificarse sosteniendo que había matado a Giulia para reforzar el cuadro del sicópata, ignorando que esa chica fuera su amante. Pero eso no bastó para calmar la rabia y el dolor de Camilla. La mujer estaba decidida a romper su pacto. Por eso Mammiferi la mató, estrangulándola, y echó su cuerpo al lago.

»Mientras tanto Sophie se olía que, tras la desaparición de su amiga Jeanette, cuyo cadáver aún no había sido identificado, podía haber algo horrible relacionado con aquella trágica noche en Toscana. Lo había hablado con Paolo, que a su vez había alertado a Camilla, y había ido a la policía para denunciar la desaparición. Cuando Mammiferi mató a Sophie en su apartamento de Bolonia, por un pelo no fue atrapado por el inspector Gerace. Mientras huía, se topó con el policía que acudía en ayuda de la modelo. Gerace disparó dos o tres veces en su dirección. Una bala lo rozó. Pero aun así consiguió escapar.

Postiglione sintió un nudo en la garganta. Gerace había insistido en unificar las investigaciones de la jefatura de Arezzo y de Bolonia y se había empeñado en implicar a los expertos del Ris para los análisis de los crímenes. Si hubiera dado más crédito a las intuiciones de Alvaro, probablemente se podían haber salvado muchas de las víctimas.

–¿Puedo continuar? –preguntó Meri.

El jefe de la brigada de Bolonia hizo un gesto afirmativo con la cabeza y esbozó una sonrisa.

–Tras los asesinatos de las modelos –continuó Meri–, Richard se convirtió en el sospechoso número uno. Todos los que lo rodeaban habían desaparecido o habían sido asesinados. El plan de Teodoro estaba funcionando. El fotógrafo intuía que el asesino era su hermano pero no habría podido denunciarlo jamás.

–Richard se suicidó tras entregarse –intervino Postiglione–. Afirmó que él era el asesino...

–¡Joder! espero que nadie se lo tomara en serio –dijo la mujer.

Postiglione no tuvo valor para responderle.

Meri cerró los ojos. Cuando volvió a hablar su voz era mas débil.

–La historia de Mammiferi termina aquí. Su última víctima... –Meri bajó aún más el tono de voz– tendría que haber sido yo. Sin embargo le tocó a Oscar...

Postiglione movió la cabeza.

–No debes culparte. Actuaste de la mejor manera y conseguiste frenar a ese asesino arriesgando tu vida.

–Pero... tú –lo interrumpió Meri agitada por los sollozos–, no sabes... Oscar no quería ir al bosque conmigo. Y menos así, sin avisar en la jefatura.

Meri intentó calmarse y volvió a hablar.

–Oscar no se sentía seguro en medio del bosque. El móvil no tenía cobertura y en jefatura nadie conocía nuestra posición. Fue una verdadera locura adentrarnos en ese lugar sin protección alguna. Le convencí yo para que se quedara allí de guardia esperando a que apareciera alguien. Estaba excitada porque habíamos encontrado el refugio secreto de Mammiferi. Pero él nos cogió por sorpresa. Me encontré en ese agujero, encadenada. Como Rinaldo... y como Oya. No sé cuánto tiempo estuve allí. Mammiferi estaba seguro de que no saldría con vida. Por eso me reveló toda la historia...

Meri se pasó la lengua por las lágrimas que le resbalaban por las mejillas. Sorbió y se aclaró la garganta.

–Una cosa más: Paolo Giardini tuvo un papel fundamental en los homicidios. Sacó del estudio fotográfico algunas sustancias químicas de revelado y se las entregó a Mammiferi para que pudiera dejar pistas en los escenarios de los crímenes. Hizo el papel de amigo y de confidente de las modelos y después las violó, las traicionó y las entregó al asesino. Tuvo constantemente informados a Camilla y a Teodoro de los movimientos de Richard y de las investigaciones de la policía de Bolonia. Mientras, pudo cubrió a Andy y a su jefe, Zamagni.

–Ese Paolo es un ser tan asqueroso como los otros. Te aseguro que se pudrirá en la cárcel –exclamó Postiglione.

–¿Y Andy? ¿Por qué Zamagni ordenó matarlo?

–Probablemente lo extorsionaba. Ya sabes... con todas esas peliculitas que le gustaba grabar. Tampoco descartaría que fuera una orden de Camilla Castelli. Paolo tendrá que explicarnos muchas cosas...

–Es una auténtica suerte que consiguierais arrestarlo antes de que lo eliminasen –subrayó Meri.

–No ha sido suerte –precisó Postiglione–. Lo cazó el inspector Gerace mientras intentaba escapar. Un buen golpe.

El corazón de Meri dio un vuelco. Dejó de hablar y cerró los ojos. Postiglione saltó de la silla y se acercó a la cama.

–Meri, ¿estás bien? ¿Necesitas algo?

La mujer tragó saliva con dificultad y respiró profundamente.

–¿Y... Alvaro? –preguntó titubeando.

–El inspector Gerace está en Roma. Ha sido inhabilitado. Se encuentra en un cuartel de la policía del Estado. Lo acusan de homicidio voluntario. Ayudó a morir a su colega Marino Scassellati. Llevaba en coma bastantes días y aunque hubiera despertado habría quedado tetrapléjico. Gerace será procesado en los próximos días.

97

Habían pasado dos semanas. Para Alvaro había llegado el día del proceso. Su abogado, Rodolfo Alemanni, el mismo que ya le había defendido durante el caso del *asesino de las bailarinas*, había conseguido desplazar la sede de las audiencias de Bolonia a Roma, ante una corte que consideraba más «ministerial». Alvaro parecía sereno y relajado. Se había cortado el pelo y había perdido algunos kilos. Su cara se notaba más relajada. Tras el arresto había seguido, a través de los periódicos y de la televisión, el epílogo trágico del caso de los homicidios de las modelos. La historia de Meri tuvo mucha difusión. Pocas palabras sin embargo se dedicaron a las víctimas. Y silencio casi absoluto sobre Richard y Marino. A Alvaro esto no le disgustó. Los sentía más cerca que nunca y estaba feliz de que nadie hubiera intentado apropiarse de su recuerdo.

Todavía pensaba en Meri. Se había mantenido informado casi a diario sobre su estado y había respirado hondo cuando los periódicos dieron la noticia de que estaba fuera de peligro. Pero no se había sentido capaz en ningún momento de coger el teléfono y llamarla.

Los dos jueces de la sala segunda del Tribunal Penal de Roma entraron en la sala. Tras la apelación, el ministerio fiscal, Urbano Cavalleri, releyó rápidamente el enunciado de la acusación e ilustró la relación introductoria. Después, cogiendo por sorpresa a abogados y corte, se dirigió directamente a Alvaro.

–Señor Gerace, ¿se considera culpable del homicidio del inspector Marino Scassellati?

El abogado Alemanni pidió al juez que se respetaran los procedimientos e invitó a Alvaro a no responder. Pero el policía se levantó.

–Quiero contestar a la pregunta –el silencio inundó la sala, Alvaro hizo una pausa de pocos segundos y después prosiguió–. Le quité a Marino lo que quedaba de su vida. Lo que a él ya no le interesaba tener. Si esto es un homicidio, ¡yo soy un asesino y me declaro culpable!

98

Meri D'Angelo salió del hospital Maggiore en ambulancia por una puerta trasera para esquivar a la docena de periodistas y cámaras que desde hacia días montaban guardia ante la entrada principal del hospital. Sin sirena y con las luces apagadas, la ambulancia salió del aparcamiento del hospital y se dirigió hacia Casalecchio di Reno. Pasado el pueblo, se detuvo en una villa de dos plantas de principios de siglo, rodeada de un gran parque. El portón automático se abrió y la ambulancia entró en el jardín.

—Hemos llegado —dijo el conductor.

Meri le sonrió, cogió las muletas y se levantó apoyándose en las muñecas. Al bajar del coche, miró los muñones del dedo corazón y del anular de la mano derecha. Tuvo la ilusión de sentir un hormigueo en las yemas que no tenía. En la entrada de la villa se encontró esperándola al jefe de policía de Arezzo, Peragine, y al de la brigada de Bolonia, Postiglione. Estaban de pie, detrás de la ambulancia, con una gran sonrisa grabada en la cara.

Fue Postiglione quien tomó la palabra.

—El Rotary de Casalecchio ha puesto a nuestra disposición esta villa garantizándonos la máxima discreción. Aquí no vendrá nadie a molestarte. Los periodistas creerán que has vuelto a Toscana. En cuanto te parezca firmamos las declaraciones. Después podrás quedarte aquí todo el tiempo que quieras.

—A propósito —intervino Peragine—. El jefe de la policía ha declarado que está orgulloso de usted, ha hablado de un reconocimiento oficial y la ha autorizado a no dar entrevistas de momento. Siempre que usted esté de acuerdo...

Meri se encogió de hombros y buscó con la mirada una entrada a la casa que no la obligase a trepar por la escalinata con las muletas.

—Podemos acceder desde un patio interior —dijo Postiglione al percibir el malestar de la mujer—. Te abro camino. ¡Ah! En cinco minutos empieza el telediario. Hoy se espera la sentencia del proceso de Gerace.

La corte volvió a entrar en la sala tras dos horas y cuarenta minutos de deliberaciones. Alvaro fue el primero en ponerse en pie. El presidente ajustó su micrófono, se puso las gafas y comenzó a leer.

–En nombre del pueblo italiano, por los artículos... –Alvaro perdió el hilo del discurso. Seguía pensando en Marino–. Por los artículos... absuelve al imputado Gerace Alvaro de los hechos que se le imputan. Se levanta la sesión.

En la sala se extendió un ligero murmullo. El abogado Alemanni se volvió hacia Alvaro y le estrechó la mano satisfecho. Alvaro sonrió, los jueces habían comprendido las razones de su gesto. También para ellos Marino ya estaba muerto cuando él desenchufó el respirador. Después se volvió en dirección a la ventana. Angela, la hermana de Marino, lo estaba mirando. Estaba en pie, a unos metros de él, en la zona reservada al público. Tenía los ojos brillantes y una expresión tierna. Tras la muerte del hermano, Alvaro no la había vuelto a ver. Temía que pudiera guardarle rencor. El suyo era el único juicio que para él habría tenido significado. No creía que fuese a verla en el proceso. Se emocionó. Angela permaneció en pie.

–Adiós –susurró, y con la mano le mandó un beso.

Él le sonrió.

–Gracias –respondió.

–Menos mal –suspiró Postiglione en cuanto concluyó la retransmisión–. Es un alivio; Alvaro merecía la absolución.

–Sin duda –le hizo eco Peragine–. Es una persona honesta. Esperemos que ahora reflexione sobre su decisión, sería una pena perder a un policía como él.

Meri aún estaba sin aliento. Después de ver el telediario comprendió que sólo había una cosa que tenía y quería hacer cuanto antes: volver a ver a Alvaro.

Firmó rápidamente todas las copias de la declaración y les dijo a Postiglione y a Peragine que estaba muy cansada y que prefería descansar un poco.

En cuanto salieron los dos, empezó a inspeccionar la villa. Además del gran salón con sofás Luis XVI, alfombras orientales, cuadros de época y arañas de cristal, en la primera planta había una cocina de madera maciza, una despensa tan enorme como una habitación de hotel, dos grandes dormitorios con camas de matrimonio y un baño de aire modernista con bañera de hidromasaje y ducha.

«¿Pero qué hago yo aquí sola en esta especie de castillo?», pensó Meri observando desde la ventana los robustos chopos plantados en el jardín. Nubes oscuras anunciaban una tormenta. Un silencio denso y total inundaba la casa.

El timbre agudo del móvil la sobresaltó. No recordaba siquiera que lo llevaba consigo.

–Diga –dijo Meri con la voz un poco cansada.

No respondió nadie.

–Diga –repitió brusca.

–... pe..., perdona Meri, estaba seguro de que no te encontraría. No sabía si aún tenías este número...

–Alvaro, ¿eres tu? ¡Oh! Yo... yo...

–Quería llamarte antes, pero estaba en el tribunal y me han devuelto el teléfono ahora...

–... te he visto... Te he visto en la televisión hace un rato...

–... me he enterado de que salías del hospital y entonces pensé...

–... ¡oh Dios! No... No sabes lo feliz que me siento de que te hallan absuel...

–... espero que te hayas recuperado bien, aunque estoy seguro de que tú...

–... lo... lo siento mucho por Marino, sé que tú y él erais...

–... los periódicos sólo hablan de ti y de cómo has resuelto el caso, estoy...

–...¿Alvaro?

–¿Sí?

–Gracias por haberme llamado.

–Meri, no sabes la de veces que he pensado hacerlo. Pero siempre había algo que...

–No tienes que darme ninguna explicación. Lo importante es que por fin hablamos. Había pensado también en escribirte una carta.

–Hazlo, por favor. Las palabras escritas quedan para siempre.

–Está bien, lo haré. Oh, Alvaro, estoy emocionada. Me tiemblan las piernas...

–Bueno, yo tampoco estoy muy entero...

–¿Dónde estás ahora?

–En Roma. El proceso ha acabado. Me han absuelto. Pero tengo que esperar hasta mañana para poderme ir. Me han levantado el arresto domiciliario, pero el jefe del departamento me quiere ver. Creo que es por mi dimisión...

–Sí, me he enterado.

–¿Y qué te parece?

–Que echaré de menos a un colega como tú.

–Al faltar Marino he perdido las ganas de hacer siempre el papel de bueno, de tutor de la ley. Me sentiría como un hipócrita luchando por un ideal en el que ya no creo.

–De verdad que lo siento muchísimo por él...

–Marino era un hombre íntegro. Quizás el único de entre mis colegas que consideraba que este oficio era una misión. Cuando se despertó del coma leí en sus ojos que para él no habría tenido sentido vivir en esas condiciones.

–Te tuvo que costar bastante tomar aquella decisión.

–No, Meri, al contrario. Fue todo... sencillo.

–Bueno, me alegro de que el proceso haya ido bien.

–Yo también. ¿Pero dónde estás ahora? ¿Estás todavía en el hospital?

–No, me han dado hoy el alta. Para mantenerme alejada de la prensa me han traído a una casa de campo al lado de Bolonia.

–¿Dónde exactamente?

–Ca... Castelvecchio di Reno. Me parece...

–¿Quieres decir Casalecchio?

–Si, Casalecchio. Estoy en una villa del Rotary entre robles y encinas.

–¿Pero qué coño haces ahí? Tiene que ser un sitio tristísimo.

–Es justo lo que me estaba preguntando. Me ha traído aquí tu jefe.

–¿Postiglione?

–Sí, él. Aparte del jefe de gabinete de Arezzo, ha sido la única persona que he visto desde que me desperté. Ha sido él quien me ha tomado declaración.

–¡Estamos buenos! Pero dime, ¿cómo estás? ¿Estás toda entera?

–Bueno, no del todo –dijo Meri levantando la mano derecha y examinándose los dedos amputados–, tengo los ligamentos cruzados de la rodilla derecha rotos, me he fracturado un tobillo, me han quitado un riñón y tengo dos dedos de la mano amputados.

–¡Joder! Si es verdad sólo la mitad de lo que he leído en los periódicos tiene que haber sido realmente una pesadilla lo que pasaste en ese agujero con el asesino.

–Me duele más recordarlo que haberlo vivido. En esos momentos no sentía nada. Aunque morir allí abajo y no volver a ver la luz y a las personas que amo era una perspectiva que me aterrorizaba.

–Fuiste realmente valiente.

–No, sólo afortunada. Desgraciadamente mi compañero no tuvo la misma suerte.

–Lo sé, lo siento.

A Meri se le hizo un nudo en la garganta. Alvaro lo percibió y cambió rápidamente de tema.

–Anda que ese Mammiferi...

–Creo que nadie lo echará de menos.

–Aún me cuesta creer que Gallo fuera su hermano.

–Mammiferi no lo consideró nunca como tal.

–Richard intentó detenerlo cuando me mandó a Toscana, pero no podía prever que ese loco habría masacrado a todas esas mujeres para inculparlo.

–Quizá no hasta ese punto. Pero estoy segura de que Richard sabía que su hermano intentaría destruirlo y llevarlo hasta el suicidio. E hizo lo que él quería.

–Cuando descubrí que los crímenes de Bolonia y el de Falsano estaban relacionados intenté hablar contigo pero no lo conseguí nunca.

–Yo también lo intenté pero evidentemente era el destino...

–Era el destino que tú consiguieras resolver el caso sola.

–No digas gilipolleces. No he resuelto nada. Sólo fue un golpe de suerte y además...

–¿Además?

–... para mí no está todo claro.

–¿Quieres decir que la investigación no está cerrada?

–Oh, sí, la investigación esta cerradísima. Acabo de firmarle la declaración a tu jefe. Es la historia la que no...

–Sabes Meri que, aun estando apartado de todo, he tenido la misma sensación.

–Alvaro, tenemos que vernos cuanto antes.

–¿Para hablar de trabajo? Mira que mañana ya no seré policía.

–No sólo para eso, tonto. Es más, no me importa nada el trabajo. Necesito verte.

Alvaro hizo una breve pausa.

–Yo también Meri. No te puedes imaginar cuanto –dijo entonces.

–Hubo un momento... –empezó ella, pero él la paró.

–No digas nada. El teléfono me hierve en la oreja. Me lo cuentas todo en persona. No pierdas tiempo. Hoy hay huelga de trenes, pero tiene que haber un vuelo para Roma que sale a las seis. ¿Podrías cogerlo?

–Sólo son las cuatro y media. ¿Cuánto tardo de aquí al aeropuerto en taxi?

–Un cuarto de hora, si no hay tráfico.

–Voy a intentarlo.

–Te voy a buscar a Fiumicino. Te espero a la salida de la terminal.

–Vale, cuelgo y llamo a un taxi.

La carta

101

El vuelo AWZ 3648 con destino a Roma tenía un retraso de diez minutos por problemas de mantenimiento. El jefe de embarque, dadas las condiciones de Meri, le permitió esperar el embarque en la sala vip y la registró directamente sin pasar por el control. Le dio un asiento en primera fila, al lado de la ventanilla y procuró que el asiento contiguo quedará libre para que Meri tuviera espacio para extender las piernas y poner las muletas cerca. Antes de entrar en la puerta de embarque, Meri se detuvo delante de la cristalera de la sala que se asomaba sobre las pistas. Una fuerte tormenta se cernía sobre la ciudad.

El altavoz anunció el embarque de su vuelo. Acompañaron a Meri hasta el avión en una silla de ruedas. Los auxiliares, una chica de pelo moreno, recogido con una coleta, y los ojos azules, otra con melenita rubia y un joven alto y musculoso la acomodaron en la primera fila y colocaron la mochila en el portaequipajes superior.

El vuelo iba prácticamente lleno de familias y de turistas. También había todo un equipo masculino junior de waterpolo que se dirigía a Roma para jugar un partido del campeonato de liga. El ambiente era relajado.

Sin embargo Meri tenía una sensación de ansiedad.

La lluvia, violenta, repicaba en las paredes externas del avión. El cielo se había vuelto una mancha oscura.

El responsable de la cabina presentó al comandante y anunció que, por el mal tiempo, la duración del vuelo sería mayor de lo previsto.

–Volaremos a una cota más alta para evitar la tormenta. Durante el vuelo habrá turbulencias. Se recomienda a los pasajeros que permanezcan sentados con el cinturón abrochado durante todo el viaje...

El avión, un MD Super 80, llegó lentamente a la pista de despegue. Giró y se puso en posición de despegue. El comandante aumentó la potencia de los motores. El aparato empezó a tomar velocidad. Tras algunos bandazos las ruedas se separaron de la pista. Meri contuvo la respiración. Por culpa de la lluvia, el despegue fue bastante lento. El avión se zarandeó repetidamente, entonces viró atravesando la espesa barrera de nubes que quedaban por encima. Unos minutos después alcanzó la cota prevista y se estabilizó.

Finalizada la maniobra se volvieron a encender las luces. En la cabina se difundió un murmullo de voces y risas mientras las azafatas se preparaban para repartir las bebidas.

Meri permaneció con la cara pegada a la ventanilla mirando la nada. En los ojos tenía aún la cara sonriente de Alvaro durante la lectura de la sentencia. Remolinos de lluvia corrían por el plástico de la ventanilla. Meri empujó la cabeza hacia delante y volvió la mirada hacia atrás para ver el ala. Consiguió a duras penas ver el indicador luminoso que brillaba bajo la chapa, cortando las nubes.

De repente la luz se apagó. Un segundo después una fuerte sacudida desestabilizó el avión. Una muleta voló desde el asiento de la primera fila y se estrelló contra la ventanilla rozando la cabeza de Meri. También las luces interiores se apagaron. La azafata rubia perdió el control del carrito de las bebidas que rebotó de un asiento a otro en el centro del pasillo. Se elevaron gritos de terror y risas histéricas.

Otro vacío empujo al avión unos cientos de metros más abajo. Un pasajero japonés que se había desabrochado el cinturón salió despedido del asiento y fue a darse de cabeza en el portaequipajes. Su sangre salpicó a la mujer que estaba sentada a su lado y que se puso a gritar como una loca.

Después, el comandante consiguió retomar la cota. La luz volvió en la cabina. Muchos pasajeros seguían gritando, otros lloraban y otros maldecían.

El segundo de abordo salió de la cabina de pilotaje y, de pie al principio del pasillo, intentó captar la atención.

–¡Señores! Señores, por favor, necesito su atención... La emergencia ha pasado. Ya no hay peligro. El avión viaja con normalidad y no ha sufrido daños. Yo soy Giorgio Di Lorenzo, segundo de abordo de este vuelo. Hemos dado con una fuerte perturbación que no estaba indicada en nuestros aparatos. Hemos retomado el control y estamos completando la ruta velozmente. Estos aviones han sido estudiados para resistir condiciones climáticas mucho más difíciles. No hay nada de que preocuparse. Ahora les ruego que permanezcan tranquilos y sentados. Los auxiliares de vuelo se ocuparán primero de una persona que ha resultado herida y después de todos aquellos que necesiten ayuda. En breve comenzará la operación de descenso. Les ruego una vez más que permanezcan sentados con los cinturones bien abrochados...

El piloto volvió a entrar en la cabina. Los pasajeros se tranquilizaron. Los chicos de las últimas filas volvieron a murmurar. Todos parecían haberse calmado. Todos menos Meri. Le faltaba oxigeno. Tenía frío, temblaba y no conseguía ni tragar saliva.

El altavoz empezó a graznar. Un momento después anunció:

–El comandante informa que hemos comenzado el descenso hacia el aeropuerto de Roma donde se prevé la llegada en quince minutos. El tiempo en tierra continúa inestable. La temperatura... ¡Aahh!

El auxiliar de vuelo fue lanzado al suelo por una fuerte sacudida que dobló el avión sobre un costado. Después se oyó un estallido, seco como la explosión de una bombona de gas. El motor derecho se incendió. Las llamas y el humo alcanzaron, desde el exterior, las ventanillas de las últimas filas. Algunos chicos del equipo de waterpolo empezaron a gritar. Alguien se puso a rezar. También las luces de emergencia, tras algunos segundos, se apagaron. Se elevaron más gritos de terror mientras el avión, con un solo motor en funcionamiento, perdió cientos de metros de altura y se tambaleó de un lado a otro arriesgando quedarse boca abajo. Muchos portaequipajes se abrieron de par en par liberando bolsas y maletas. Una estela de humo negro empezó a invadir la cabina.

También el segundo motor se fue a pique. Con las turbinas bloqueadas, el avión empezó a caer casi en barrena.

Los primeros en darse cuenta fueron los auxiliares de vuelo que se abrazaron y empezaron a llorar. Un turista americano consiguió levantarse y se lanzó contra una pared como si quisiese tirarse afuera. Con el golpe, fortísimo, contra la puerta de emergencia, los huesos del cráneo se fracturaron.

Meri no se movió. No se volvió. No miró por la ventanilla. No cerró los ojos. No gritó. No pidió ayuda. No lloró.

La última imagen que vio antes del impacto final fue la cara de Alvaro.

El avión se estrelló en la costa de Follonica y se hundió en el mar Tirreno. Todos los pasajeros y miembros de la tripulación murieron. La caja negra, recuperada de los restos del avión, reveló como causa del desastre un fallo en el sistema electrónico de alimentación y un defecto estructural del aparato. Los responsables de la unidad de mantenimiento de la compañía aérea acabaron imputados por daños y perjuicios y homicidio por imprudencia. El cuerpo de Meri no fue hallado nunca.

102

Cada vez que regresaba a Bolonia en tren y llegaba a la estación, Alvaro no podía evitar pensar en la catástrofe del 2 de agosto de 1980. Entonces no tenía ni veinte años, pero las imágenes de todos aquellos cadáveres bajo los hierros habían marcado para siempre su memoria.

No sabía cuánto se quedaría en Bolonia ni qué sería de su trabajo y de su vida. Se sentía en suspenso. Un gran vacío de ruidos lo acompañaba a todas horas. Menos de noche, cuando llegaban aquellos gritos. Eran los gritos desesperados de las personas que esperaban a sus familiares y a sus amigos en el aeropuerto de Fiumicino.

Aquella tarde Alvaro se quedó paralizado ante el tablón del aeropuerto. Se llevó las manos a la boca y se quedó de pie, en esa posición, durante un tiempo interminable. Su mente se negaba a aceptar la realidad. Mientras en el vestíbulo se desataba el caos, Alvaro se sentó en un banco de hierro, mirando la puerta corrediza de cristal del embarque. Esperando a Meri. Su Meri.

¿Por qué ella? ¿Por qué ahora? Si hubiera muerto mientras luchaba con el asesino en aquella prisión subterránea, habría podido imaginarse una razón. Así no. Nadie podría obligarlo a aceptar un destino que en pocos días le había quitado a las personas que quería: Richard, Marino y Meri, y ahora le negaba incluso el derecho de sentir rabia.

¡No! ¡Ella no! Saldría por esa puerta. Le sonreiría, le abrazaría, se besarían.

No es justo que acabe así.

... Meri ya no está...

... yo ya no estoy...

Bolonia estaba en blanco y negro. Alvaro sentía el olor de la niebla. Respiraba el gris del cielo. Todo parecía estancado. Como su corazón. Estaba volviendo a casa. No habría tenido fuerzas de ir a ninguna otra parte.

Metió las llaves en la cerradura y abrió. Se encaminó hacia el estrecho pasillo que llevaba a las escaleras. Su buzón estaba lleno. Lo vació y se lo metió todo en el bolsillo. Cuando llegó al apartamento lo echó todo sobre la mesa del salón: correo, chaqueta, llaves. Fue a la cocina. En la nevera encontró dos latas de cerveza, un cartón de leche rancia, un yogurt desnatado caducado y un trozo de queso holandés duro como una piedra. Cogió una lata y se la bebió en pocos sorbos. Se quitó los zapatos y volvió al salón. Abrió una ventana y subió las persianas. Una tenue luz alumbró la habitación. Fue en ese momento cuando la vio.

Estaba allí, sobre la mesa, separado de las otros. Un sobre blanco, totalmente anónimo, del revés. En el remite, un nombre: Meri.

Con mano temblorosa cogió la carta. El sello indicaba la fecha del día que Meri salió de Bolonia. La oficina de correos era la del aeropuerto Marconi. Volvió a pensar en lo que se dijerón por teléfono aquella tarde.

«–... había pensado también en escribirte una carta...»

Ahora tendría algo de ella. Algo sobre lo que llorar.

La carta estaba escrita a mano. Una caligrafía suave, delicada. Alvaro se imaginó a Meri escribiendo. Sonrió. Y empezó a leer.

Mammiferi le propuso un trueque. La chica y la droga a cambio de la libertad. Esa pobre chica fue la primera de muchas que Mammiferi «pasó» a mi ex marido, además de notables sumas de dinero. Por su parte, Oliviero empezó a proporcionarle parte de la cocaína y heroína requisada por Narcóticos y destinada al incinerador. Su asociación criminal duró años. Hasta la llegada de Oya al Valle Tiberino. La chica, según el plan de Camilla Castelli, tendría que haber sido una de las muchas «presas» de Mammiferi. Pero alquiló una habitación en una casa rural. Mammiferi pidió ayuda a Oliviero para encontrarla. Éste, una vez localizada, se encaprichó de ella. Tenía que poseerla a toda costa. Alquiló un BMW biplaza negro y empezó a llevarla a restaurantes, clubs, círculos exclusivos. Sólo para acostarse con ella. Pero ella no cedió. La noche de la fiesta en la suite del hotel de Cortona, estaba también Oliviero. Andy lo filmó mientras esnifaba coca y abusaba de las chicas, de todas excepto de Oya. Él perdió el control y amenazó con matarlos a todos. Camilla y Mammiferi, avisados por Paolo, consiguieron calmar a Oliviero prometiéndole... a Oya. Llevaron a la chica a la torre de Falsano y, tras su intento de fuga, se la ofrecieron a Oliviero. A pesar de estar encadenada a la pared y con un pie amputado, Oya lo rechazó una vez más, lo insultó y le escupió a la cara. Oliviero se cegó. La asesinó brutalmente. Y perdió el anillo. Después de matarla ante testigos (Camilla y Richard), Mammiferi se dio cuenta de que tenía a Oliviero en sus manos. Lo extorsionó. Le prometió que le salvaría el cuello eliminando a los testigos, pero exigió a cambio ser excluido de las investigaciones policiales. Además de un abastecimiento continuo de cocaína. Entonces mató a Jeanette, Sophie y Camilla. En cuanto a Andy, Camilla primero le ordenó que borrara la grabación de esa noche, después, cuando la policía, o sea Marino y tú, fuisteis a hacer preguntas en aquella discoteca de Bolonia en la que trabajaba, a través de su «amigo», Zamagni, lo mandó matar. Paolo en este momento es la única persona viva que vio a Oliviero esa noche. Pero no sabe que se trata de un policía ni está al corriente de su implicación en el homicidio de Oya. Cuando nosotros empezamos a indagar la muerte de la modelo, Oliviero, de acuerdo con Mammiferi, empezó a espiarme, a seguirme, a controlar cada movimiento mío. La noche que fui a la villa de Falsano, él estaba allí para dejar las pruebas que pudieran relacionar el crimen de Oya con los de Bolonia y para incriminar a Gallo. No esperaba encontrame y tuvo que golpearme para no descubrirse. Algunas noches después, en la jefatura de Arezzo, por poco no le pillo colándose en los despachos de la sección de homicidios para hurgar a escondidas en los informes de la investigación. Reconocí el olor de su after shave pero no lo relacioné con él. Por último, fue una vez más Oliviero, quien, tras seguirnos, indicó a Mammiferi por radio la presencia de Oscar y yo en el bosque.

Oliviero debe pagar. Para el resto su vida. Pero no puedo arrestarlo yo. Por lo menos, no yo sola... Ésta sigue siendo nuestra investigación, y es justo que la acabemos juntos, tal y como la empezamos. Después podrás incluso dejar la policía...

Ya está, te lo he contado todo. Por carta ha sido mucho más fácil.

Cuando te vea, seguramente no te hablaré enseguida de esta historia. Esperaré a que recibas la carta. No quiero que éstas sean nuestras primeras palabras. En el avión contaré los minutos que me separan de ti.

Hay una última cosa que te tengo que escribir, aunque también espero poder decírtela, antes o después.

Te quiero, Alvaro.

Meri

103

–No he entendido, perdone, ¿Cómo ha dicho?

–He dicho que soy policía.

–¡Ah! ¿Puedo ver la identificación?

–Aquí está.

–Inspector Alvaro Gerace. Me suena el nombre. ¿De dónde eres?

–Jefatura de Bolonia, brigada judicial, sección de homicidios.

–¿A quién quieres ver? ¿Puedo ayudarte?

–Estoy buscando al inspector Pederzoli. Oliviero Pederzoli, de narcóticos. ¿Está en su despacho?

–Sí. Acaba de llegar, lo encontrarás en su sección, en el segundo piso. Todavía esta un poco afectado. Meri D'Angelo, la policía que ha muerto en ese accidente aéreo, era su mujer. En realidad estaban separados, pero él seguía muy unido a ella. Ha sido un duro golpe. Primero esa historia del asesino en serie, después el accidente... le ha costado reponerse.

–Me lo imagino.

Mientras subía las escaleras de la jefatura de Arezzo, Alvaro pasó una mano por la pequeña bolsita de papel que llevaba en un bolsillo de los pantalones. Dentro estaba el anillo. Gracias a la intervención del fiscal Vico Giannini, había obtenido la autorización para retirar los efectos personales de Meri. Fue una suerte que de entre los objetos que se encontraron en los restos del avión escorado en el fondo del mar, los buzos pudieran recuperar justamente su mochila.

El despacho del jefe de narcóticos estaba abierto. Alvaro se detuvo en la puerta. Oliviero estaba de espaldas, de pie, ante la mesa. Estaba haciendo una llamada.

Alvaro lo observó atentamente. Era justo como se lo esperaba. Alto, moreno, pelo corto, casi al cero. Rasgos de la cara regulares, piel bronceada, hombros anchos.

Oliviero colgó el teléfono. Sin volverse, sacó de un bolsillo interior de la chaqueta un paquete de cigarrillos, cogió uno con los labios y lo encendió con un mechero en forma de pistola que tenía sobre la mesa.

Alvaro sonrió al verlo apuntarse a la cara con esa arma de juguete.

Después se aclaró la voz.

–¡Hola Oliviero!

El hombre se volvió de golpe hacia la puerta, expulsando una densa bocanada de humo. Examinó con curiosidad al recién llegado.

–¿Quién eres? ¿Te conozco?

Alvaro se acercó. Le miró a los ojos.

–Soy el inspector Alvaro Gerace de la brigada judicial de Bolonia –cogió del bolsillo el anillo y lo agitó delante de Oliviero–. He venido a devolverte esto. De parte de Meri.

Epílogo

El inspector jefe Oliviero Pederzoli fue arrestado por el asesinato de Oya Deborah Erdogan. Seis meses después fue procesado por homicidio voluntario, violencia sexual y tráfico de sustancias estupefacientes en complicidad con Teodoro Mammiferi. Los familiares de Oya y de Meri D'Angelo se constituyeron en la acusación particular. Durante todo el proceso Oliviero se acogió al derecho de no responder. La corte lo condenó a cadena perpetua. Fue expulsado de la policía.

Widmer Zamagni fue condenado a treinta años por el homicidio de Andrea Corelli y el intento de homicidio de Marino Scassellati.

Paolo Giardini fue condenado a quince años por violencia sexual y complicidad. Tras su testimonio en el proceso contra Oliviero Pederzoli, obtuvo el acceso al programa de protección de presos.

La sección informática de la escuela de policía de Roma adoptó el nombre de Meri D'Angelo en su memoria.

En el vestíbulo de la jefatura de Bolonia el nombre de Marino Scassellati fue añadido a la lápida en recuerdo de los caídos de la policía.

El estudio de Richard Gallo de Bolonia fue clausurado.

La villa, el caserío y la torre de Teodoro Mammiferi en Falsano fueron subastados y adquiridos por un escritor norteamericano de novelas policíacas.

El pitbull de Teodoro Mammiferi fue abatido tras haber agredido y herido a un voluntario de la perrera de Cortona.

Alvaro Gerace aún es policía. Conserva la carta de Meri en la cartera. Pero no la ha vuelto a leer.

*Agradezco a Enrico Lamanna y Riccardo Gallini
su ayuda y apoyo.*

*Gracias a Franca por su discreta
e indispensable presencia.*